JN250193
自称Fランクのお兄さまがゲ〜ムで評価される学園の頂点に君臨するそうですよ？
10
三河ごーすと
Illust ねこめたる
ear Self-sty
rank bro' say
's gonna rule
-oriented school.

「ねぇね。しょーらい、
なになる？」
凍城未恋

「は？　将来？
何をつまらない事を。
お兄様のお傍にいるに
決まっています」
砕城可憐
「それだけ、だよね。
じぶんが、なにに
なりたいかとか。
ほしいもの。
てにいれたいもの。
みんな、おとんの
ことしかない。
ねぇねには、
おとんしかない。
――からっぽだ」
責めるのではなく、
どこか悲しげな声だった。

あがた。ぜろから……ん。このくらい?」
御嶽原水葉
「ええ、思うところはありますが、
今は素直に認めましょう。
助かります、水葉さん」

「しょーりっ……
「ま、そんなもんかねェ？
良かったね、妹ちゃん。
勝ち残れるメ、あるってよ？」
凍城紫漣

革命の序曲
始めよう！

「さあ、世界への
"復讐"を

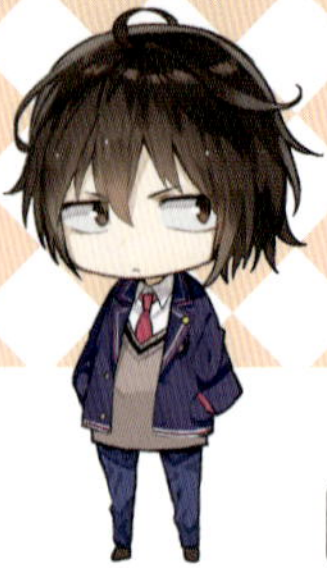

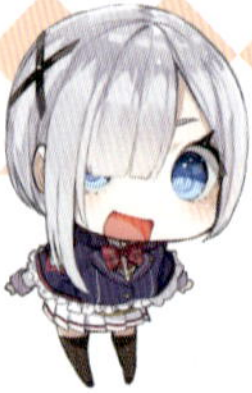

CONTENTS

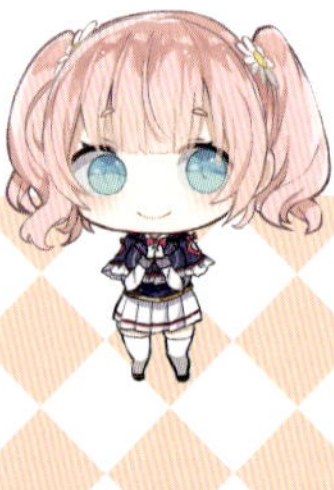

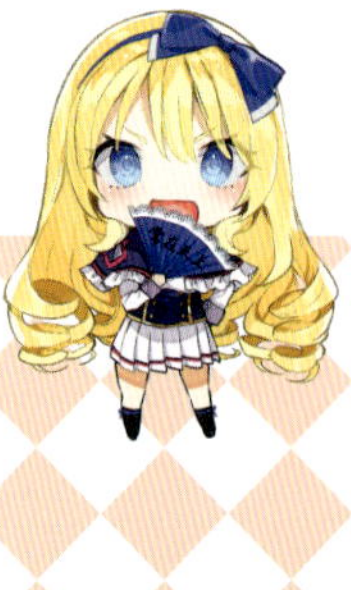

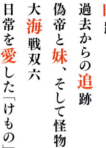

自称Fランクのお兄さまがゲームで評価される学園の頂点に君臨するそうですよ? 10

三河ごーすと

MF文庫J

口絵・本文イラスト●ねこめたる

●前回までのあらすじ

世界大戦の教訓から全人類が武器を捨て、遊戯《ゲーム》ですべてを解決する時代。《黒の採決《ブラックバウト》》において不敗を誇る少年、砕城《さいじょう》紅蓮《ぐれん》は過酷な生活に飽き、闇の舞台から消えた。

ごくあたりまえの生活、平凡な人生を求めた彼は日本・獅子王《ししおう》学園に入学。高校生活をスタートするも、そこは遊戯ですべてが決まる実力至上主義の学《まな》び舎《や》であった。

実力を隠して新生活をスタートするも、遊戯時代の毒に溺れた生徒達の争いは、穏やかな生活を望む彼を否応《いやおう》なしに闘争の表舞台へ引きずり出していく。

さまざまな戦いを経て、学園の頂点に君臨する立場となった紅蓮。だが休息は許さぬとばかりに新たな戦場、アルセフィア王国王位継承戦、《獣王遊戯祭《ベスティア》》が開催される。

遊戯時代の絶対的な審判。高度なＡＩを搭載した世界最強の仮想演算機構クオリアシステム、その分枝と北欧の小国の王位を賭け、６人の王子王女を擁する闇の遊戯者《プレイヤー》達が争う。

そんな中、煮詰まった遊戯の盤面を蹴飛ばすがごとく――。

獅子王学園前生徒会長にしてその底知れぬ実力を未《いま》だ見せぬ男、白王子《しろおうじ》透夜《とうや》が第二王女エーギル・アルセフィアの代理人として帰還、優勝候補のＡクラスを脱落させる。

復帰戦を鮮烈な勝利で飾った透夜を迎え撃つべく、紅蓮は裏で第三王女ヌグネと協力。

しかしその代理人、ヴァチカン代表たる聖女クリステラ・ペトクリファを、フラヴィア・デル・テスタを駒として使い撃破。異能を失ったクリステラ、そしてフラヴィアは愛を得て異能を失い、戦場から脱落。あわや決着かと思った、その時——。

ルールに仕組まれた隙を突き、白王子《しろおうじ》透夜《とうや》が逆転勝利を奪い取る。

砕城《さいじょう》が産んだ遊戯《ゲーム》の怪物、御嶽原《みたけばら》水葉《みずは》・静火《しずか》姉妹は因縁に決着をつけるために動き出し、紅蓮《ぐれん》の指示を受けた白王子朝人《あさと》、聖上院《せいじょういん》姫狐《ひめこ》は凍城《とうじょう》紫漣《しれん》の待ち伏せに遭遇。

駄菓子屋で時を過ごしていた可憐《かれん》の仲間達の前には凍城未恋《みれん》、紅蓮を父と呼ぶBクラスの刺客、謎の遊戯者兄妹《プレイヤーきょうだい》が戦いを挑む。咲き散る戦いの華、それを鑑賞する黒幕は——。

遊戯時代の絶対審判、クオリアを統括する《原初の十三人《オーディナルリスト》》が一人、《創世の樹《き》》と呼ばれた男、獅子王《ししおう》学園理事長こと獅子王創芽《はじめ》。

ＡＩにすべての遊戯者、逸脱した例外とも言える人類最強クラスのデータを学習させんとあらゆる遊戯の背後で糸を引いていた黒幕はついにその秘めた素顔をさらけ出す。


おやすみ、日常。おはよう、遊戯者。

唯一対等の強敵、透夜を前に真の覚醒を迎えた砕城紅蓮は独り呟《つぶや》く。

——果てるまで喰《く》らい合おう、永劫《えいごう》の輪廻《りんね》を断ち切るために。

運命に抗《あらが》わんとする規格外の駒達が、今。

遊戯盤をひっくり返す、逆転の渦を巻き起こさんとしていた。

●砕けた城、覚醒《めざめ》しもの

獅子の群れが凱旋《がいせん》する。

カムラン・マリクとモナ・ラナ。世界を統治するクオリアから外れた化外の民を連れ、勝利を宣告された獅子の王、白王子透夜は一切振り返ることなく去ってゆく。

敗北？　逃亡？　そんな言葉が最も似合わない背中。あたかも太古の騎士が槍先《やりさき》を揃《そろ》え、助走をつけるため離れるような――大破壊《カタストロフィ》の予兆じみた、姿だった。

（まさか、こんなことになるなんて……！　思わぬ伏兵、いえ、予想以上の……！）

無言で立ち尽くす砕城紅蓮。平静を装っているものの、兄に向ける視線に不安が混じる砕城可憐から一歩離れて立ちながら、ユーリエル・アルセフィアは唇を噛《か》む。

正直、舐《な》めていた。

最大の敵にして母親の仇《かたき》であるAクラス、カールスを打倒して以後、残った敵は紅蓮にいいように操られ、格付けが終わったDクラスと、消極的なBクラス。

ヴァチカンの支援を受けた異母姉《いぼし》・ヌグネ・アルセフィアが束ねるCクラスはもういい。最強の手札である聖女、クリステラ・ペトクリファを失った今、もはや戦力を喪《うしな》った。

（たとえこの場で敗北しようと、ヌグネを潰《つぶ》せたならこれ以後の盤面は安定する。あの時、ディベート・ゲームが終わる寸前、逆転の前……私は、勝利の夢を視《み》た……！）

思考がささくれ、荒れているのを実感する。

ちらつかされた栄光。王冠を手にし、そしてそれを腐った民衆に叩《たた》きつけて放り出し、今も王宮の片隅で幽閉されている弟、ユリウスの手を握る自分。

煮えたぎる憎悪を抱えた、復讐《ふくしゆう》鬼じみた想《おも》いから解放され。王冠をめぐるしがらみすら打ち捨てて、ユリウスの笑顔と共に、ついに求めた幸福を手に入れる、刹那の夢。

（それが、叩き潰《つぶ》された……！　一瞬で泥にまみれ、砕け散った。あの女……あの女が。エーギル・アルセフィア……やってくれますね、本当に、やってくれました!!）

「ひゃいっ!?　死にそう！　死にそうな感じがしました、今！　何これ怖っ!?」

「……良く分からないけど、早くこないと置いて行くわよ？」

「あ、モナさん、今行きま……うひゃあああっ！　書類が、書類がっ！　待って～！」

ドタバタジタバタモゾモゾゴトン。

そんなコミカルな擬音が似合いそうな、間抜けな動き。

お抱え遊戯者《プレイヤー》達の退場をポカンと大口を開けて見守った後、ユーリエルの苛烈な視線を受けてビクリと震え、手帳やら書類やらを落とし、慌てて拾って追いかける。

そんな、以前なら微笑《ほほえ》ましさと同情心をそそっていた異母姉《いぼし》の姿が、今は憎しみを強く掻《か》き立《た》てる。白王子透夜《しろおうじとうや》という鬼札を引き、勝利を盗んだ卑劣な暗殺者。

「まさか……《黒の採決《ブラックバウト》》から外れた世界に、クオリアＡＩを打倒し得るほどの遊戯者が未《いま》だ残っていたなんて。それを利用した盤外戦で勝利を奪うとは……！」

殺意すらこもった熱視線を、パタパタと去っていく姉に向ける。

掴《つか》みかけた夢を寸前で破られた落胆は強い。思わず怨嗟《えんさ》を口にしたユーリエルに、

「無様だな。今のお前はカールスと同じだってこと、理解してないだろ？　ユーリ」

「ッ⁉」

最悪の例えをされ、ユーリの白い頬が燃えるように紅潮する。

「それは……どういうことですか？　あまりにも、それは……‼」

「失礼だ、と言いたいんだろうが事実だ。ノーマーク、雑魚と目していた相手に噛《か》まれ、怒りに震えて思考を鈍らせる。そのまま、お前に負けた兄貴と何が違う」

「…………！」

絶対勝利のチケット、五年間不敗の《最強》――砕城紅蓮《さいじょうぐれん》。

振り返ったその視線、朱《あか》い眼光に秘めた慢心を貫かれ、ユーリエルは息を呑《の》む。

「確かに、私はエーギルを見下していました。……継承戦が始まって以来、彼女のクラスは目立った動きを見せず、他の強敵に比べれば容易《たやす》い相手、と」

「だろう？　なあユーリ、いつからお前は強者の側になった？　敵を強い弱いと選別し、勝手な判断ができるような力を、いつからお前は手に入れたんだ。勘違いするな」

まるで、噴火寸前の火山が起こす地鳴りのような。

静かな声が腸《はらわた》をギュッと掴み、絞り上げるような感覚を与え、王女を深く打ちのめした。

「戦ったこともない相手を外見や仕草で強い弱いと予想するのは勝手だが、そんな先入観は無価値どころか有害だ。強いか、弱いかはどうでもいい。勝つか、負けるかだ」

戦いにおいて、常に強い側が勝つのならこれほど楽なことはない。

大本命と目された強者がアクシデントで潰《つぶ》れることも。

大穴と目された弱者が勢いに乗り、逆転勝利を掴《つか》むこともあり得る。それはこの世界の、遊戯《ゲーム》ですべてが決まる時代の法則だ。

「世界を統べるルールを、侮るな。常に逆転のチャンスを与える——それがクオリアだ」

「……はい……！」

紅蓮《ぐれん》の瞳から伝わるじわりとした熱、朱《あか》い光に逆らうことなどできない。

（これが、紅蓮の本気なのですか？　雰囲気……纏《まと》った空気が、あまりにも重い！）

これまでにも何度か、ユーリエルは砕城《さいじょう》紅蓮という男の遊戯を観察してきた。

ヤクザの代打ち稼業で修羅場に踏み入り、相応の度胸を身に着けた彼女でさえ凍りつく、カリスマとでも言うべき覇気。朱に瞳が輝く時、それはすべてを竦《すく》ませる。

だが、ひとたび遊戯を離れれば、違った。まるで別人のようにのんびりと、ささやかな喜びを楽しもうとする普通の少年。そんな和やかな雰囲気を、今はカケラも感じない。

つい先ほど視《み》た、白王子透夜《しろおうじとうや》との対峙《たいじ》。それが、彼に火を点《つ》けたのだとしたら。

「ですが……。先ほどの遊戯は、まだ勝利の可能性が残っていたのではありませんか？」

試すように、ユーリエルは決着した遊戯について蒸し返す。

「貴方《あなた》が選んだフラヴィア・デル・テスタは、クリステラと相打ちで終わりました。勝利を目指すなら、チップの譲渡により遊戯を継続できたにもかかわらず、です」

「さっきも言ったはずだ。この遊戯はヴァチカン――絶対幸運の聖女という不確定因子を盤面から排除するところまでがゴールだった、と。決着は多少ぶれたがな」

「ええ、貴方はDクラスの勝利と読み、しかし白王子透夜がその読みを超えました。最終的な勝者は彼となり、Cを排除してなお、Eという強敵が立ちはだかってきた」

これは、つまり。

「結果で言うならば、紅蓮。貴方は白王子透夜に読み負けた。違いますか？」

「何をバカなことを言うんですか！　この敗北の責任は、お兄様にはありません！」

紅蓮が沈黙を破るより早く、横合いから鋭い指摘が入り込む。

ユーリエルの物言いが気に障ったのだろう。怒りをあらわにした可憐《かれん》は、いつものように兄の傍《そば》に侍《はべ》りながら、未《いま》だ閉じたまま開かない2つのクオリア筐体《きょうたい》を指差した。

「ロシア代表の女狐《めぎつね》や追尾型ストーカー元生徒会長はとっくに立ち去ったのに、ぐずぐずと未だ出てこない宗教女。あのフラヴィアのサボタージュこそ敗因ではありませんか！」

「……そういえば、ちと遅いのう。様子を見ておいたほうがよいかもしれんな」

沈黙し、場の流れを見ていたもうひとりの人物。Cクラス代表、第三王女ヌグネが言う。

すべてを賭けた同盟者、クリステラ・ペトクリファが異能を喪失した今、彼女が抱える遊戯者《プレイヤー》に第一線級の戦力は残っていない。

故に事実上の脱落を認め、Fクラスことユーリエルの風下に立つことを認めた彼女は、幼げに見える顔立ちに似つかわしくない鋭い眼《め》で、開かぬ筐体をジロリと睨《にら》む。

「遅くて喜ぶのは欲求不満の人妻くらいのもんじゃ。何しとるんじゃ、あやつら」

「下品な言動は意図的なものと言っていましたが……それ、実は地じゃありませんか？　お兄様の耳が穢《けが》れます、セクシャルな言動は控えてください！」

「わかりやすいじゃろうが。ＨＥＮＴＡＩ国家日本人のくせに何じゃそのウブな態度は。ものすごい巻き舌でアヘ声かますくらいのネタはそっちからやってもよかろうに」

「やりません！　いつの時代の話をしてるんですか、まったく！」

丁々発止《ちょうちょうはっし》とやり合う可憐《かれん》とヌグネ。

その滑らかな会話を聞きながら、紅蓮《ぐれん》は眉ひとつ動かさない。

（いつもなら、何かしら止めに入ったりすると思いましたが……やはり、違う？）

そう感じ、改めてユーリエルが口を開こうとした、その時だった。

圧縮された空気が抜ける音がして、クオリア筐体《きょうたい》が開かれる。スモークじみた靄《もや》の中、感覚没入後にありがちなおぼつかない足取りで、二人の人物が現れた。

「Per《ペル》 favore《ファヴォーレ》……んっ……。あ、あまり、見ないでください……はずか、しいです」

「ふふっ。何を恥じる必要があるのですか？　愛《いと》しいあなたを、もっとよく見せて……」

「そ、そんな。だめです、まだ、姫殿下が。みなさまが、いるのに……んっ……！」

薄靄《うすもや》の奥、重なり合う影。

倒れかけた少女を支え、そのまま密着して一塊にもつれる姿に、

「こら、盛るでないわクリステラ！　ああまったく、純粋栽培は抵抗力が無くていかんわ。

キス一発で雌顔しおってからに。まさかお主が寝取られるとは思わなんだぞ」

「ね、寝取られ……!? ま、まだです。その……ね？」

「ええ。育んでいきましょう、焦る必要などありません。時間は――あるのですから」

指と指を絡ませるように手をつなぎ、寄り添って立つ少女達。

片や《絶対不運》の異能者、フラヴィア・デル・テスタこと右斎風鈴《うざいぷりん》。

そして神のもたらす《絶対幸運》を纏《まと》うヴァチカンの聖女クリステラ・ペトクリファ。

二人は今や互いへの想《おも》いを隠そうともせず、情熱で潤んだ視線を熱く交わしていた。

「ええい、イチャイチャと！ 敗北しておきながらその態度は何ですか、不真面目な！」

頬を膨らませた可憐が叱りつける。すると、フラヴィアは平然とそれを受け入れて。

「責任はもちろん、取らせて頂きます。我がテスタ教団の財で賠償が敵《かな》うなら、すべてを
お支払いいたしましょう。贖《あがな》えと言うならば、いかなる罰も受け入れます」

「！ そんな……！」

幼いクリステラを庇《かば》うように抱きしめながら言うフラヴィア。

姉妹じみたその仕草は、健気《けなげ》な美しさと妖しい美しさを孕《はら》み、紅蓮に問いかける。

「クオリア申請。フラヴィア・デル・テスタの遊戯者《プレイヤー》登録を抹消する。代理は後に選定、
この後は遊戯者としてではなく一般留学生として処理する。構わないな？」

「？ わしに言うておるのか。ま、かまわんじゃろ。クリステラも申請しておくわい」

抱き合う乙女達に視線すら向けず、端末を操作しながら言う紅蓮に、ヌグネが頷《うなず》く。

「クリステラや。ま、愛の形は人それぞれじゃ。わしの戦略が破綻したのはムカつくし、正直そこの寝取り女にはクッソ腹が立つが、お主を責める気はせん」

「姫殿下……Mi dispiace tanto《ミ・ディスピアーチエ・タント》. 本当に、本当に、ごめんなさい……！」

涙をこぼしかけた元聖女に、娼婦《しょうふ》に例えられる姫は諦めたように息をつく。

「もうええわい。賭けた以上、負けも遊戯《ゲーム》のうちじゃ。かくなる上は勝ち馬に乗るべく、ありとあらゆる手段で実の妹に取り入ってくれるわ。プライドなんぞ捨てての？」

ニッ、と健康的な白い歯を覗《のぞ》かせ、優雅さより生命力溢《あふ》れる笑みを浮かべて。

「じゃから幸せになるがいい、クリステラ。その宗教女が妙なマネしよったら遠慮せんで言うんじゃぞ、最高の弁護士と別れさせ屋を送りつけてくれるわ」

「……Grazie《グラッチエ》. ありがとう……。ヌグネ。わた、しの……主《あるじ》！」

泣くように笑む元聖女。

もはや神々しさはなく、ただそこにいるのは一人の恋する乙女でしかなく。

「いいのですか、お兄様。勝手な真似《まね》をして、ペナルティすら無しでは……」

「不要だ、可憐《かれん》。俺がそれに求めるものはすべて搾《しぼ》り取った。残り滓《かす》に用はない」

強く冷たい言葉。だが、そこに当然含まれるべき感情は、皆無。

怒りもなく、苛立《いらだ》ちもなく、ただ当然のことを伝えるように、紅蓮《ぐれん》は静かに言い放ち。

「やはり、そうでしたか。……すべては、貴方《あなた》の読み通り」

視線すら向けない冷めた態度に、フラヴィア・デル・テスタは噛《か》みしめるように言った。

「私とクリステラが相殺し、消えることも。復讐《ふくしゅう》を遂げた私が刃《やいば》を捨て、遊戯を放棄することさえも予想通り。私の最後の反逆は、ささやかな爪痕すら残せなかった……」

「当然です。貴女《あなた》ごときがお兄様の御心《みこころ》に傷ひとつつけられるものですか。うっとうしい」

「ふふ。……何を焦っているのですか、可憐さん？　口数が多く、人を責めるような言葉。それはつまり、貴女の心に余裕が失われ、焦りのままに口走っている証《あかし》」

「ッ……！」

責めるような言葉を続けていた可憐が、フラヴィアの一刺しにピクリと震える。

宗教の香りを漂わせる頭巾を脱ぎ、美しい金髪をはだけながら――。

「もはや、眼中になし。私の敗北、私の反逆など『砕城《さいじょう》くん』にとって無価値なのだ、と。好悪の感情すら不要な、無関心という最悪の状態となったことが、わかりませんか？」

「それは……わかります。一般生徒に堕《お》ちた貴女に、もう遊戯に関わる資格はないと」

「ええ。聖女も教祖も廃業でしょう。文字通りすべてを失った私のことなど忘れ、もはや次の戦場に視点を変えている。私はここまでですが、貴女はついていくのでしょう？」

ならば、とフラヴィアは短く言葉を繋《つな》ぎ。

「私にかまう暇など、無いでしょう。これは忠告であり警告です、可憐さん。私のような終わった駒に心を残したままでは、貴女の大切なお兄さんに置いていかれますよ？」

「馬鹿なことを。お兄様の御心を凡人が計ることなどできませんが、それでも妹たる私を置いていくようなことを、お兄様がするはずがありません。そうですよね、お……」

にいさま、という言葉が続くことなく、煙のように立ち消えた。

可憐《かれん》の視線、その先に砕城紅蓮《さいじようぐれん》の背中がある。もはや何の用もないと言わんばかりに、彼は静かな足取りで部屋を出ようとしていた。

「ユーリエル」

「はい。……どうかしましたか、紅蓮？」

「お前は、どんな手を使ってでも弟を守ると言ったな。悪魔に魂を売ってでも、と」

「確かに。その想《おも》いは変わっていません。いえ、さらに強くなりました」

掴《つか》み損ねた勝利の夢。垣間見《かいまみ》ただけに、その飢えはさらに強くなっている。

ユーリエル・アルセフィアは、王女という称号に似つかわしくない餓狼《がろう》じみた鋭い眼《め》で、己《おの》が最強の切り札を見上げる。並び歩く少年の眼は、熾火《おきび》のように朱《あか》かった。

「お前だけに話がある。——来い」

「え？　お兄様、それでは……あの、私は……!?」

「………」

返事が、ない。

いつもならば振り返り、優しい笑顔で「すまないが、二人にしてくれ」と言うだろう。ぶっきらぼうだが相手を気遣う優しさ、傷つけまいとする配慮。

人の好《よ》さを垣間見せる一言が、ない。いつもの紅蓮、少なくとも獅子王《しおう》学園で再会し、これまで過ごしてきた兄妹《きようだい》の時間で見てきたそれとは違う態度だった。

「冷たいのう。あの白王子《しろおうじ》とやらに相当追い詰められておるのか？」

「あの程度の男に、お兄様が？　ありえません。あれは、そう。……知っています」

可憐の記憶にあるイメージ。かつて幼い頃、砕城本家で過ごした短い時の中で。

「あれは、お兄様です。それも、全盛期の。日常を求めるようになるずっと前、出会った頃の、お兄様……！」

恐らく、最強だった頃の砕城紅蓮。

今も最強だと可憐は信じて疑わない。だが、それでもなお、心底震えるような眼の光、醸し出す迫力は、緩く穏やかな空気を纏《まと》うようになった今とはケタが違う。

（お兄様が覚醒した？　それほどまでに、Eクラスは強敵だと……!?）

異常事態を感じとり、不吉な予感に可憐は震える。そして刹那、端末が短く震えた。

「お兄様からのメッセージ!?　これは……っ」

一瞬湧き上がった歓喜は、失望に塗り潰《つぶ》された。

『これからユーリエルと会議をする。Fクラス勝利のために必要な、重要な相談だ。俺が許可するまで一切の連絡を遮断、端末を通じての連絡、着信も不可とする。以上』

メッセージアプリに届いたのは、あまりに素っ気ない言葉。

事務的、かつ一方的。一切の連絡を断ち、会議の邪魔をするすべてを排除する宣言。

「なんと、キツい言い方じゃのう。兄弟姉妹で殺し合ってるわしらが言うのも何じゃが、仲良くしたほうがいいと思うぞ。ラブ&セックスとまではいかんでもの？」

「……勝手に画面を見ないでください。まだ貴女《あなた》は部外者でしょう、ヌグネさん」

「一応同盟者、と思ってもらいたいところじゃがな。なんせ他の連中が勝ってしまえば、わしが組む余地はない。エーギルもリングネスも大国の後ろ盾があるからのう」

事実上、そうした政治的な『紐《ひも》』がついておらず、勝利の可能性を濃く残しているのはFクラス、ユーリエルのみ。他の陣営に取り入る余地がない以上。

「わしとしては、そなたらに勝ってもらわねば困る。利害は一致すると思わんかえ？」

「ええ。ですが、それを決めるのはお兄様であり、ユーリエルさんです。私は……」

「決定権はないか。まあそりゃそうじゃが、内部に不和があるようでは安心できんでな。いつもああだと言うのなら、わしとしてはもう何も言わんよ」

「ええ、いつも通りです。貴女《あなた》が口を挟む筋合いは、ありません」

ピシャリとそう言い放ちながら、可憐《かれん》は不安を押し殺すように唇を噛《か》む。

誰にも見えないように、ほんのわずかに。唇に歯が食い込む鈍い痛みを感じながら。

（……あれは、かつてのお兄様。私が憧れた、最強のお兄様の姿のはず。なのに……！）

喜ぶべきことのはずなのに、切ない。いなくなり、追うことも禁じられた兄の姿を求め、無人の廊下をつい目で追いながら、砕城《さいじょう》可憐はしばし端末を握って立ち竦《すく》んでいた。

ブルル……！

「！　着信。お兄様から……では、ないのですね。なんだ、佐々木《ささき》さんですか」

不意に震えた端末に表示された名前に、可憐は落胆を隠さぬままメッセージを開く。

（確か、佐々木さんは桃花《ももか》さん達と駄菓子屋でしたね。どうせくだらない写真でも撮って送ってきたのでしょう、まったく。子供みたいに……）

呆《あき》れ半ば、だがもう半分は行き詰まるような気分をほぐすものを期待して。

開いたメッセージを一目見た瞬間、ビクリとその背が強く震えた。

「ヌグネさん。フラヴィアとクリステラの処理を頼んでかまいませんか!?」

「遊戯者《プレイヤー》登録の抹消やら何やらの手続きと、当座の保護くらいならできるがの。どうした、血相を変えおって。何か緊急事態でも起きたのではあるまいな？」

「わかりません。ですが……」

メッセージアプリに浮かんだ佐々木の言葉に、可憐は鋭い視線を注ぐ。

『すぐ　きて。さもないと　なにかする』

送信者は佐々木咲《さき》。表示されている名前とアイコンは、間違いなく本人のそれだ。

が、平仮名だけを使った特徴的な文章。そして添付された画像が、語っている。

「まったく何をしているんですかあのお馬鹿軍団は！　……お兄様に連絡が取れない今、私が行く他無いのでしょうが……！」

映っているのは駄菓子屋の店先。ひくついた笑顔の佐々木が自撮り棒を構え、引き気味のアングルで撮影したらしき画像には、もうひとり見慣れぬ人物が映っている。

まるで日本人形のような和の香りを醸す黒い髪。硬い雰囲気を纏《まと》う怜悧《れいり》な顔立ちに——身長が足りないせいだろう。佐々木《ささき》と高さを揃《そろ》えるため、『踏み台』に乗っている。

「凍城未恋《とうじようみれん》。お兄様の隠し子を自称する本家の手先。ああもう、まったく！」

苛立《いらだ》ちのままに吐き捨てて、可憐《かれん》はその場を走り出す。

残されたヌグネやフラヴィアが見送る中、再び端末に視線を落とす。

小学生ほどの幼い姿、その靴の下に倒れた『踏み台』へ。

「またあっさり負けて、仕方ないですね……！　今、行くから待っていなさい!!」

折り重なって倒れる三人の人影。

褐色の肌をしたラテン美女、縦ロールを乱した金髪お嬢様、そして目を回して大の字に伸びている、いかにも『やられた！』という書き文字が似合うピンク色。

アビゲイル・ナダール、楠木楓《くすのきかえで》、桃貝桃花《ももがいももか》。

まるで正月の鏡餅のようにまとめて重ねられ、虚《うつ》ろなピースサインを出す幼女の踏み台にされた三人のもとへ、可憐は苛立ちのままに駆けて行った。

●暴動の爪痕で

アルセフィア王国第六区画。かつて観光資源化を目指し、大金を投じて整備された街は、現在も表通りだけは美しく整備され、近隣諸国からの客をもてなしている。

先代総督、ユーリエルの母親がカールスの策略によって膨大な資金を奪われ、総督府の財政は破綻。事業を外資の日系ヤクザに奪われて以後は、体裁を繕うための最低限の営業のみを続けており、決して賑《にぎ》わっているとは言い難かったが——。

「こんな……。こんなことに、なるなんて。何が起きたんですか!?」

学校から走り抜けたまま、獅子王《ししおう》学園の制服姿で、可憐《かれん》は変わった世界に驚愕《きょうがく》する。

あちこちで燃えるガソリンの炎。出どころの怪しげな民芸品や土産物、ニセ日本製品を扱っていた店はショーウィンドウを叩《たた》き割られ、略奪者達が蟻《あり》のように列を作る。

取り締まるべきシステム、警備ドローンをはじめとする警察機構は無力で、あちこちの路上に暴徒が引きずり倒した機械が転がり、虚《うつ》ろな言葉を垂れ流している。

『——第二区画総督、第一王女リングネス様の意思により、本日より第二区画は門戸を開放、第六区画からの移民を受け入れます。手続きは……ガ……申請はお早目ニ……』

壊れかけた機械の言葉を耳にしただけで、可憐はおおよその状況を推察した。

(第二区画への移民!? やってくれますね、大陸マネー……!)

可憐が知る限り、第六区画の就職率は最低だ。主産業である観光業に就ける者は極少数、大半は陽《ひ》の差さない裏路地で無職同然のまま、ヤクザの下働きに使われていた。

そんな中、大陸からの資金により隆盛著しい第二区画への移民が認められるとしたら？

（当然、食いつくに決まっています。そして国民管理ＩＤとログイン端末を事実上買収し、《獣王遊戯祭《ベスティア》》における最重要ポイント——ＣＰを奪い取る！）

裏舞台の遊戯《ゲーム》を介さず、表舞台からこちらの命を削る。

（こちらも、白王子朝人《しろおうじあさと》や姫狐《ひめこ》さんを裏工作に送り込んではいますが。まさか堂々と買収工作を仕掛けてくるとは……！　以前行った大衆の扇動を、やり返された形ですか）

カールスを引きずりおろし、敗退の危機を脱するためＥクラスに対してＦが仕掛けた、リアルでの扇動工作。敵はそれに近い行為を、それ以上の規模で行ったのだ。

（お兄様に連絡しなければ。……いえ、今は連絡を禁じられています。ひとまずは！）

暴徒がうろつく危険エリアを抜け、レトロな街並みが再現された辻《つじ》、ＳＨＯＷＡ通りへ飛び込む。兄が行きつけにしていた駄菓子屋は、かろうじて原形を留《とど》めていた。

「これはまた、酷《ひど》い。お兄様がご覧になったら、さぞ……！」

兄の悲しみを想像し、痛ましさに思わず俯《うつむ》いてしまう。

紅蓮《ぐれん》が愛した駄菓子たち。大昔のアニメが描かれたカードくじは踏《ふ》み躙《にじ》られてオマケのカードを撒《ま》き散《ち》らし、レトロゲームは引きずり倒されて、画面が無残にひび割れている。

「特に酷く壊されているのは、遊戯性の高い駄菓子——くじ引きや当たりつきの棒きなこ。これはもしかして、この場で遊戯を行った、ということでしょうか？」

「ええ。……そうなります。申し訳ありません……！　紅蓮《ぐれん》様が愛したお店を……！」

「み、みゃ、みゃもれまぜんでぢだっ……！　ごめんなさい、ごめんなさ〜〜い!!」

荒れ果てた店先に、積み重なるように倒れている少女たち。

一番下に楠木楓《くすのきかえで》。真ん中に桃貝桃花《ももがいももか》。そして一番上には、意外な人物が乗せられて——

その両手足をヒモ状のキャンディでぐるぐる巻かれ、拘束されている。

「アビゲイル・ナダール。米国の遊戯傭兵《ゲームようへい》であり、失格して遊戯者《プレイヤー》登録から外れた貴女《あなた》が、なぜ桃花さんたちに交じっているんですか？　状況がわかりません」

「知れたこと。負けたからダヨ。……依頼料は安くても、手を抜いたワケじゃない。ただ、純粋に負けたダケ。あー、ったく……。アタシの戦績、ガタ落ちだよ。死ねるネ」

楓と桃花の上に重ねられ、南米系ラテン美女が無力を噛《か》みしめるように言う。

「まずはカエデ。次に、モモカ。駄菓子を使ったくだらない遊戯サ。交互に当たりつきのクジを引いて、先に当たった方が勝ち……みたいな、くそカンタンな勝負だった」

勝てば、買収した国民管理カードやログイン端末を返す。

負ければあちらの提示した条件を飲む。そして勝負に応じなければ——。

「紅蓮様が愛した、このお店を破壊すると。拒否権はありませんでした、だから……！」

「ぐす、ひっく、えぐっ……ご、ごめんなざいっ……ももが、まげ、負けで……っ！」

「ちょ、ちょっと！　上から鼻水を流さないでくださいまし、髪がベトベトですわ！」

顔をくしゃくしゃにして子供のように泣きじゃくる桃花。

楓は比較的冷静さを残しているようだが、顔色は悪く、ショックを隠し切れていない。

「ざ、ざいごに、いっかいだけ……。ももか、おねがいして！　アビーさんに！」

「代打ちを依頼されて、引き受けたのサ。完熟バナナ一年分デネ」

遊戯傭兵、それも《黒の採決《ブラックバウト》》クラスの代打ちとしてはタダ同然の金額だが。

「この調子で泣かれチャ、放ってもおけナイ。成り行きで受けたのサ、ケド……」

自嘲をこめた顔つきで、アビゲイルは真下の桃花をあやすように褐色の頬を摺《す》り寄せる。

ひっくひっくと泣き続ける彼女に、申し訳ないと言うかのように。

「結果は、同じだった。正直アイツを相手にしたら、アタシもモモカもカエデも同じだネ。

『勝てない』って点じゃ変わりナイ、こんな気分になったのは、最近じゃ3回目サ」

3回目。その数が示す意味に、可憐《かれん》は容易に辿《たど》り着く。

「Dクラスとの総督府争奪戦。Aクラス脱落を賭けた白王子透夜《しろおうじとうや》との遊戯。そして今回の凍城《とうじょう》未恋《みれん》、駄菓子屋での遊戯により3回目……違いますか？」

「ピッタリだよ。あの女じゃナイ、誰かサンとの遊戯や白髪のバケモノと。……同じサ」

ミラのアバターを借りた砕城《さいじょう》紅蓮や、復活を遂げた怪物、白王子透夜。

暗にその両者に匹敵すると未恋を評するアビゲイルの眼《め》に、嘘《うそ》の気配は微塵《みじん》もない。

「思考が読めるとか読めナイとか、癖がアルとかナイとか、そんなんじゃネーヨ。ありゃ空っぽダ。どれほど抑えても出ちまう感情、勝ち筋が見えた時の喜びや敗北への恐怖、揺さぶりに対する怒り……そんなノがナイ。つけ入るスキが、存在しなイ……！」

裏路地の遊戯者《プレイヤー》は、自らの乏しい言葉を駆使して感じたものを伝える。

それが雇われて挑みながら敗北した傭兵《ようへい》に残せる、ただひとつの成果だと言うように。

「アイツは、奥だヨ。……アンタを、待ってル」

「わかりました。何の用か知りませんが、助力に感謝します」

「ハッ。役立たずの道具を労《ねぎら》ってくれるあたり、優しいネ。……とっとと行きナ！」

三段重ねの敗北者たちの隣を歩き、沈黙が降りた駄菓子屋の奥を覗《のぞ》き込む。

いつもは老婆がくつろいでいる室内から、かぐわしいソースの香りが漂ってきて。

「佐々木《ささき》さん。……何をなさってるんですか、貴女《あなた》は？」

「はあ……もんじゃ焼いてます、佐々木です。なんでも駄菓子入りが美味《おい》しいらしく」

「そんなコンビニグルメ知識は必要ありません！　まったく……何のつもりですか？」

「そう言われましても。お店のお婆《ばあ》ちゃん奥で寝込んじゃってますし、他の人はまとめて拘束されちゃいましたし、もんじゃ作るくらいしかできなかったんですよー！」

じゅうじゅうと、香ばしいにおいを放つ鉄板の上。テーブルに埋め込まれたレトロな形のホットプレートで、大量の具が焼けている。

麺形のスナック菓子を入れた小麦粉の生地に、桜えびや豚肉、キャベツが混ざってグツグツと煮え、水分を失って焦げかけたところを小さなコテでカリカリと削り——。

「ほふ、ほふ。……ん♪」

「美味しそうに食べるから、ついつい作っちゃうんですよね。……紅蓮《ぐれん》さまとそのへん、マジ似てると言いますかなんと言いますか。ガチ親子では？」

「違います。少なくとも私は認めていません。惑わされないでください！」

小動物のように少しずつもんじゃ焼きを食べている幼女は、凍城未恋《とうじょうみれん》。

店の老婆に借りたものだろう、簡素なエプロン姿の佐々木に世話を焼かれつつ、口から湯気を吐きながら、子供用スプーンとフォークを操るその姿は、確かに愛くるしい。

「ん。……まってた。かれん」

「凍城未恋。お兄様の子を名乗る貴女が、妹たる私に何の用ですか？」

「きてほしい、ところがある。……きょうせいれんこう？」

「つまり、私達を拉致しようというわけですか」

ほほふと口から湯気を吐く幼女を厳しい眼《め》で睨《にら》みつけ、可憐《かれん》は背後を振り返る。

「残念ですが、そうはいきません。ここへ足を運んだ時点で義理は果たしましたし、脱出させてもらいましょうか。幸い、みなさん敗北経験のあるタフな方々ばかりですし」

「可憐さま、もしかして佐々木とか置き去りにしてもいいとか思ってません!? 嫌ですよ、楓《かえで》さんも私も全裸で学校生活経験者ですけど、あれ二回目はさすがに死ねます！」

「だったら自力で逃げるくらいの知恵を働かせたらどうですか！ まったく……」

「それも、むり。まわり、みて？」

もんじゃを食べる手を止めてハンカチで口元を拭きながら、未恋が言う。

釣られて可憐が周囲に視線を送ると、この店を囲むように武骨な警察マークの描かれた自動機械、いわゆる治安維持用の警備ドローンが闊歩《かっぽ》していた。

「あのマークは……第二区画。伏兵、と言ったところですか？」

「やくそく、やぶられたらこまる。このまま、ついてきてほしい」

「脅迫ですか？　前時代的な。ここへ呼び出されるまでは遊戯《ゲーム》の清算、自陣の敗北の結果と割り切りますが、それ以上を望むのなら……当然、遊戯を以《もっ》て決着すべきでは？」

「そう。けど、ここ。……やりにくい」

遠く火災のベル、暴徒の喚声が未《いま》だ響くような危険地帯だ。

クオリアやそれに類する設備もない中で、確かに満足な遊戯ができるかと言えば──。

「確かに、遊戯ができる環境ではありませんね。なら、第六区画の総督府では？」

「それこそ、むり。かったのは、こっち。まけたのは、そっち。……でしょ？」

ガチャン、と金属音が響き、ドローンの鉄骨めいた前足が畳を踏む。

「いちどのまけで、あなたをよんだ。のこりのまけ、ふたつぶん。いうこと、きいて？」

遊戯に敗れ、暴力で主導権を完全に握られた今、強気の交渉ができる状況ではない。

（この場で下手に抵抗し、さらにお兄様の思い出を壊し……人命を、危険に晒《さら》すよりは）

仲間とは言わない。だが楓《かえで》や桃花《ももか》、佐々木《さ さ き》が傷つけば、紅蓮《ぐれん》は悲しむだろう。

破れかぶれの抵抗など無意味。遊戯に応じる構えを見せて、兄の介入を待つ。あるいは、自らの手でこの奇妙な幼女を打ち倒し、皆を救うことができれば……！

（少しは、お役に立てるでしょうか。……お兄様！）

アルセフィアへ来て以来何もできていない焦り。兄の役に立ちたい、という想《おも》い。親しい者達を助けたいという祈り。それらすべてが、可憐《かれん》に決意を促した。

「いいでしょう。――敵地への招待、お受けしましょう」

＊

第六区画の荒れた街路を、２台の『自動車』が滑るように抜けていく。

文字通りの完全自動運転。交通管制システムと接続したＡＩ操作は交通事故による死者数を劇的に減らし、先進各国ではもはや常識となりつつある。

中国の新興メーカーが米国から技術者を引き抜いて設計したこの車種は、そうした交通新時代に完全適応、そもそも車内にハンドルが存在せず、各々が持つデバイスによる簡易操作と目的地入力のみで操作する、個人所有の移動用ドローンに近い。

そんな代物が、２台。１台には佐々木、楓、桃花、おまけにアビゲイルといった面々が警備ドローンによって詰め込まれ、車列の先頭を進んでいる。

フロントガラス越しに見える車内では、拘束に使われたグミキャンディを解いたらしい桃花が、べったりとリアガラスに顔をつけ、心配そうな涙目で後列を見ている。

正確には――並んで走る２台目の車内。

高級そうな本革のシートに座った可憐と、その正面に向かい合うように座った未恋《みれん》を。

「……近くありません？」

「そう？　……ちょうどいい。ひとはだ。ぷにぷに。……すやぁ……♪」

「寝ないでください、重いです。何の目的でお兄様のお子などと不遜な称号を騙《かた》っているかは知りませんが、私が産んでいない以上、断じて親族関係は認めませんからね!?」

「むにゅ。……それはそれで、だめだとおもうけど……」

シートに不機嫌そうに座った可憐《かれん》。その太腿《ふともも》に横座りし、わざわざ首に腕を回して——恋人のよう、と言うには空気が緩く、だだをこねる子供を抱き上げた母親のように。

間近に迫る凍城未恋《とうじょうみれん》。その淡い光を放つ眼《め》を見つめていると、

(悔しいですが……似ていますね。本家の老人達が、お兄様の遺伝情報を悪用した存在。……その可能性は捨てきれない、と言えるでしょう)

鴉《からす》の濡《ぬ》れ羽色《ばいろ》、と呼ぶのがふさわしい艶《つや》やかな黒髪。膝に感じる体重は驚くほど軽くて、とても同年代とは思えない。日本人離れした黄金色の瞳は、底知れぬものを秘めていて。

眠そうに緩み、「むー」と不機嫌な猫のように唸《うな》っていてさえ、可憐の背筋を凍らせる。

「だいさんじたいせんいぜん。……くるま、たくさんひとをころした」

「その言い方ですと、自動車が生物のようですね。交通事故による死者は、戦前と戦後で文字通りケタ違いではありますが」

戦争による大破壊こそが、皮肉にもそれを可能にした。

世界各国に投入された熱核兵器、大陸の形さえも大きく変えた破壊の爪痕は、根こそぎ

破壊された旧時代のインフラを、最新の形で再整備することで進化を促した。

「自動運転システムすら組み込まれていない旧時代の高速道路や、せいぜいスピード違反を取り締まる程度の管制システムでは、アルセフィアや日本のような自動運転装置は導入できませんでした。遊戯《ゲーム》による新時代が得た進化の恩恵、そのひとつでしょうね」

「うん。けど、ね」

眠そうに緩む顔、しょぼしょぼとした眼を軽く擦《こす》ると。

「そのかわり、ひとは、ちずをみるちからをうしなった。——ちがう？」

「それは……」

進化を極めたスマートデバイスの普及。今や自分で現在地を把握し目的地へ向かうなど、そんな面倒な手順は必要ない。地図アプリを起動し、ナビに任せるだけだ。

自動運転車両ならなおさらで、目的地の住所さえ知っていれば入力のみ。あとはＡＩが判断し、手近な駐車場の空きまで確認して連れていってくれるのだから。

「ひとは、ＡＩなしでは、もくてきちまでいくことすら、できなくなった。そしてひとは、ＡＩなしでは、せんそうすら、できなくなった。……つぎは？」

「古い自然主義者のようなことを言いますね。文明の申し子のような顔をして」

「みとこんどりあ」

あまりにも突拍子のない未恋の発言に、「は？」と可憐は口にする。

「よーりょくたい。とりこまれ、きょーせーする……」

「ミトコンドリアに葉緑体、ですか？　どちらも起源は独自のＤＮＡを持つ細菌でしたが、細胞内に取り込まれて共生するようになった、と言われているものですが」

そこまで口にして、ふと可憐《かれん》は気づいた。

（現代において、ほぼあらゆる人類がスマートデバイスを所持し、ＡＩと接続している）

それをミトコンドリアや葉緑体に例えるとしたら？

人体と言う細胞に有益なため取り込まれ、共生する異物。

いつしかそれは融合し、切り離すことなどできなくなる。

それは人類の進化、生物としてはメリットしか生まない取引だ。が、しかし。

「しんかしたそんざいは、しんかしないものと、どういつ？　それとも、いぶつ？」

黄金の瞳が可憐を貫く。

「むのうりょくしゃと、いのうしゃ。えーあいと、じんるい。……その、ちがいは」

舌足らずの言葉、あどけない発音が突き刺さる。

「なに？」

まるでおんぶをせがむ得体の知れない妖怪を抱えているような、違和感――！

「……気分が悪くなってきました。これが、凍城《とうじよう》未恋《みれん》。あなたの、異能？」

「ちがう。それ、ただの、ぷらしーぼ。あるいは、くるまよい」

「は？　ですが、確かに気分が……」

「わたしのめは、異能封じ。しんかしたのうを、はっくする。けど、あなた」

冷たい指が可憐の顎を掴《つか》み、抗《あらが》う間もなく頬を挟んで固定する。

じっと重なる眼《め》と眼。合わさる視線、驚くほど冷たく無臭の吐息が交じり合う中。

「――つまんない。なにもない」

「つまらなくて悪かったですね。私を侮るつもりなら、後悔することになりますよ？」

「こじんすぺっくとは、むかんけい。とくしつのもんだい」

「同じです。私は異能者ではなく、砕城《さいじょう》の遊戯《ゲーム》教育も受けていません。ですが十分な修行を積み、独学で第一線に立っている遊戯者《プレイヤー》です。――それを否定など、させません！」

きっぱりと言い切る。兄の傍《そば》に立ち、足手まといになるのではなく、共に支え合う。

それが砕城可憐の追い求める理想、本来あるべき兄妹像《きょうだい》。

「ねぇね」

「……それ、もしかして私のことですか？　突然なれなれしくなりましたね」

「ぶんせき、おわた。……あなたは、ねぇね。おとんの、いもうと」

「おとっ……!?　お兄様のことですか？　貴女《あなた》はまた……ッ」

「ねぇねは、おとんがすき。ただ、それだけ。よくぼう、もくひょー、なにもない」

ぞわりとする言葉。

可憐の心の奥底に秘めた、絶対に触れられたくないスイッチの際を撫《な》でるような。

「からっぽの、ねぇね。……きいたとおり、かわいそう」

「……!!」

否。スイッチを、蹴り押された。

「知ったような口を……！　先ほどから聞いていましたが、ねぇねだのおとんだのと！　ありえないでしょう、年齢差を考えれば私達に血縁関係があるとは思えません！」

人工的に子孫を作ったとしても、その成長は人類のそれからずれることはない。

精子や卵子を活用した人工授精でも同じことだ。可憐《かれん》や紅蓮《ぐれん》と数歳の差しかないように見える未恋《みれん》が、紅蓮の子である可能性は低い。

「基本的人権のキの字も知らない本家の科学者が、お兄様の遺伝情報から子供を作ったのだとしても、それは作った凍城《とうじよう》家の子であり、お兄様の子では無いでしょう。本当の意味で家族を家族たらしめるもの。それはお互いを想《おも》い、つながる心なのですから！」

紅蓮との再会から、ずっと可憐は兄との想いを育んできた。

最初こそ、不器用な振る舞いを叱られた。が、その後は兄をサポートし、自分なりに兄が幸福になれるよう、隣に立っていられるように努力してきた自負が、可憐にはある。

それなのに、ポッと出の素性も知れぬ存在が、家族面で口を挟むなど――……。

「ねぇね。しょーらい、なにになる？」

「は？　将来？　何をつまらないことを。お兄様のお傍《そば》にいるに決まっています」

「それだけ、だよね。じぶんが、なにになりたいかとか。ほしいもの。てにいれたいもの。みんな、おとんのことしかない。ねぇねには、おとんしかない。――からっぽだ」

責めるのではなく、どこか悲しげな声だった。

カチンと頭に血が昇る。全力で言い返してやろう、そう考えた時だった。

「なりたいもの？　夢？　希望？　まるで少年マンガですね。お兄様のお傍にいるという目的、壮大な夢を……否定される筋合いなど、ありません！」

そう、他にない。

「私のすべてはお兄様のためにあります。お兄様が喜んでくださるのなら、どんなこともするでしょう。欲しいものは、お兄様の笑顔。将来の夢は最高の妹で在り続けること！」

そう、砕城《さいじょう》可憐という人間、そのすべては。

大切なものは、ただひたすらに──『兄』に寄りかかるように存在している。

当然だ。あの日、6年前の冬。指導役の老婆に反抗して我を通し、本来なら遊戯者《プレイヤー》教育を受けて闇の世界に入る予定だった可憐を救い、想いを捧《ささ》げ続けてくれた人だから。

（五年間の虚無。お兄様がいない間、隔離されたような生活で。心の慰めとなったのは、ただお兄様だけ。ごくまれに届く便りや差し入れ、そこにあるお兄様の心だけが）

可憐を見ていた。本家の落ちこぼれ娘ではなく、砕城可憐という人間を。

気遣い、愛し、労《いた》わり、守ってくれた。それればかりではない。闇で不敗を貫いた報酬、血で掴《つか》んだ宝を賭けた遊戯《ゲーム》で本家に勝ち、救い出してくれたのだ。

（その恩は、この人生のすべてを捧げてもなお足りない。だから、私のすべては）

兄のために。紅蓮のために捧げると誓ったのに。永遠に一緒にいると、決めたのに。

「それ以外のものなど必要ありません。私はお兄様のもの。お兄様本人が私をいらないと告げない限り、私の過去、現在、未来のすべてはお兄様に捧《ささ》げて当然です!!」

万が一にも「お前はもういらない」などと、言われたくないから。

役に立ちたい、求められたい、使われたい。その欲求だけは否定できない。今こうして得体の知れない車に乗り、魔眼の幼女と対決しようとしているのも。

(本音を言えば、お兄様のお役に立ちたいという一心。あの人たちのことなど)

今も向かいを走り続ける車、リアガラスにへばりついた桃貝桃花《ももがいももか》の心配げな涙目や。デバイスを震わせ続ける佐々木《ささき》からのメッセージ。稀《まれ》に桃花をひっぺがし、自分が覗《のぞ》き声をあげる、楓《かえで》の悲痛な声なき叫び、そんなものは、せいぜい。

(私の動機の、20%ほどしかないのですから。――人でなし、かもしれませんね)

そんな想《おも》いを抱えた可憐《かれん》の膝に、まるでわがままな子猫のように幼女がじゃれる。

眠たげに目を細め、今にも寝入ってしまいそうな愛くるしい表情で。

「……こないだばぁばに、きいたとおり。ほんと、ねぇねは。おとんが、だいすき……」

「ばぁば？　誰ですか、それは。……いえ、まさか……」

そこまで言った刹那、冷たいものが背筋に走る。

「げーむのこと、教えてくれるひと。……へんなしゃべりの、ばぁば」

「砕城家《さいじょう》、遊戯指導役《ゲーム》。私とお兄様を引き裂いたあの老婆……生きていましたか！」

カッと頭に血が昇る。昔、心ない言葉と共に雪うさぎを踏み躙《にじ》った老婆。

6年前の決別以来一切姿を見せなかったため、その後の様子を可憐は知らない。

だが、長年闇の世界で代打ち稼業の遊戯者達《プレイヤー》を育ててきた老練の遊戯者だ。

（凍城《とうじょう》は砕城の分家筋。なら、あの老婆の息がかかっていてもおかしくありません）

幸い可憐は独学で遊戯を学んだ身。手筋を読まれるような機会は存在しない。

6年前のただの小娘だった頃の印象を元に侮ってくれるなら、逆に助かるほどだ。

しかし未恋《みれん》の口ぶりは、まるでつい最近、あの老婆と話したばかりのようではないか？

「きてるよ。いっしょのとこ、とまってる。……これからいくところに、いる」

「やはり、そうですか。砕城家の遊戯指導役、遊戯者を総括する立場のアレが同行する、ということは……。Bクラスの遊戯者、姿を見せなかった残りのメンバーは」

「うん。ぜんいん、いちぐん。さいじょーけの、わかて……だよ？」

「…………ッ!!」

砕城家一軍。それは遊戯者の世界、《黒の採決《ブラックバウト》》トップクラスの最強集団を意味する。

紅蓮《ぐれん》が姿を消して以来、大きな動きを見せていないものの……米国の遊戯傭兵《ようへい》や連邦の軍人、各国が全力で集めた若手遊戯者、それらどの陣営よりも強力な手札が揃《そろ》っている。

（しかし、分家筋の凍城単独ならともかく……日本政府御用達《ごようたし》、事実上遊戯社会における日本軍、国益を背負って立つはずの砕城家が、若手と指導役を派遣するなんて）

戦争で言うなら、軍隊が持ち場を離れ、他国の戦場に首を突っ込むのと同じだ。

日本企業が利権を獲得できず連敗を喫していると噂《うわさ》に聞いたが、まさか本当に砕城家は大陸に買収され、日本を裏切ったとでもいうのだろうか？

「情けない話ですね。分家だけならいざ知らず、砕城《さいじょう》の一軍総出で中国の手駒に成り下がるなど。恥はないのですか」

「こまかいことは、しらない。けど」

ん？　と不思議そうに小首を傾《かし》げ、未恋《みれん》はうっすらと笑む。

「わたしより、よわい。たいしたことない。……だから、いい？」

「フォローになっていませんよ。貴女《あなた》の実力も知らないのに、貴女以下だと言われても」

「はんだんにこまる？　……ん、じゃあ、まあ。みての、おたのしみ……ふぁぅ……」

不敵な笑みがゆるりと溶け、未恋は眠たげに大あくびをし。

「これからいくところには、みんないる。……ふくめんと……いけめんも」

そんな略称で呼ばれそうな二人組を、可憐《かれん》はよく知っている。

昨日の夜、食事をしながら行われた方針決定会議の最中。

紅蓮《ぐれん》の指示でBクラス総督府へ潜入し、国民管理IDカードを盗み出す裏工作を図った。

(姫狐《ひめこ》さんと、白王子朝人《しろおうじあさと》。見つかったということは、潜入は失敗……？)

可能性はある。何らかの手段で二人の総督府侵入を察知したとしたら。

その報復としてFクラス、第六区画への攻撃を仕掛けてくる可能性もある、が。

(いえ、タイミングが早すぎる。報復ではなく入れ違い。裏工作を仕掛けるタイミングがぶつかった可能性が高い)

殴りつけた拳と拳がすれ違うような偶然、だとしたら。

「国民管理IDカードの奪い合いを見越し、事前に守りを固めていた……ということですか。お兄様の手筋、《獣王遊戯祭《ベスティア》》という枠組みに囚《とら》われない攻勢を、読んでいた」

「というより……あたりまえ。ふつう、わかる。……ちがう？」

心底不思議そうな言い方に、挑発の意図は微塵《みじん》もない。

「とんでひにいる……なつのむし。にぃにがいるから、それでおしまい」

「どうでしょう。あの腹黒カップルは、嫌になるほどお似合いですから」

自分でも信じ切れていない、か細い希望をかけて、可憐は言う。

「十年も横恋慕と片思いを続けて、貫き通してくっつくような二人です。その執念だけは、決して侮れるものではないでしょう。にぃにというのはあの男のことでしょうが……」

もうひとりの凍城《とうじょう》家の遊戯者《プレイヤー》、兄を自称する男、凍城紫漣《しれん》。

未恋の口ぶりから、朝人と姫狐を迎撃するために残っていたのは彼だろう。

その実力は未知数だが、あの二人とて素人ではない。簡単に敗れるとは思えない、と可憐が思考を巡らせると――膝の上でまどろんでいた未恋が、むにゃむにゃと呟《つぶや》く。

「ん。……ねぇね、ざんねん」

眠そうに、呆気《あっけ》なく、いたぶるような愉悦もなく、ただあっさりと。

「もう、結果、でてる」

「…………ッ!?」

●花嫁の選択《ブライダルチョイス・ポーカー》

時は、砕城可憐《さいじょうかれん》が拉致されるより若干遡り——第二区画総督府、最高機密エリア。

壁一面を占める巨大金庫、人々からかき集めた国民管理IDカードや端末を保管する施設。《獣王遊戯祭《ベスティア》》の趨勢《すうせい》を左右する設備を前に、痩せた少年が立ちはだかる。

「さ、早速ヤリ合いましょうや。……センパイ？」

髪はくすんだ栗色《くりいろ》、乱雑に崩した制服姿。

前ボタンを留めずに羽織った上着の内は、いかにも安いプリントTシャツ。

首にかけたヘッドフォンは大仰な見かけのわりに音楽ひとつ流さずシンと静まり、顔はニヤニヤと軽薄な笑みを浮かべつつ、濃い隈《くま》の残る眼差《まなざ》しが、鋭く敵を観察する。

Bクラス、第二区画所属遊戯者《プレイヤー》、凍城紫漣《とうじようしれん》。

妹、未恋《みれん》と共に砕城分家から派遣された闇の遊戯者の言葉に、二人の侵入者が答える。

「もちろん、こちらは万全さ。……いいかな、姫狐《ひめこ》姉さん？」

銀糸を紡いだような美しい髪。怜悧《れいり》な笑みを湛《たた》えた美貌の少年、白王子朝人《しろおうじあさと》。

進入用の隠密《おんみつ》スーツを脱ぎ捨てて、内に秘めていたのは制服姿。探索者や密偵としてではない、遊戯者として挑む正装を忍ばせたのは、こうした事態を予期した故に。

「——……脱出は、不可能……。取り囲む壁は分厚い鋼、対爆装甲隔壁。唯一の脱出路は最新の認証システムで守られ、進入時に使用した偽装IDは使用不可。つまり……——」

「僕らが無事逃れるためには、遊戯《ゲーム》しかない。現状把握ありがとう、姉さん」

「——……うん。どこまでも。一緒に……——」

麗しい顔を隠すは、甲殻めいた覆面。封じた視覚を補うために、全身の皮膚感覚を異能で高めた獅子王《ししおう》学園生徒会監査、元透夜《とうや》の許嫁《いいなずけ》。現朝人の恋人、聖上院《せいじょういん》姫狐。

Ｆクラスの遊戯を指揮する紅蓮《ぐれん》の指令を受け、機密エリアに隠された国民管理ＩＤカードを盗み出すべく忍び込んだ、旧時代の潜入工作技術を今に伝える二人。

「けど、君はいいのかな？　武器は装備しなきゃ意味がない……君自身の言葉だけど」

凍城紫漣が『武器』と呼び、ほぼ肌身離さず連れ歩いていた妹、未恋の姿はない。

一人で待ち受けていた少年を、朝人は彼の言葉を引用して皮肉る。

「いつも一緒の妹さん。彼女がいない状況で僕ら二人を相手に、やるつもりかい？」

「あー、さっきも言ったっしょ？　アンタらくらいオレひとりで十分。つーか、お釣りが来るってーの。むしろ即攻終わんねえようキバッて欲しいくらいっスわ」

「そうかな。僕らも、地獄を潜《くぐ》り抜けてここに来た。しぶとさには自信があるけど」

「地獄。地獄ね。どんなだか知らねッスけど、筋が違うんじゃねーの？」

ペロリと舌先をはみ出させ、唇を湿らせて紫漣は嗤《わら》う。

「アンタらの対応を見てりゃ、白王子家の遊戯者教育が見える。たった二人、ロクな準備もなく最新鋭の警備システムを掻《か》い潜り、国家中枢に潜入して見せた工作技術。そして、身柄を押さえられそうになりゃ、遊戯戦に移行する……おかしくね、それ？」

「おかしいかな。僕らとしては、普通の在り方だと思うけど」

「それが異常なんですわ。遊戯者《プレイヤー》にゃ遊戯《ゲーム》をさせとけよ。潜入工作と遊戯技術はまったく違う系統の専門技術っしょ？　両方一緒くたに覚えさせる意味、ある？」

一日は二十四時間だ。金持ちだろうと権力者だろうと超人だろうとそれは変わりない。うち八時間を睡眠に、四時間を生活に必要な食事、排泄《はいせつ》、衛生管理に当てた場合、残るは十二時間。最大限のバックアップを施しても、教育に割り振れる時間はそれが限界で。

「その壁を越えるためにはインチキがいる。例えばクオリア分枝による体感時間の加速だ。オタクらで言う『億年スイッチ』みたいな意識の加速、脳神経を酷使した過度な鍛錬で、強引にスキルを詰め込まなくちゃ、忍者もどきの遊戯者なんて作れやしねーよ」

だが、それはあまりにも。

「ナンセンス。くだらねえ、意味がねえ、バカじゃねえ？　洗濯機にテレビくっつけたら、そいつは優れた家電になんのかよ。どっちつかずのガラクタっしょ、そんなん？」

「……洗濯機つきのテレビ、か。そういう例えが好きなのは、少し紅蓮《ぐれん》に似ているね」

「ハッ、そうかい。さすが親子、話が合うかもしんねーな。ちょいうれシーわ☆」

おどけた仕草で言い放つと、紫漣《しれん》は右手を高く掲げ、指を合わせてパチンと鳴らす。

すると、それを察知したかのごとく――

『申請承認。遊戯設備構築、ＡＲフィルタ展開します』

クオリア分枝と接続された機械音声が響く。部屋の片隅が開いた中から、広大な部屋の空間を目いっぱい使って、飛行型ドローン数十機が音もなく飛び立ち、機体に仕込まれたホログラム装置が、虚空に像を結ぶ。

再現されたのは——架空の結婚式場。

室内には教会を模した装飾が施され、ステンドグラスから七色の光が降り注ぐ。

赤い絨毯《じゅうたん》が導く先は、新郎新婦が愛を誓いあう壇上。その足元がぱかりと開き、床下から遊戯台と——不気味な人形がせり上がってくる。

その人形は真っ白なドレスを纏《まと》い、頭にはヴェールを被《かぶ》っていた。

目も鼻も取りつけられていない、つるりとしたのっぺらぼうで、体は鋼鉄でできている。

遊戯台の両端に掌《てのひら》を差し出す格好で直立するその機械人形は、《鋼鉄の花嫁》と呼ぶにふさわしい異様さだ。

「この密室から脱出するには、コイツが必要不可欠になる。アンタらには、これを賭けて勝負してもらうっつーわけだが——」

左手首につけたリストタグ、手の甲側を掲げて認証パネルを見せつけながら、凍城《とうじょう》紫漣は不敵に笑む。

「——せっかくの二対一なんで、きっちりハンデになるような遊戯を選ばせてもらいましたわ。ほら、クオリアちゃん。ルール説明よろ～ってね」

『承知しました。これより二対一の変則遊戯——【花嫁の選択《ブライダルチョイス・ポーカー》】の説明をいたします』

花嫁《ブライダル》の選択《チョイス・ポーカー》とは?

使用する物	**トランプ一組**（13枚×4スートの合計52枚。ジョーカー抜き）
プレイヤー	**白王子朝人　凍城紫漣** 各プレイヤーは合計100枚のチップを持つ。
ディーラー	**聖上院姫狐**
勝利条件	**相手プレイヤーのチップを0にする**

1. ディーラーは2人のプレイヤーのうち、どちらか1名を「親」（※今回は1対1なので先攻）として指名する。

2. 各プレイヤーはブラインドベット5枚を支払う。

3. 各プレイヤーはカードをランダムに2枚配られる。

4. ディーラーは残りのカードの中から3枚を選び、場に表向きで並べる。

5. プレイヤーは手札の2枚と場の3枚を合わせた「役」の強さを参考に、以下の内いずれかのアクションを行う。

フォールド	ゲームから降りる。その時点で賭けられていたチップは没収され、降りずに残っていたプレイヤーに奪われる。
チェック	他のアクションを何もせずにパスする。
レイズ	相手がベットした額に対し、さらに上乗せしてチップを賭ける。
コール	相手がレイズやベットした額と同額を出す。
オールイン	自分の持っているチップを全額賭ける。チップ総額がコールできる額に満たないときは、オールインすることで参加が認められる。

6. （どちらもフォールドしなかった場合）ディーラーは場に4枚目のカードを置く。

7. プレイヤーは手札の2枚と場の4枚の合計6枚のうち好きな5枚の組み合わせを「役」として、その強さを参考に、ふたたび、いずれかのアクションを行う。

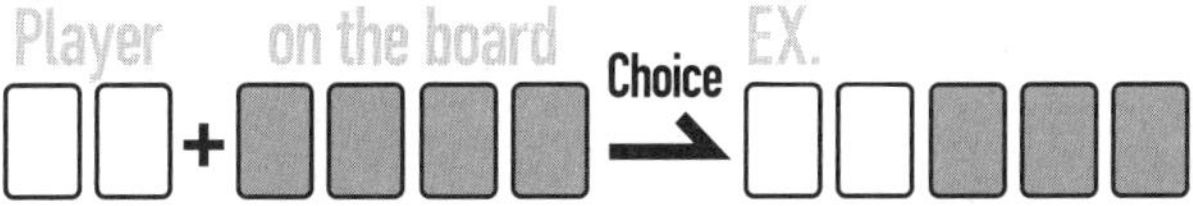

8. （どちらもフォールドしなかった場合）ディーラーは場に5枚目のカードを置く。

9. プレイヤーは手札の2枚と場の5枚の合計７枚のうち
好きな5枚の組み合わせを「役」として、
その強さを参考に、ふたたび、いずれかのアクションを行う。

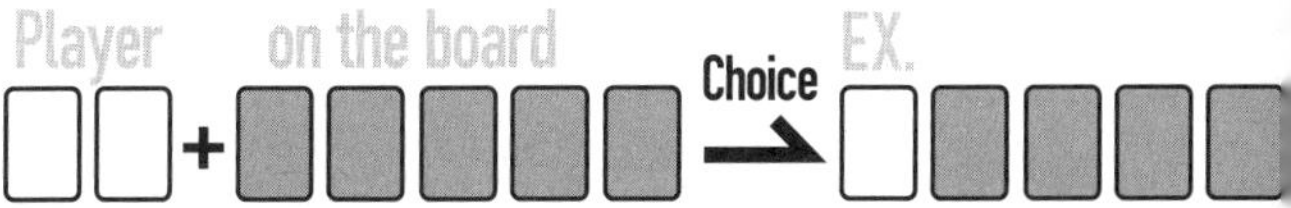

10. 手札公開。プレイヤー2名は手札の強弱を比較し、
強い方を勝者としてチップを移動する。

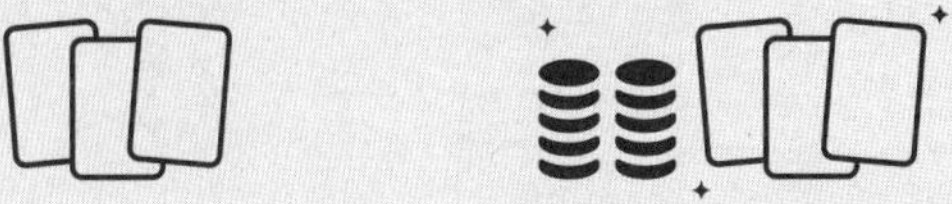

11. どちらかのチップが0枚になるまで 1. － 10. の手順を繰り返す。

特別ルール　イカサマは一切お咎めなし。

「基本ルールはポーカーのテキサスホールデムだね。でも、いいのかい？」

遊戯《ゲーム》内容の説明を受けた朝人《あさと》は訝《いぶか》しげに敵――凍城《とうじよう》紫漣《しれん》を睨《にら》む。

一見すると何の変哲もないトランプ遊戯。カジノの定番のお遊びに過ぎないが。

「――……シャッフルによる偶然ではなく、ディーラーが48枚の中から恣意的にカードを選べる、言わば公然とイカサマが許される遊戯……――」

「その役目を姫狐《ひめこ》姉さんに渡すとは。ずいぶんとナメてるようだけど、大丈夫かい？」

侮られることには慣れている。

両親には兄と比べて足りぬと侮られ、実の兄にも歯向かう根性もない無能と侮られ。

友達、とようやく認めてもらえた砕城紅蓮《さいじようぐれん》にさえも、こと遊戯においては侮られているだろう。

故に朝人は今更それに腹を立てたりはしない。ただ純粋に、分の悪い賭けに興じようとしている相手を心配しただけだ。

「心配ドーモ。まーでも、そいつぁ完全に余計なお世話ってヤツっすわ。不利な状況でも完璧に勝つ!!　それぐらいしねーと、『格の違い』ってモンは見せつけられないんでね」

「自ら不利に身を堕《お》とす。――君といい、兄さんといい、余裕綽々《よゆうしやくしやく》な強者の気持ちは、僕には一生理解できそうにないな」

「ヒヒッ☆　いいんスかねぇ、そんな弱気な調子で。オレらは今から花嫁の前で『男』をアピールしなきゃなんねーんだぜ？　なんで遊戯名が《花嫁の選択《ブライダルチヨイス・ポーカー》》とかっていうイキな名前なのか知らねーっしょ。毎ターン、手役を比べて負けた男は――」

八重歯を覗《のぞ》かせて笑う紫漣は《鋼鉄の花嫁》の前に立ち、パチンと指を鳴らし――。

バッッッッチィイイイイン!!

「――うぃぃっってえええええええ!?」

ド派手に、ビンタされた。

「う、お……首が根こそぎ吹っ飛ばされるかと思ったぜ……ハハッ！　ヒャーハーッ！」

悶絶《もんぜつ》の時間は僅か一秒。紫漣はすぐさま喜悦を叫ぶ。

単なるマゾヒズムとも違う異様な趣に朝人と姫狐《ひめこ》は無言で視線を交わし、困惑を共有した。

「《鋼鉄の花嫁》の手の上に2枚の手札を置くことが手札公開のトリガー。コイツは遊戯台の上のカードと合わせて手役を判定し、敗者の頬をぶったたく。――まあ、痛みの要素はあくまでお遊びだけど、こーいうのも楽しいっしょ？」

「係争を遊戯で解決することになったのは、暴力の廃絶が目的だったと思うけど。こんな暴力を肯定する装置が作られてるのはどういう了見だろうね」

「ハッ。暴力否定ねェ……それ、アンタが言う？」

「どういう意味かな」

「白王子《しろおうじ》の教育を生き抜いたっつー事実が意味すること、オレが知らねえと思った？　無自覚かもしんねーっスけど、パイセン。アンタ、香ってんだわ。拭っても拭いきれねえ、血の匂いってヤツがさ」

「……ッ⁉」

思いもよらぬ方向から言葉の槍《やり》を突き込まれ朝人《あさと》の表情が強張《こわば》った。

紫漣《しれん》の言葉が意味するのは、朝人の黒歴史——血塗られた、過去。白王子の教育により数多《あまた》のライバルをその手にかけ、生身のバトルロワイアルを生き抜いた事実。

「——……凍城《とうじょう》紫漣。あなた、何を知ってる？　……——」

「そらもうイロイロと。あそこにはオレの古いダチもいたんでね」

「白王子の遊戯者《プレイヤー》選別の場に、砕城《さいじょう》の関係者が……？」

「日本の旧家同士、交流は深くてね。落ちこぼれの出荷先を談合で決めるってのは、よくあることなんだわ」

砕城家直営の《伊邪那美《いざなみ》機関》、白王子の遊戯者選別会はその代表格だ、と紫漣は言う。

「ま、白王子んトコに送られたのは親戚筋としちゃ砕城本家から遠い奴《やつ》らだけど。月例会で顔を見る連中でさ。まーそれなりに思い入れのある奴らもいたんスわ」

「……つまり、僕らの前に君一人で現れたのは……」

「——……弔い合戦……——」

「ヒハッ☆　やーさすがにそこまでは言わねェよ。オレも酸い甘《あま》極めた裏の遊戯者だし？

復讐《ふくしゅう》に燃えるほどセンシティブじゃねーッスわ。ただ──」

ふとその視線に刃《やいば》のごとき鋭利さを仕込んで、紫漣は続ける。

「──アンタらの泣き顔が見てえだけ。それ以上でも以下でもねえよ」

怒りか恨みか哀《かな》しみか。それとも文字通りの愉悦のみか。砕城紅蓮《ぐれん》だけが持つ朱《あか》い眼《め》を持たぬ朝人には、言葉に込められた感情を読み取る術《すべ》は何もない。

「…………」

過去の亡霊の気配に心臓を搦《から》めとられた朝人が立ち尽くし、白貌を青ざめさせていると。

不意にその手が慣れた温かさに包まれた。

長年の渇望の果てに、砕城紅蓮という『友達』のおかげでようやく手に入れた温かさ。

「姫狐《ひめこ》姉さん……」

「──……大丈夫。朝人は何も悪くない。たとえあの島の亡霊たちが貴方《あなた》を黄泉《よみ》に連れ去ろうとしても、この血と泥にまみれた貴方の手は、私が絶対に放さない。……──」

「ありがとう、姉さん。それと、安心してくれ。僕も、お手軽な後悔に甘んじたりはしないから」

互いに互いの存在を繋《つな》ぎ留めんと固く手を握り合う二人の頭上、ＡＩの冷たい声が鳴り響く。

『遊戯《ゲーム》を、開始します』

＊

パラララララ……。

遊戯《ゲーム》開始とともにトランプの束が華麗美麗にシャッフルされる。

一流の手品師の技すら見劣りするその手管は、聖上院姫狐《せいじょういんひめこ》のものだ。

視力は限りなくゼロに近い、白王子《しろおうじ》に連なる家柄ゆえに受けられた先端医療のおかげでかろうじて完全な失明を避けただけの目。強く凝らせばスートや数字をどうにか認識できるためディーラーをこなすのは不可能ではないにしても、難易度は高い。

普通の人間、だったなら。

しかし聖上院姫狐は普通ではなかった。

誰よりも敏感な触覚を持つ彼女の指はカード1枚1枚の細かな凹凸、形状を瞬時に正確に読み取り、一切のムラがないシャッフルを可能とする。

そして彼女は白王子朝人《あさと》と凍城紫漣《とうじようしれん》、二人のプレイヤーへと2枚ずつカードを配ると。

「――……まず最初のターン。『親』は当然、朝人……――」

やすりをかけたような掠《かす》れた声でそう告げた。

両者ブラインドベットは5枚。場にカードが1枚も出ていない状況で手の強さなど測ることはできず、この時点で頭脳戦の介入する余地はないはずだった。

普通のテキサスホールデム、であるなら。

しかしこれは場に配るカードをディーラーが自由に操作できる、イカサマ上等の遊戯。

聖上院姫狐の闘いは、すでに始まっていた。

（朝人と凍城紫漣。二人に配られたカードを、私はある程度、推察できる）

プレイヤーに配った合計4枚を除いた、48枚の中から姫狐は場に提示するカードを選べる。

すなわち二人に渡った4枚のカードがどれなのかが判《わか》っているということだ。どちらに何が渡ったかまでは特定不能だが、やり方次第では朝人に必勝の手を用意することさえできる。

プレイヤー本人は自分の手札しか把握しておらず姫狐と比べたら遥《はる》かに情報量が少ないが、朝人ならば姫狐の意図に気づくはずだ。

今回、二人に配られた4枚は『スペードの7』『ハートの7』『ハートのQ』『ダイヤのK』――そのうちの2枚を彼らはそれぞれ持っている。

考え得る組み合わせは――

『スペードの7』と『ハートの7』

『スペードの7』と『ハートのQ』

『スペードの7』と『ダイヤのK』

『ハートの7』と『ハートのQ』

『ハートの7』と『ダイヤのK』

『ハートのQ』と『ダイヤのK』


最悪の組み合わせは、『スペードの7』と『ダイヤのK』だ。

『ハートの7』と『ダイヤのK』も強さは同じだが、その場合相手は『スペードの7』と『ハートのQ』となり同様に弱い手となり強さは平等。

しかし『スペードの7』と『ダイヤのK』をつかまされてしまえば、相手はハート2枚の手札となりフラッシュの可能性も濃厚な輝く手となる。

（私達にとって最悪なのは朝人《あさと》が最悪の手をつかまされていた場合。常に最悪を想定して戦うべき。つまり――）

姫狐《ひめこ》は48枚という膨大な選択肢の中から3枚を選ぶ。


『クラブの7』

『ハートのK』

『スペードのK』


姫狐の選んだ3枚。一見無作為に並べられたようなそれはただの選択に非《あら》ず。朝人への、愛する恋人への花嫁からのメッセージだった。

姫狐にしか知る由もないことだが、この3枚が場に出ることの意味は、朝人と紫漣《しれん》、どちらもが最低でもスリーオブアカインドである事実。違いは7かKかのみ。

もし同じ強さの手役だった場合は、手札の数字が強い方が勝つ——つまりこの場合は、Kのスリーオブアカインドを完成させていた方の勝ち。

朝人と紫漣は互いに互いがどんなカードを握っているかは見えないが、当然、賭け方のスタンスに多少の違いは出てくるだろう。

姫狐はその些細《ささい》な反応の差を見切って、次に繰り出すカードを選ばなければならない。

——お願い、朝人。どうか良い手であって。

「ベット。——チップ5枚を上乗せ」

花嫁の睦言《むつごと》のような囁《ささや》きに答えた朝人の賭け額は、ブラインドベット5枚と合わせて計10枚。

「なんだなんだァ。んな弱気な賭け方じゃオレは殺《や》れねーッスよ？」

八重歯をぎらりと輝かせ笑う紫漣の、病的に細い指が乱暴にチップの山を崩した。

宝物の山を下品に掻《か》き回す山賊じみた手つきでチップを掬《すく》う。

「レイズさせてもらうぜ。賭け額20枚だ!!　クク。ハハハハヒャーハーッ!!」

ひと息に間合いを縮める剣豪のごとき突然の高額ベット。その自信の在り方は姫狐に微《かす》かな迷いを抱かせる。

朝人《あさと》の出した『サイン』が正しければこのまま思うように進めていいはず。しかし本当にそれでいいのか？　紫漣《しれん》の手にこそ良い手が入っているのではないか？　そんな疑念に頭の裏側を引《ひ》っ掻《か》かれる。

（……いや、大丈夫。朝人を、信じれば……）

力強く首を振り、姫狐《ひめこ》は4枚目のカードを提示した。

『ダイヤの7』

7。白王子《しろおうじ》朝人を象徴するような運命の数字。姫狐が意を決して切り出したそのカードを見てニヤリと微笑《ほほえ》んだ花婿、それは。

「……コール。僕は君と同じ20枚で勝負しよう」

「ほーん。や～っぱ弱気なんだよなァ、パイセンは。んじゃオレはレイズ、させてもらいましょーかね☆」

白貌の王子ではなく、軽薄の調子者。

ジャラリと凍城《とうじょう》紫漣が場に差し出したのは、チップその数50。

いきなり勝負を決めてしまいかねない枚数を前にして、姫狐の頬につうっと汗が垂れる。

小悪魔めいた紫漣の笑みは明らかに勝負手が入った者のそれだ。

（ブラフ？　ハッタリ？　……彼は砕城《さいじょう》の分家。《黒の採決《ブラックバウト》》を勝ち続ける傑物。私達の

戦術を超越して、本当に勝てる手を組み上げてる可能性は、否定できない）

ぐらり、と。突発的な貧血に襲われ足元が揺らいだ。

目の前の痩せぎすの少年、凍城紫漣は、妹のような魔眼の異能は持ち合わせていない。

にもかかわらず彼が放つ独特の自信、勝利を微塵《みじん》も疑わない堂々たる所作は、姫狐から己の道を踏み出す勇気を奪い去ろうとする。

――そう、かつて許嫁《いいなずけ》として引き合わされた朝人の兄、白王子家次期当主・白王子透夜《とうや》を目の前にしたときのように。

「姉さん」

「――……あ……――」

鋭い声に呼ばれ、姫狐の意識は現実に引き戻された。

見ると、優男特有のベイビーフェイスは鳴りを潜め、朝人は雄々しささえ醸し出す獣の瞳で彼女を見つめていた。

「誰を見てるんだい、姫狐姉さん。君が見るべきなのは兄さんじゃない。そこにいる紅蓮《ぐれん》の成りそこないでもない。――僕だ。僕だけを見つめろ」

「――……朝……人っ……！　……――」

幼い頃から知っている、弟のように接してきた少年が見せた『男』の顔。

課題を解けずに鎖で繋《つな》がれているのを助けたときの、自分が世話しなければ生きることさえままならなかった、あの日の朝人とはまるで違う。

花嫁の体を強引に抱きかかえ、教会の外に豪快に飛び出していく猛《たけ》き戦士がそこにいた。

大丈夫。

朝人はOKのサ、イ、ンを、出、し、て、い、る、の、だ。

凍城紫漣《とうじょうしれん》の強気こそが、ブラフ。

ここは、信じるままに前に出る！

「——……5枚目のカードは、これ……——！」

掠《かす》れた声を精一杯に張り上げて姫狐《ひめこ》は遊戯台《ゲーム》にそれを叩《たた》きつける。二人の花婿候補が差し伸べた手に対し、花嫁が選んだその1枚は。


「『クラブのK』……だとォ……!?」


王冠の老人を目にした途端、紫漣の目が大きく見開かれた。

逆に、朝人《あさと》の口元はニヤリと歪《ゆが》み、

「オ、ー、ル、イ、ン、だ。——どうする、紫漣。君が望むなら、僕は、この第1ターンですべてを決めてもいいけど？」

ここまで弱気のベットを繰り返してきた朝人が突如として牙を剥《む》く。

もしも紫漣がオールインに付き合えば、ここで勝者と敗者が決定する。

仮にフォールドを選んだとしても、ここまでに50枚をベットしてしまっている以上、手持ちの半分を失う大打撃を受けることになる。

　行くも地獄、戻るも地獄。

「ハッタリで賭け額を吊《つ》り上げるのは常套手段《じょうとうしゅだん》かもしれないけど、やるなら相手を選んだ方がいい」

「…………………」

「さあ、選べ。僕の花嫁を攫《さら》うか、しっぽを巻いて逃げ出すか」

　さっきまでの威勢が消え、無言で佇《たたず》む紫漣に対し、朝人は強く迫る。

　その肉食獣じみた覇気と『花嫁』という単語が醸す甘酸っぱさに姫狐の頬が赤らんだ。

　二人の睦《むつ》まじさを見せつけられた紫漣は、チィッ！　と舌打ちすると、

「……フォールドだよ。クソったれ」

　投げやりに肩をすくめ機械仕掛けの花嫁に近寄って、その掌《てのひら》に、指輪を捧《ささ》げるにしては乱暴に、自らの手札をたたきつけた。

　すると《鋼鉄の花嫁》は、グ、グ、と金属が軋《きし》む音をたてて腕を振り上げると――。

　バッッッッッッッッッッッッッッシィイイイイイイイイイイイイイ!!

「ぐ………ッ」

　手の甲から噴き出すジェットエンジンの推力により何倍もの破壊力を得た殴打が、紫漣

の頬を打った。か細い体は何度も床を跳ね、毬《まり》のように転がった。

勝負を降りた軟弱者に下される、花嫁からの三行半《みくだりはん》である。

「哀れだね、凍城紫漣《とうじようしれん》」

己の2枚のカードをディーラーである姫狐《ひめこ》に返しながら朝人《あさと》は倒れた相手を見下した。

遥《はる》かな高み、強者の視点から。

・残りチップ枚数
白王子《しろおうじ》朝人　150枚
凍城紫漣　50枚

第1ターン目を制し、大量のリードを獲得したのは朝人だった。《黒の採決《ブラックバウト》》で活躍し、今や砕城《さいじよう》家の若手を率いる旗振り役である少年に先制した事実は姫狐の胸を大いに躍らせた。

勝てる。自分達の力は裏の世界に通用する。その実感は、白王子家から追走される駆け落ち者——今のところ砕城紅蓮《ぐれん》という兵器の傘の下で縮こまるしかない姫狐たちにとって、これ以上にない安堵《あんど》をもたらした。

「いてて……クソが。つまんねーことしやがって」

花嫁に拒絶されみじめに頬を腫らした紫漣が起き上がる。頬の裏側を切ったんだろう、ぺっと吐き出した唾に微《かす》かに血が混じる。

一見すると死にかけ、半死半生。だがふらりと立ち上がった彼は、口元を拭いながら、相も変わらず不敵に笑う。

「運命の赤い糸ならぬ透明の糸、ってヤツか」

「――……ッ……――」

その言葉に、鋭敏な神経の通った姫狐の背中がビクリと震えた。朝人の焦りも、彼女は文字通り肌で感じ取っていた。

二人の反応を見て予測を確信に変えたのだろう。

紫漣は退屈そうに指摘する。

「まっ、べつに咎《とが》めはしねーけどさ。……それ、平凡すぎねぇ？」

言いながら《鋼鉄の花嫁》の握り込んだ手を強引に開き、中から自分の差し出した手札を奪い去り、遊戯台《ゲーム》にさらけ出す。

本来フォールドを選択した場合、相手に手の内を晒《さら》さずとも良い。どんな手のときに、どんな賭け方をするのかという、大事な『癖』にまつわる情報を敵に教えてやる義理などない。

にもかかわらず紫漣はその手札を公開してみせた。

その内訳は――『スペードの7』と『ハートの7』だ。

「ディーラーはオレとパイセンの両方の手札をある程度予想できる。ってこたぁ、仮面のお姉さんが場に並べるカード、それが物語る事実を紐解《ひもと》きゃあ、オレから見ても、全容がスケスケってことなんスわ」

姫狐《ひめこ》の目の前にずけずけとチンピラめいた足取りでやってきた紫漣《しれん》は、先ほど朝人《あさと》から回収した2枚のカードを指でつまむと、

「Kのフォーオブアカインドっしょ、パイセン？」

「……流石《さすが》に侮れない、ってわけだね」

姫狐の手から奪い取り、掲げてみせたそのカードは、『ハートのQ』と『ダイヤのK』――場のカードと合わせた手役は彼の言う通りのものだった。

「仮面ちゃんの狙いはさ、この場の勝負を7とK、二つのフォーオブアカインドの勝負に持ち込むことっしょ？　配られた4枚のカードからそれが最適解と判断したわけだ。そこまで決まっちまえば、あとはどっちがKを握ってるのか特定すりゃいいんだけど――」

朝人と姫狐、二人の間に間男のごとく割り込んで、紫漣はトランプで虚空を切る。

「――……あっ……んっ……――」

瞬間、姫狐の口から悩ましげな喘《あえ》ぎが漏れた。

ぷつん、と。朝人の指と姫狐を繋《つな》いでいた透明の線《ナノワイヤー》が切断された刺激が、敏感な彼女の素肌を愛撫したのだ。

「――最初の3枚を提示した時点で、大きい方の数字でスリーオブアカインドができていたら、このナノワイヤーを震わす回数でサインを出して、作戦続行。わざと弱気なベット

でオレを釣り、ありったけの賭け額を引き出したってわけだ」

「イカサマを糾弾する気かい？　証明する手立てはないし、そもそもこのルールは――」

「具体的にイカサマの取り決めはしてねえ。だからこれを以《もっ》てアンタらを失格だなんて言う気はねーぜ？　むしろ触覚を改造した超能力者なんて遊戯《ゲーム》の何の役に立つんだと思いきや意外とイキなイカサマしてくれるじゃねーのと感心してるくれぇだ。でもまぁ――」

カードを姫狐の足元に捨てると、空になった両手を左右に拡《ひろ》げ、支配者のような笑みを紫漣は浮かべた。

「――こっすい手管を一個、潰《つぶ》させてもらいましたわ。ヒャハッ☆」

「くっ……」

朝人が唇を噛《か》む。姫狐もまた強制的に与えられた快楽の刺激から立ち直りながらも、敵の見せた異様な立ち回りに口元を歪《ゆが》めた。

この第1ターン目、勝利したのは自分達のはずだ。二人の連携で紫漣を罠《わな》に嵌《は》め、50枚もの多額のチップを奪ってみせた。紫漣はただ後付けで自分が食らったイカサマの正体を看破してみせたに過ぎない。

だというのに何が、あたかも勝者であるかのように、この場を支配せしめているのか。油断すれば呑《の》まれてしまう、圧倒的なハッタリ。それこそが、凍城《とうじょう》紫漣のやり口なのかもしれなかった。

悔しげに表情を歪める姫狐と朝人を見て、紫漣は退屈そうにあくびを噛み殺す。

この遊戯《ゲーム》において絶対的な勝利を手繰り寄せるための糸、恋人同士を結ぶ運命の赤い糸は切断された。それさえ封じてしまえば勝てると、強者である紫漣《しれん》はそう確信しているのだろう。

（だ、と、す、れ、ば、私、た、ち、の、勝、ち……！）

仮面で目が覆われていたのは僥倖《ぎょうこう》だ。もしも顔が隠れていなければ、表情を——勝利の女神が浮かべる微笑《ほほえ》みを読まれていたかもしれないのだから。

第2ターン目。運命を決めるシャッフル。ディーラーの特権を利用して、愛のままに、思うままに、姫狐《ひめこ》は二人の男に手札を配る。

表向きは、ランダムに。

その実、故意に選ばれた4枚が、朝人《あさと》と紫漣の手に渡った。

「……！」

手元に配られたカード、その組み合わせに、紫漣の表情が変わる。

それも当然だ。

何故《なぜ》なら。

『スペードの7』『ハートの7』『ハートのQ』『ダイヤのK』——……。

第1ターン目と完全に同じ手札が来ているはずなのだから。

ナノワイヤーが切られた今、朝人のOKサインはもう届かない。

だがもうそれは関係なかった。

第1ターン目、ごく自然な形で一度でも表向きのカードを拝んだ後であれば。

そこに刻んだ僅かな傷、姫狐の指先だけが知覚できる、カードの縁のギザギザ具合で、どれだけシャッフルしようとも狙い通りにカードを渡すことができるのだ。

最早《もはや》、凍城《とうじょう》紫漣に勝ち目はない。


『クラブの7』

『ダイヤの7』

『スペードのK』


姫狐の視点では現在、朝人の手には『ハートのQ』と『ダイヤのK』。紫漣の手には、『スペードの7』と『ハートの7』があるはずだった。

露骨にKを3枚並べてやってもよかったのだが、すぐに意図を汲《く》まれ、フォールドされれば遊戯が長引いてしまう。せめてもの希望を持たせ、1枚でも多くのチップを賭けさせたいところだ。

もちろんこんな小細工はすぐに読まれてしまうかもしれない。しかし、やらないよりはやってみた方が遥《はる》かにマシと思い、姫狐は仕掛ける。

「……ベット。10枚だ」

姫狐《ひめこ》が親として指定した朝人《あさと》も彼女の意図を察してくれたのだろう、控え目なベットで乗る。

（――……さあ、どうする？　凍城紫漣《とうじょうしれん》……――）

こちらの仕掛けに乗るか、流石《さすが》にそこまで愚かではないか。

敵の選択を待つ姫狐の前で、紫漣は少しだけ考える。

「オレんとこには珍妙な手が来てるんだが、はてさてコイツはどう判断したもんかねぇ。あー……とりあえず、コールかな」

朝人と同じチップ10枚を遊戯台《ゲーム》に置く。不遜不敵な態度がデフォルトの男にしては弱気な、おずおずとした態度である。

流石に己の不可解な手札に慎重になっているのだろう。だが、あえて最初に7のフォーオブアカインドを成立させてやったのが効いているのか、迂闊《うかつ》に降りる判断もしにくいというわけだ。

まさに思うつぼ。そう考えて、姫狐は4枚目のカードを場に出す。

『クラブのK』

同時に朝人に顔を向ける。こくりと彼がうなずいた空気を感じる。

ナノワイヤーによる正確な意思疎通こそできないが、このKの意味は通じているはずだ。

さっきの7が釣り餌であり、本命はこれなのだと。

「レイズ！　……20枚だ！」

「ほーん、ずいぶんと強気だねぇ。つまりコイツは、そーゆーことかな」

紫漣がニヤニヤ笑う。

レイズはやりすぎだったか。流石の紫漣も朝人と姫狐の狙いに気づき、フォールドしてしまうか。まあそれも致し方ない。10枚を獲得できただけで満足としよう。

と、姫狐が思考した瞬間のことだった。

「んじゃ、オールイン」

「——……えっ……——」

思わず声が出た。

紫漣の方を見る。彼はあっけらかんとした表情で、雑にチップを投げ捨てていた。

黒い違和感が姫狐の胸の内側を嬲《なぶ》る。

（もしかして、何か仕掛けられている……？）

いくら7のフォーオブアカインドを握らされているとはいえ、前回とまったく同じ手札を配られているという異常事態。さらには3枚目のKが場にお目見えした状態。正常な思考が働いていれば、次の5枚目で残りのKを出され朝人の手にKのフォーオブアカインドが完成するのは火を見るよりも明らかだ。

場に3枚公開した時点で降りられないのは理解できる。だが、ここですべてのチップを賭けるような挙動に出るのは、あまりにもギャンブルが過ぎるではないか。

もしも何かを仕掛けられていたら。

場に4枚目のKを出した瞬間、紫漣《しれん》の勝利が決まってしまうような罠《わな》があるのだとしたら。

(あえて4枚目は別のカードを出すべき。……いや、ダメ。それだけは、できない!)

姫狐《ひめこ》の敏感な指は確かに二人に狙った通りのカードを配った。彼女の視点では、現在の手役は紫漣が7のフォーオブアカインド、朝人《あさと》がKのスリーオブアカインドだ。

5枚目にKを出さなければ手役の強さで紫漣が勝つ。それは朝人に対する最悪の裏切りに他ならない。

(そうか……凍城《とうじょう》紫漣の狙いがわかった。彼は、私に心理戦を持ち掛けてきた……!)

この異様なまでの強気なオールイン。

ただの無謀ではないとしたら、姫狐の心に疑念の芽を植えつけ、心理をくるわせ、作戦の完遂を妨害することこそ彼の狙い!

もしここで姫狐が紫漣の圧に怯《おび》え、Kを置かなければ。

彼女自身の手で朝人に刃《やいば》を突き立てることになる。

「——……それだけは、できない。初志……貫徹……——!」

気合い一閃《いっせん》。

叩《たた》きつけるように遊戯台《ゲーム》に差し出したのは、乙女色の王。

4人目の王冠を目にした瞬間――。

「コールだ。この瞬間、僕の勝利は確定したよ。……凍城紫漣！」

朝人が勝《か》ち鬨《どき》を上げ。

「ク、クククク。ハハハハハ！　ヒャハハハハハハハハハハハハハハハハハハハハ!!
何が勝利だ。てめえらの負けだよ。バァ――――――――ッカ!!」

紫漣が、それを上回るほどの愉悦を示した。
手札公開《ショウダウン》。
朝人と紫漣。花嫁を取り合う二人の男が突きつけた剣の強さ、その比較は。

「Kのフォーオブアカインド。何を勘違いしてるのか知らないけど、現状あり得る中で、最強の手役だ」

作戦通り。姫狐の想定通りの手役。それが露《あら》わになった瞬間、大きな安堵《あんど》が胸に拡《ひろ》がる。
大丈夫。やはり紫漣の言動はハッタリに過ぎなかったのだ。
最後の哄笑《こうしょう》、勝利宣言でさえ、負け犬の遠吠《とおぼ》えで――……。

「ポーカーって競技の中で最強の手役って知ってっか？　ファ、イ、ブ、カ、ー、ド、だよ」

開かれた、手札。それは。
K、そして、K。
場に置かれた3枚のKと合わせると――5人のKが揃《そろ》い、紫漣《しれん》の手役は。

「――……Kの、ファイブカードっ……――」

「そんな、馬鹿な……」

絶対にあり得ないはずの光景に、二人の驚愕《きょうがく》が重なった。

朝人《あさと》の手札にKが1枚。場に3枚。その時点ですべてのKが枯れているはずなのに。

なぜ紫漣は5枚目、6枚目のKを持っているのか？

「なぜオレが5枚目、6枚目のKを持っているのか？　……ってぇ、顔してんね、お二人さん☆」

からかうように言いながら、紫漣は片腕をかかげてみせた。

左手首に巻かれたリストタグ。その手首の内側に挟み込まれていた2枚のカードを抜き出し、見せつける。

それは2枚の、7。姫狐《ひめこ》が意図的に配ったはずのカードである。

「――……カードのすり替え!?　そんな。私や朝人の目をかいくぐるのは……――」

「不可能、って言いてぇのかもしれねぇが、そいつはわかってねぇなぁ」

犬歯がぎらりと乱暴に煌《きら》めく。

だがそれはただの光の反射、歯の形がそうであるというだけで、闘志のような強い感情はそこにこもっていなかった。

つまりそれは、朝人と姫狐を、対等な好敵手と見なしていないという証明だ。

「これが『格』ってこった。所詮アンタらが見抜けるのは『格下』の嘘《うそ》ってワケよ」

「……最初に僕らに賭け代としてリストタグを見せつけたとき。あのときにはもう、すり替え用のカードを仕込んでいたのか。だけど僕らの関心をこの仰々しい密室からの脱出、という要素で惹《ひ》きつけて、脱出の鍵としてのリストタグとして認知を固定。イカサマを仕込むための道具と考える線を切ったわけか」

「——……カードを入れ替えたのは、1ターン目……——」

「正解☆　いいねぇ、負けて頭が回転してきたねぇ！　花嫁に殴られたおかげで、オレは次のターンの勝利を買えた。ごまかすのラクだったぜぇ。アンタらさ、1ターン目に変な仕掛けをしてくれたろ？　その手管を暴くっつー推理ショーを見せつけることができたからさぁ、入れ替えたKを2枚。7の代わりに忍ばせるのも余裕っしたわ☆」

姫狐は記憶を巻き戻し、愕然《がくぜん》とした。

2ターン目で彼女が行った必勝のイカサマは、1ターン目に公開されたカードの情報をもとに『目』ではなく『指』で記憶し、朝人と紫漣の両者に1ターン目とまったく同じカードを配るというものだ。

同じカードが配られ、場にも同じカードが並び続ければ、絶対に勝敗は揺らがないはず。はず。だった。

だが紫漣《しれん》はその心理につけ込んだ。

紫漣は自分の手札を戻すとき、姫狐《ひめこ》が指でそのカードを記憶するであろうと読み切った。そして次のターンにその情報を利用してイカサマを仕掛けてくることさえ予想してのけた。

「くっ……」

朝人《あさと》は何も言い返せない。姫狐も同じだ。

文句のつけようなどあるわけがない。

なぜなら、この遊戯《ゲーム》のルールにはハッキリと示されているのだ。

イカサマは一切お咎《とが》めなし、と。

「人には『思考の線』ってモンがあンだよね。そいつをうまく切ったり張ったりして繋《つな》ぎ合わせてやりゃあ、簡単に他人を操作できる」

「そうか……イカサマありというルールも、僕らに完全に有利な二対一の条件も……」

「すべてはアンタらカップルにイカサマをさせるためってワケ☆」

彼は道化の笑みを浮かべて続ける。

「イカサマ、インチキ、何でもアリってなりゃあ、大抵の遊戯者《プレイヤー》は知恵をひねって必勝法を仕掛けてきやがるが……来るとわかってるなら、その手を予想して突破すればいいだけ。オレからしてみりゃ純粋な運ゲーに持ってかれるよかよっぽどラクなんよ」

（強い……ッ）

姫狐は恐怖した。

紫漣の言葉は単なる自信の表れではない。

実力に裏打ちされているからこその不遜であり、死すら弱者ならば受け入れるべき運命と割り切っているからこその覚悟。

（純粋な思考、心理の読み合いで殴り勝つ、頭脳的インファイター……！）

獅子王《ししおう》学園には意外と少なかった手合いだ。

旧生徒会は、金にモノを言わせるタイプ、異能を活用するタイプ、ロジックで圧倒するタイプが主だった。論理の刃《やいば》を突きつける御嶽原静火《みたけばらしずか》や砕城可憐《さいじようかれん》も読み勝つタイプの遊戯者だが、彼女らはあくまでも相手の自由意思をいかに読むかという戦い方。

いま凍城《とうじよう》紫漣が見せたのは、それとは似て非なるもの。

相手の思考そのものを操り、自分の望む行動を相手に強要した上で刺す、というやり口だ。唯一、獅子王学園で同じ手法を用いる者がいるとするならば――。

「紅蓮《ぐれん》サマにゃあ、思考の線が『色』として明確に視《み》えてるらしい。そりゃ強《つえ》ぇワケだよなぁ。それに比べりゃオレのは泥臭《どろくせ》ぇ手管っスわ」

そう。砕城紅蓮《さいじようぐれん》、その人だけ。

凍城紫漣は、朝人と姫狐が知る中で現状、最も紅蓮に近い存在と言えよう。

すなわち――

「格付けは済んだ。遊戯《ゲーム》はここまで、はいオシマイ、ってね」

「――…………――」

姫狐《ひめこ》は反論できない。

チップの枚数で言えば第2ターン目の結果を経ても100枚と100枚。互角でありここからが本当の勝負だ。

しかし頭の中で必勝の策を編もうとしても、そのすべてを看破し、利用され、覆される未来しか姫狐はもう想像できずにいた。

そんな中、余裕綽々《よゆうしゃくしゃく》の紫漣《しれん》に食ってかかる、瀕死《ひんし》の獣が一匹。

「馬鹿を言うな……!! 勝負は最後までわからない……!!」

朝人《あさと》だ。

屈辱を噛《か》み殺すように牙を剥《む》く彼に、紫漣は耳穴を指でほじりながら問いかける。

「数字で語れねぇのはイマドキだせぇよ? XやYにどんな数字を入れたら、どんな答えになるかってのは決まってるっしょ? そーゆーコト」

「僕らはAIじゃない。遊戯の結果は機械的に決まったりはしない！」

「どーだかねー」

「……違う、とでも言うのかい？」

「なあ、パイセン。人とAIって何が違うと思うよ？」

「人には――」

「人には自由意思がある。そう言いたいんだろうけど、今まさにオレはアンタの台詞《せりふ》を、一定のアルゴリズムに則《のっと》って自動的に算出してみせたワケだが、……さて、その自由意思とやらは方程式で紐解《ひもと》けないモノなんかね？」

「……ッ」

「このルールなら。あの状況なら。仮面のお姉さんの異能があれば。パイセンと組めるんなら。——ひとつひとつの条件がすべて綺麗《きれい》にハマれば、人は必ず決まった動きを見せるもんだ。……それこそ、自分の意思でサ☆」

「………………」

朝人は言い返せない。言い返せるはずもない。

ただ黙って立ち尽くす彼に顔を近づけて、紫漣はイヒッと楽しげに笑ってみせる。

「もうスケスケなんだよ、アンタら。オレから見りゃあ、何の数字を入れりゃあ何が返ってくるのか知り尽くしたプログラム。本物のコンピューターであるクオリアシステムの方がよっぽど解明困難にできてるっつーの」

「は、ハッタリだ！　そんなことを言って、3ターン目を逃れようとしてるだけだろ！」

「おいおいみっともねえぜパイセン。彼女サンは理解してるってのに、男がぴゃーぴゃー喚《わめ》くってかァ？　ククッ。本当に愛想尽かされてフラれちまうかもなァ？」

「姫狐……姉さん……？」

名前を呼ばれ、姫狐はビクリと背を震わせる。背筋を撫《な》でるのは、罪悪感。背徳感。

朝人《あさと》と自分との間で見えている世界、予想している結末がズレ、噛《か》み合っていないことへの申し訳なさだった。紫漣《しれん》の指摘は正鵠《せいこく》を射ていた。姫狐《ひめこ》はもう、凍城《とうじょう》紫漣には勝てないと、確信してしまっている。

「……まっ、アンタらの力を測るっつーオレの目的はもう果たした。ゴネられても時間の無駄だし、こんなガラクタ賭けた勝負にゃ価値はねえ」

紫漣は言いながら左手首のリストタグを外し、姫狐の方へ放り投げた。突然の行動だったが、卓越した反射神経を持つ彼女は咄嗟《とっさ》にそれを掴《つか》むことに成功する。

意地の悪いプレゼントを寄こした紫漣は、気だるそうに投げやりに、こう言った。

「投了だ。形式上はアンタらの勝ちってことでいいぜ」

「——……なっ……愚弄する気……——」

「勝利を施されるほど落ちぶれる気はない。最後まで戦え、凍城紫漣……ッ」

「おいおい勘弁してくれよ、見た目だけじゃなくて感性も大昔のニンジャサムライか？　テメエらの目的は何だったよ？　まずはこっから脱出。そうだろうが。出してやるっつってんだ、素直に受け取っとけっつーの、バーカ」

舌を出し、とことんまで馬鹿にした態度を残して紫漣は踵《きびす》を返した。

それから入口の堅牢《けんろう》なドアの前に立つと、右足をすっと持ち上げ——乱暴に蹴飛ばした。

ドガン！　と大きな音をたて、ドアが開く。リストタグによるロック解除も必要とせず、あっさりと。

「常識ってのは疑うモンだぜ、お・ふ・た・か・た☆」

パチンとウインクし、開いたドアから出て行く紫漣。その背中を姫狐と朝人は茫然《ぼうぜん》と見送るしかなかった。

「これは、つまり……最初から最後まで……」

「――……弄ばれた……。脱出に必要でもない鍵……ガラクタを賭けて、遊戯《ゲーム》をさせられてた、ということ……――」

去来した感情は、悔しさ、ですらなく。

圧倒的な虚無感だった。

＊

紫漣との勝負を終えた朝人と姫狐が開け放たれた扉の先に出ると――

次々に、知った顔から声があがった。

「あれ〰〰〰っ⁉　朝人さんに姫狐さん。なんでここにいるんですか⁉」

「いや見ればわかるデショ、モモカ。捕まってタんですよ、アタシらとオナジで」

「そうですわね。簀巻《すま》き状態からは解放されましたけど……。最低の気分ですわ」

桃貝桃花《ももがいももか》、アビゲイル・ナダール、楠木楓《くすのきかえで》。

そして出てきた紫漣に向けて、無表情の幼女、凍城未恋《みれん》が言う。

「……にぃに、あそびすぎ。わざとでも、まけは、なさけない。……あとで、しゃぶる」

「ど、どこをですか⁉　どこをおしゃぶりになられるんですか⁉　答えによっては大変にセンシティブと申しますか、犯罪ではないかと思います、通報します。佐々木《ささき》です！」

「無駄ですよ、こんなところに警察は来ません。そもそも警察より上でしょう、ここは」

未恋《みれん》の発言にツッコミを入れたのは佐々木咲《さき》、そして砕城可憐《さいじようかれん》。

「みんな……どうして、ここに？」

「――……駄菓子屋さんへ遊びに行った、はず。捕まっ、た⁉……――」

恋人たちは仲間の姿に声をあげる。

その前方、つまらなそうな顔をした男が。コツコツと、力なく歩いていく。

「ヘイヘイ。情けなくて結構、結構。オレにゃあ時間がねぇのよ。必要な格付けは済ませた。それ以上の名誉も、勝利の快感もいらねぇよ」

胡乱《うろん》な言葉を言いながら、佐々木と手を繋《つな》いでむすっと待つ『妹』のもとへ。

しゃがみこみ、未恋と視線を合わせてその髪を撫《な》で、愛《いと》しげに触れながら――。

「お世話、あんがとサン。これオレが引き取るから、ヨロ。……んじゃ」

「はあ。それはいいんですけど、あの。……大丈夫ですか？」

「は？」

佐々木《ささき》の手から妹のそれを引き剥《は》がす。小柄な体を背後から被《かぶ》さるように抱きしめて、遊戯者《プレイヤー》達から離れようとした紫漣《しれん》へ、佐々木はどこか心配そうに声をかけた。

「顔色、めっちゃ悪そうですけど。何か飲みます？　ぬるいラムネならありますけど」

「いらね。……ってか、あんが、と？」

すすめられた瓶を疑問符を浮かべて拒否した時、佐々木《ささき》の胸に軽く、可憐《かれん》の肘が入る。

「空気を読んでください、佐々木さん。敵ですよ？」

「はあ……。でも可憐さん、なんか辛《つら》そうですよ、あの人。そうですねえ、例えば……」

未開封のラムネ、常温になってしまったそれを片手に言う佐々木。

敵を気遣う彼女を咎《とが》める可憐に、

「紅蓮《ぐれん》さま、っぽいです。嫌々遊戯《ゲーム》に担ぎ出されて、覚悟を決める直前の」

「バカな。似ても似つかないでしょう！　自称お兄様の隠し子などという、神をも畏れぬ経歴詐称ブラザー&シスターズですよ？　いいですから引っ込んでいなさい」

「はあ。……引っ込むのはいいんですが、どこにでしょうか？」

素朴な疑問。事実、可憐達が連れ込まれたここ——

第二区画総督府、最奥。保管エリアと接続された回廊は、赤い絨毯《じゆうたん》が縦横に敷かれた、まるで太古の謁見の間。古代中国の文化遺産、失われし紫禁城を再現した壮麗な柱。

その奥、一段高みに設けられた玉座に。

金髪を豪華絢爛《ごうかけんらん》に結った女。身にまとうは金糸で飾られたチャイナドレス、古代中国の女帝を思わせる黄金と玉の飾りを身に着けた、覇者の威風を持つ女。

「黒婆《ヘイボオ》。——あれが、Ｆクラスの者たちか？」

「さようですわ。いかれた坊《ぼん》とつるんでるだけあって、下品な面してはりますなぁ」

玉座に座す女。西洋人でありながら東洋の帝《みかど》、皇帝じみた装束の隣に黒い老婆が侍《はべ》る。

墨染の喪服。白髪を女髷《おんなまげ》に結い、顔は黒布で覆い隠している。袖から覗《のぞ》く細い手は枯枝のごとく、今にも折れそうながら――言葉《わか》には、憎悪の炎がくすぶるような熱がある。

玉座に続く階段には、年齢も性別も解《わか》らぬ黒装束の者らが三人。

いずれも無言のまま、顔を老婆と同じ頭巾で覆い、まさしく影のごとく仕え――。

「平伏し、名を名乗れ。無礼であるぞ、東夷《とうい》」

「無礼なのはそちらでしょう。時代錯誤としか言いようのない姿ですが、何者ですか？」

玉座から降ってきた居丈高な声に、恐れを知らぬ可憐が言い放つ。

ピクリ、と階段に侍る三人が反応する。動きかけた者らを手にした王錫《おうしやく》……清代の骨董《こつとう》品《ひん》に最新のタッチパネルを組み込んだ携帯端末で制し、女皇帝は答えた。

「鼻っ柱の強いことだ。そのあたりはユーリエル……我が不肖の妹と同じか」

「妹？　……あの人の姉、ということは」

「さよう。次代アルセフィア《皇帝》――リングネス・アルセフィア。覚えよ、下郎！」

黒い老婆と三人の影を従え、中華の皇帝のごとく装った西洋の姫君。

フランス料理を手本に、洋風に美しく盛りつける新中華料理、ヌーベル・シノワのごとく。

あたかも東洋と西洋の融合たる技法を表すかのごとき女皇帝はそう言い放った。

●暗躍

アルセフィア王国、第四区画――。

狭い島国であるため、自家用車が普及せず。公共交通機関、路面電車を中心に作られた都市計画の外周、外れの外れに位置付けられたここは、王国唯一の工業生産地帯である。

景観など考えない、武骨なコンクリートの工場群。

古臭い煙突からモクモクと煤煙《ばいえん》が立ち昇り、常に空気は煤臭《すすくさ》い。

住まいは石棺じみた公共団地、あるいは勝ち組のみが居住を許された邸宅のみで、貧富の差は目を覆わんばかり。貧しいが故に支配者と奴隷にくっきりと色分けされた――。

「ある意味、ワカりやすい街だな。隠す気すらないあたり逆に好感さえ持てそうだ」

広々とした街路。すれ違うのは工業用のトラックのみ。

そんな街を静々とAI運転の高級車に乗って進みつつ、砕城紅蓮《さいじょうぐれん》は車窓を眺め。

「……悪趣味ではありませんか、紅蓮。私には悲惨な搾取にしか見えません」

「搾取すらできなかったからな、お前は。最低限支配地域を治めることすらできなかった自分に対するコンプレックスを外交に持ち込むのはよせ。悪趣味どころか無意味だ」

「…………ッ！」

同盟者に強烈な釘《くぎ》を刺され、ユーリエル・アルセフィアは言葉に詰まる。

隣り合った席。肩が触れ合うほど距離が近い。

だが、その1ミリほどの空間が、まるで断崖絶壁のように感じられるのは何故《なぜ》だろう。

つい数時間前——そう、ディベート・ゲーム終了まで彼に残されていた甘さやゆるさ、日常に憧れる少年のキラキラした輝きが消《き》え失《う》せて、まるで生ける刃《やいば》のごとく。

(まさか、あんな戦略を立てているなんて。恐ろしい……けど、何よりも……)

邪悪、悪逆、非道。

言葉では足りないほどの企《たくら》みを秘めながら、これまでずっと笑っていたのだと思うと。

その方が遥《はる》かに恐ろしい。最初から邪悪な面をした人間は、実はそう恐ろしくないのだ。

長年ヤクザと接してきた彼女だから知っている、強面《こわもて》は恐怖と罪悪感の裏返しだと。

(心に後ろめたさがある人間ほど強面を装い、外に強く当たる——自分の心を守るために。本当に怖いのは、一見人当たりがいい、穏やかな人間なのだ、と)

ユーリエル・アルセフィアは知っている。

それだけに突如、まるで人が変わったように冷酷な貌《かお》を見せた紅蓮に、困惑を隠せない。

「不満か?」

「……あのような作戦を聞かされて、穏やかでいられると思うのですか?」

ぼそりとした問いに、感情のままに答えてしまう。

そんな八つ当たりめいたユーリエルの態度に、紅蓮は一切動揺せずに。

「思う。悪魔に魂を売ると決めたのはあんただ。手を汚す覚悟はしたんだろ? 逆にあの程度の提案で心ゆぶさられるほど情けない奴《やつ》だとは、読めんし思えん」

「……卑怯《ひきょう》な言い方をするのですね」

そう、卑怯、邪悪、外道、そのすべては彼女自身に突き刺さる。

自分で選び、自分で願い、手段を預けた以上——責任は願いを叶《かな》える悪魔ではなく。

「私自身に、あるのですから。血で汚れきった手を今更洗うつもりはありません」

「なら自責の念など捨てろ。それは有害な荷物だ。あるだけで心が重くなり、手が鈍る」

「そう簡単に割り切れないのが、人間というものですよ。……わからないのですか？」

わずかに視線を隣に向ける。すると、紅蓮《ぐれん》は「ん？」と驚いたように。

「ああ。……そういうものか」

まるで忘れていた何かを思い出したかのように、呆気《あっけ》なく言った。

＊

「まるで収容所だな。——何かの冗談みたいな警備網だ」

「普段からこうではないでしょう。何かの理由で厳戒態勢を取っているのでは？」

数分後、目的地で停止した車内から紅蓮は外を眺める。

Dクラス学生寮。ロシアからの留学生が滞在するそこは、コンクリートの集合住宅だ。

これでもかと武骨な鉄筋を重ねた外観は団地というより要塞じみて、唯一の出入口には屈強な学生達が一分の隙もなく並び、躾《しつ》けられた軍用犬が吠《ほ》えもせずに座っている。

「自動小銃でも抱えていれば、大戦前の軍駐屯地だな。さすがにそこまでは持ってないが、どうせ足元に転がしたケースの中に入ってるんだろう」

「この遊戯《ゲーム》時代に、暴力での解決など許されません。ですが……事故ならば」

「闇から闇に葬り去られる恐れはあるな。特にここは連中の拠点、ホームグラウンドだ」

不法入国者に等しい紅蓮やユーリを痕跡も残さず『消す』こともできるだろう。

事実、これ見よがしに門前に停《と》まった車を見て、屈強な生徒数人が歩み寄り、窓を叩《たた》く。

「Fクラス、第六区画の外交ナンバー。――ユーリエル・アルセフィアだな？」

「はい。Dクラス代表、ミラ・イリイニシュナ・プーシキナに用があります。面会を」

コンコンと車窓が音をたてる。外部スピーカー越しにユーリが言うと、

「そんな予定は入っていない。ここをどこだと思っている？」

「日本人《イポーシュカ》など通すものか。何の計略か知らんが、失《う》せろ！」

取り付く島もない態度。当然だろう、一般生徒を騙《かた》っているものの彼らは連邦から派遣された工作員であり、《獣王遊戯祭《ベスティア》》に自身や家族の栄達がかかっている。

（これが最初の壁。これを突破し、直接対話に持ち込まなければ……！）

紅蓮の『最悪の戦略』は成り立たない。

「通しなさい。あるいは、ミラに取次ぎを。――最重要の話がある、と」

「それはそちらの都合だろう。我々に応じる義務はない」

「何者も通すな、立ち入るなとのミラ様からの厳命だ。すぐに立ち去れ」

旧共産圏らしい鉄壁の義務感。上から与えられた命令に盲目的に従う鋼の奴隷。

交渉の余地、とっかかりさえ与えられない。そんな時だった。

「敵は本能寺にあり、か。いよいよ尻に火が点《つ》いたらしいな」

嘲笑も交えぬぼそりとした口調で、隣に座る紅蓮《ぐれん》が呟《つぶや》いた。

「ホンノージ？……何だそれは」

「外国人にはわかりにくい例えだったか。こんな警備、普段からやっちゃいないだろう？遊戯《ゲーム》を想定してるならそもそも不要だし、まったくの無駄でしかない」

ならば、この過剰な警備の意味は。

「禁じられた現実での戦闘行為をやりかねない、それだけの大義名分がある敵を想定している。——さしずめ、身内からの粛清を恐れているといったところか」

「…………ッ！」

電撃が走ったかのように、ユーリエルには視《み》えた。

車のスピーカーから流れる声に警備の男達——老けて見えるが十代の学生なのだろう。巌《いわお》のような顔に年齢相応の焦りと動揺を浮かべ、ほんの半歩ドアから退く。

「三次大戦以降、旧冷戦時代に逆戻りしたとさえ言われるロシアの体制では、国家に損失を与えた反逆者とその係累に対する処罰に、慈悲などない」

バタン！　と音をたて、高級車のドアが開く。

紅蓮の靴が粗悪なアスファルトを踏む。

連邦の領土を侵犯するも同然の行いを、誰も止めることができない。

「敗北の報《しら》せは届いているんだろう？　このままならお前達は破滅だ。ミラの失脚と共に、特権を失ってシベリア送り。党中央に恨みを持つ流刑者どもが歓迎してくれるだろうな」

「……どこまで、知っている。貴様……！」

「すべてだよ、イワン。ここにいる警備員全員の学籍番号と家族構成、二親等までの親族全員の名前と連絡先、すべてだ。──モスクワの姉は美人だな、とても狙われそうだ」

「……ッ」

ゴクリ、と屈強な男達が唾を飲みこむ音がした。

恐怖と困惑、得体の知れないモノを見つめる顔。軍靴がアスファルトを擦《こす》り、男たちが数歩退く。軍用犬が尻尾を巻いて哀れに泣き、イワンと呼ばれた少年が泣きそうになる。

その情景を見つめ、ユーリエル・アルセフィアは己《おの》が悪魔の恐ろしさを改めて知った。

（以前の戦い……《獣王遊戯祭《ベスティア》》の前半戦で、ロシア代表のミラと意識を繋《つな》いだ時に）

砕城《さいじょう》紅蓮は己の情報を一切渡すことなく、逆にミラの記憶や情報を視た。恐らく遊戯者《プレイヤー》、一般生徒を問わず家族構成や人事評定のような個人情報まで、すべてを。

（でも……。外部メディアに保存もせず、すべてを記憶したとでも言うのですか⁉）

自分ならできる。瞬間記憶の異能を持つユーリエルなら、チラリと視界を掠《かす》めた情報を心に焼きつけ、決して忘れることはない。だが、紅蓮にそんな力は無いはずなのに。

（桁が違う。……この事態を想定して、情報を抜いていたと言うのですか？）

恐怖と疑問の入り混じった視線を背中に浴びて、紅蓮《ぐれん》はゆっくりと警備員達に歩み寄る。

「お前達を救えるとしたら、俺だけだ。——通せ。ミラに面会させろ」

「し……信じろとでも、言うのか？　敵を……！」

「選択できるような立場だとでも思っているのか。……鈍すぎるな」

コンシュルジュＡＩがユーザーヘルプを読み上げるように無感情な声で。

「通るぞ。通報でも何でも勝手にしろ。ついてこい、ユーリ」

「は、はい！　……では、失礼します」

一国の王女として、地の礼儀正しさが出たような挨拶と共に、ユーリが続く。

紅蓮は歩く。頭を下げず、挨拶も会釈もない。傲慢とも言えるほど背筋を伸ばし、尻尾を丸めた犬や、棒立ちのまま動けない警備網を、正面から堂々と突破して。

（……格付けが、終わった）

奴隷が皇帝に敵《かな》わぬように、上位と下位の線引きが生まれてしまった。

半歩退き、ドアが開くのを許した時点で、警備員達は紅蓮の権威を認めた。今や彼らにできることは、預言者の前の荒海のごとく、二つに割れて道を作る他なく——。

一般生徒用の集合住宅、老朽化した設備の貧しいエリアを踏み越える。通い慣れた道を歩むような迷いなき動作で、紅蓮は高層階へ続くエレベーターへ乗り込んだ。

「ミラの部屋は最上階、１フロアのブチ抜きだ。このまま行くぞ」

「はい。……パスワードも調査済み、ですか？」

「いや？　あいつもそこまで馬鹿じゃない、俺に読まれた可能性がある時点で変更してる。が、このエレベーターのメーカーはロシア本国じゃない、高級感のある欧州製だ」

上位層のみが宿泊する高層階へ上がるためのパスワード。

紅蓮はエレベーターのボタンを規則的に押し、迷うことなく入力していく。

「企業は整備用にマスターコードを用意し、顧客がパスを紛失した時に備えている。その手のコードなら、昔遊戯《ゲーム》に関わってた時代に何度も使ってるんだよ」

「……どういう使い方をしたのかは、聞くべきではないでしょうね」

「ああ。面白い話じゃない。つまるところ、今回みたいな──汚れ仕事の類《たぐい》だよ」

ポン♪　と場違いなほど明るい音をたて、古めかしいエレベーターが昇り始める。

一瞬の浮遊感。スムーズにドアが開き、学生寮入口の武骨な作りとはまるで違う、高級ホテルじみた廊下が眼《め》に入る。行き届いた清掃、靴を包み込むような柔らかい絨毯《じゅうたん》。

「返事をしてください、同志ミラ！　ここを開けて！」

「粛清部隊の到着は時間の問題です。ただちに我々と脱出を……げっ!?」

「バケモノに会ったような顔をするなよ。いい知らせを持ってきたんだがな」

ドアを叩《たた》いていた二人の少年が、ひきつった顔で振り向く。

どちらも獅子王《ししおう》学園の制服姿。紅蓮には見覚えがあるその顔は、ミラとともに留学し、同じクラスに所属していた生徒のものだ。脳内で呼び出した記憶によれば──。

「確か連邦内、反主流派の軍人の子弟だったか。権力争いに負けて党中央から追い出され、手柄を立てて返り咲きを狙ってたんだろうが」

「……Ｆクラス、ユーリエル・アルセフィア。それに砕城紅蓮《さいじょうぐれん》……！」

粛清部隊が来る、と物騒な声をあげていた少年が憎らしげに吐き捨てる。

貴族的な面立ちの彼、その隣でドアを叩《たた》いていたもう一人は屈強な体格をしており、振り上げた拳を下ろすタイミングを見失ったかのように、おろおろと交互に二人を見た。

「ミラは出てこないのか。この状況で命が惜しいなら逃走一択、確かに間違いじゃない」

「それを知って、なぜここに来た。さては貴様、同志ミラを殺害に……!?」

「わざわざ手を汚しに来るほどヒマじゃない。それよりさっさと開けたらどうだ」

「……マスターキーがない。今、ドアを破れる道具を取りに行かせているところだ」

貴族風の少年の言葉に、屈強な少年がビクリと震える。

「まさか、同志はすでに……敗北のショックで、自害なされているのでは……!?」

「可能性はあるな。お前も行け、バール……いやいっそ爆薬でもいい、探してこい！」

「はっ!!」

機敏に敬礼し、屈強な少年が背を向ける。ドタバタと立ち去った、その瞬間！

貴族風の少年が振り返る。フッ、とかすかな笑みを浮かべ、ポケットに手を入れて。

……プシッ!!

「粛清部隊御用達《ごようたし》の無音短針銃。——スパイ稼業も大変だな、最初から潜伏してたか」

圧縮空気が弾《はじ》ける、ほんのわずかな音。

ユーリは頬に風を感じる。1ミリにも満たない超至近距離を極細の針が貫いたからだ。

「え……!?」

つい先ほどまでのお坊ちゃん然とした風貌はどこへやら。

憎々しげに顔を歪《ゆが》めた少年、放たれた殺意の風。

その源、ヘアスプレーに偽装された短針銃を紅蓮が掴《つか》み、あらぬ方向へ向けていた。

「貴様……最初から、気づいていたのか……!?」

「粛清部隊を外から送るなんて時間がかかって仕方ない。内に仕掛けておかない理由が、ロシアの党中央にあるか？　わざわざ言葉で意識を誘導した時点で、臭すぎる」

「ぐっ……!?」

捻《ひね》り上げられ、少年の手から偽装された武器がこぼれる。

毛足の長い絨毯《じゅうたん》に突き刺さるように落ちたそれを、ユーリエルは慌てて拾い上げた。

「に、ニンジャ……！　どういうことですか、紅蓮!?」

「こいつが粛清部隊だ。というより、そうなったと言うべきか？」

ミラが勝ったなら勝利のおこぼれにあずかり、栄達の道へ。もし敗北したならこの手で敗北の責任を問い、外傷の残らないミクロン単位の毒針を放つ暗殺武器で殺害する。

あとは病死とでも偽り、死体を処理してしまえばいい。

敗北の責任はミラが負い、粛清の手柄を以《もっ》て自分だけは栄達を買う──。

「そんな算段を立ててたんだろう。鉄のカーテンの裏は、裏切りに満ちているからな」

「……がはっ！」

ゴキリと無慈悲な音をたて、少年の首が曲がる。

力無く床に沈んだ体、ヒクヒクと動く指を眺めながら、ユーリエルは紅蓮《ぐれん》を見上げた。

「あの、殺したのですか？」

「まさか。気絶させただけだ。ただ当分は首から下が動かなくなるだけで」

「どうやったらそんなことができるんですか……。やはり、ニンジャ……！」

「首の骨をズラして神経を圧迫した。ただの技術だよ。行くぞ」

憧れの視線を素っ気なくかわし、紅蓮は閉ざされたドアに触れる。

迷わずパスワードを入力、ロックを解除。見事な手際、その種明かしは。

「ミラの記憶、ですか？」

「ああ——エレベーターは変えたのに、ここだけは同じ。相変わらずセンチな女だ」

行く道は塞ぐ。しかし、最後のドアだけは……ある男にのみ、開かれる。その理由は。

「——俺になら殺されたい、か。悪趣味なラブレターだな、ミラ」

「……ああ。待っていたよ、紅蓮。はは……はははははは……!!」

暗闇に、正気を失ったような笑いが木霊する。

開かれたドアの向こう。一切の明かりを消し、カーテンを閉じた中。

ルームランプの赤みを帯びた光を浴びて、ネグリジェ姿の女がバーカウンターに座り、
濃厚なアルコール臭を漂わせている。空になったウォッカの瓶、オレンジの搾《しぼ》り滓《かす》——。

「雇い主に対する扱いとは思えないな。もう少し人道的に扱ったらどうだ？」

入口近くに転がっていた『それ』を一瞥《いちべつ》し、紅蓮《ぐれん》は肩をすくめた。

全身を縛られたアルセフィア王国第二王子、ツボルグ・アルセフィア。洗濯用だろう、ビニールのロープで細い裸体を縛られながら、芋虫のようにもぞもぞと揺れている。

「脳を同期してすぐ、精神を犯そうとした変態にそこまでしてやる義理があるか。今も私の頭の中で、ぎゃあぎゃあと元気に喚《わめ》いている。——屑《くず》め」

ぺっ、とアルコールとオレンジ果汁を含んだ唾が、倒れた男の頬にかかる。

「〜〜〜〜——っ！」

「子供じゃないんだ。たかが変態のひとりに照れるな、ユーリ」

「ですが……これは、あまりにも見ていられません。せめて、隠させてください」

縛られながらも興奮したのか、ビクビク震える腰に毛布をかける。

眉をひそめ、汚物を見るような顔の姫から視線を外し、紅蓮はカウンターの女を見た。

「堂々と飲酒か。未成年を騙《かた》るのは諦めたのか？」

「黙れ。ここは日本の法の下にはない。……もっとも、偽る意味も最早《もはや》ないがな」

自暴自棄に、疲れた顔でそう漏らす。

ミラ・イリイニシュナ・プーシキナの実年齢を思えば、飲酒を咎《とが》められることはない。嘘《うそ》に嘘を塗り重ねてきた彼女が己《おの》が演技に執着せず、あるがままの姿を晒《さら》している事実そのものが、彼女の絶望を深く物語っていた。

「搾《しぼ》ったオレンジにウォッカ。スクリュードライバーとは、末期の酒にしては洒落《しゃれ》ているな、ミラ。ロシア人ならストレートだろう？」

「……ふん。最後くらい、好きなものを飲んで何が悪い。党の命令やイメージなど知るか。私は甘い酒が好きだ。好きなんだよ。ははっ……はははははは……!!」

壊れたような笑顔。ぱらりと頬に落ちた髪が、哀憐《あいれん》の色を深めている。

面白くもないのだろう。楽しくなどないのだろう。笑うしかない、絶望に満ちた表情でグラスを舐《な》めている女のもとへ、砕城紅蓮《さいじょうぐれん》は歩み寄り、乱れた髪を撫《な》でつける。

「触るな。優しくなど、するな。同情などいるものか、慰めなどいるものか!!」

喉も裂けよと女は叫ぶ。負け続け、微《かす》かに残った矜持《きょうじ》をこめて。

「……殺せ。殺すがいい、砕城紅蓮。そのために、自ら縊《くび》ることなく、待っていた」

「俺が来ると思ったからか。当てつけのように死んで、俺を傷つけたかったのか？」

「そうだ。ああ、そうだ。情けないだろう。醜いだろう。はは……はははは!!」

どこにでもいる、捨てられたばかりの愚かな女のように。

「無能を晒し、最後のチャンスを逃した。党本部はもうツボルグが王冠を得る可能性など皆無と判断、債権を回収する方に動くだろう。私もだ。……私もなんだよ、紅蓮」

かつて紅蓮に負け、そして《獣王遊戯祭《ベスティア》》においても負け続けた。

これらの敗北による負債はもはや天文学的な数字に及び、その若い肉体、遺伝子の欠片《かけら》まで奪われるだろう。女として役に立つうちは弄ばれ、最後には臓器と肉として。

「党の老人どもの病んだ臓器と交換する、ストックとして扱われるのさ。ならせめて……少しでも汚してやりたいだろう？」

「くだらないな。復讐《ふくしゅう》にしても後ろ向きに過ぎる。ミラ、お前はその程度の女か？」

「…………！」

歩み寄る。放り出されたウォッカの瓶を蹴り。

肌も露《あら》わなネグリジェ姿の女、その白い首に手を這《は》わせ、顎を掴《つか》んで強引に。

「俺が愛した女が。──その程度なのか。がっかりさせるなよ、ミラ」

「何……だと……!?」

声が震える。罠《わな》だと解《わか》っているのに、脳が沸騰しそうに踊り始める。

甘い甘い毒の蜜。負け続け、ひび割れた心に、紅蓮《ぐれん》の言葉が染み込んでいく。

「何を今さら!!　私を否定し、ゴミのように捨てたくせに!!　二度と私を愛さない、その可能性は、未来は失われたのだと。そう言ったのはお前だろう、紅蓮……！」

「確かに言った。ロシア当局、党中央と繋《つな》がったままのお前をそのまま愛し、受け入れ、関係を深める世界線は存在しない。だが……前提は変わった。違うか？」

今や完全に失脚し、その命すら狙われる身となったミラ。

汚い打算で想《おも》いを歪《ゆが》め、利用しようとする存在は、彼女の味方ではなくなった。

「以前のままのお前なら愛せない。だが、すべてを失った今のお前なら、違う。砕城《さいじょう》家、党中央、そんな名前の陰にふんぞり返ってるクズに餌をやる気はないからな」

「私ではなく……私の背後にいる存在が嫌だった、と言うのか？」

「ああ。考えてみろよ。お前や俺がどれだけ傷つき、泥にまみれても、結局はシステムの歯車──奴隷に過ぎないんだよ」

一匹の働き蜂はその生涯で、スプーン一杯の蜜も集めることなく死んでゆくという。

それと同じだ。死ぬまで搾取され、上に立つ誰かの利益のために才能と時間を浪費する。

「虚《むな》しくないか？　無様じゃないか？　汚れて生きて楽しいか？　俺は嫌だ。だから潰《つぶ》す。一度潰してもしつこく粘る、くだらないしがらみと腐った奴《やつ》らを叩《たた》き潰してな」

「……体制に、反逆する気か。貴様は……！」

ゾクリとした悪寒。得体の知れない恐怖と──

「俺と来い、ミラ。今がその時だ。ユーリを勝たせ、この国を奪い、一切の干渉を断つ。そうして生まれた国は、俺達の楽園になるだろう。そこにはお前の席もある」

「叛逆者《はんぎやく》。無法者。テロリスト。……何だ、その血のような朱《あか》い眼《め》は！」

堪《こら》え切れぬと言うように、ミラの唇が笑みを刻み、声が高らかに響く。

「あはははははは!!　あはははははははは!!　ついに世界に挑むか。お前という怪物が鎖を千切り、後方で主人面をしている年寄り共に喰《く》らいつくのか……！」

その醜態はどれほど滑稽なことだろう。すべてを操る黒幕だなどと気取って遊戯者《プレイヤー》を盾に特権のみを貪る老人達。脳の劣化に抗《あらが》って、若い脳を奪って生きる寄生虫。

党中央の老人達。査問会で突き刺さったいやらしい視線。

脅すように見せられた収容所の地獄、若い女が遂げる悲惨な末路。人権？　品切れだ。

「甘いな。甘い、甘い、甘すぎる。……この酒よりもずっと甘く、私を酔わせようとする。今度は何を企《たくら》んでいる？　私の想《おも》いを、何度弄べば気が済むんだ。この悪魔め」

「俺達の間に全幅の信頼なんて、生涯築けやしないさ。──裏切られるまでの束《つか》の間《ま》の絆《きずな》、仮初の幸せを楽しみながら、せいぜい一秒でも長くそれが続くように願いながら、互いにメリットを差し出し合って利用し合う。……それが遊戯者《プレイヤー》同士の友情であり、愛情だ」

す、と紅蓮《ぐれん》の手が音もなく伸びる。

未《いま》だつまむように持ったままだったグラス。オレンジ果汁と濃いアルコールの混合、火が点《つ》きそうな強い酒を奪うと、中身を洗い物の溜《た》まったシンクへぶちまけた。

ビシャッ、水音をたてて酒が流れる。薄闇の中、それは血のように広がって──。

「俺はいつでも、お前を愛したいと願っていた。お前と共に生きたいと祈っていた。死を選ぶ覚悟があるなら、今一度、俺のこの言葉を信じて利用されてみないか？」

「…………！」

「選べ、ミラ。操り人形から人間に戻り、お前の人生を取り戻せ」

（熱い……！　心臓が、バクバク鳴っている。体温が上がって、耳まで……っ!!）

強い火照りと動悸《どうき》を自覚して、ミラは愛《いと》しい男を見上げた。

今まで一度も見たことがない、強い眼光。これまでは常に受け身、最強故に敵の動きをギリギリまで待ち、敗北の際でようやく動き出す最終兵器じみた男が、今は違う。

自ら動き、敵を求め、潰《つぶ》そうとしている。ならばこれから始まる物語は。

(圧倒的で一方的な。くだらない、つまらない、蹂躙劇《じゅうりんげき》……!!)

どくん、胸が弾む。びくり、心が弾む。

(だが……見てみたい!!)

それは抗《あらが》いがたい欲望。自分は何もかも失った。家族も、財産も、希望も遊戯《ゲーム》に賭けて、敗れてすべてを失った。だが背後に立つ老人どもはどうだ。何も賭けない。

国家の威信だの権利だの、自分自身は賭けたところでぴくりともしないような建前のみを掲げて、絶対安全圏からすべてを注《つ》ぎ込む博徒を、遊戯者の末路を滑稽だと笑う。

そんな奴《やつ》らが、遊戯時代の最終兵器に。絶対無敵、不敗の怪物に。砕城《さいじょう》や日本国という鎖を外したモノに吠《ほ》えかかられ、噛《か》みつかれたなら。どんな悲鳴を上げるのだろう!

「紅蓮。紅蓮。紅蓮。……どうしたんだ、お前は。どうしてしまったんだ、お前は?」

「何のことだ、ミラ。俺は何も変わっていない」

「嘘《うそ》だ。変わったよ、お前は。いつものお前なら、勝利を奪ったら腑《ふ》抜《ぬ》けたように利益を投げて、また暗闇へ隠れるだけだ。権力者どもの都合がいいように」

ちらり、とミラの視線がユーリエルに向く。

「私は、そんなことはしません。勝った暁には、紅蓮の思うがままに」

「その手の誘惑こそ、砕城紅蓮が最も嫌うものだった。それで動かせるのなら、あらゆる国や政府組織が、世界の富の頂点を牛耳る企業体が放っておくものか」

凛《りん》と言うユーリエルを、ミラは皮肉に嘲笑《あざわら》う。

「本気か。お前は、ついに世界を敵に回すのか。──自分自身の居場所、自分自身の安息。ただそれだけを奪うために、その独善塗《まみ》れの小娘を主《あるじ》と仰いで。終末の幕を上げるというのか。くっ……はははははは、はははははははは!!」

もう笑うしかない。そんな女に、紅蓮《ぐれん》は寄り添う。

男の腕がミラを包む。

すると地面に転がっていた『それ』が、屍《しかばね》のように動かずにいたツボルグがミラの気分の高まりに同調して奇声を発する。

「フフ……ヒヒッ、ヒャハハハハハハ!!」

「…………!」

痛々しさに耐えかねたように、ユーリエルは顔を伏せ、目を逸《そ》らした。

拘束され、毛布で股間を隠されたツボルグ。決していい兄ではなかった。敵として憎んでさえいただろう。だがもう憎む気も起きない。今やそれは意識を溶かし、ミラの記憶に同調するだけの肉でしかないのだから。

「楽しい! 楽しいなあ!! 最高! 最高だよ!! カールスの絶望顔よりそそる! どれだけ不幸を撒《ま》き散《ち》らすんだ? どれだけ世界を、懸命に生きる人々を踏《ふ》み躙《にじ》るんだい!? 素晴らしい! やればできるじゃないか妹よ! ユーリエル、ユーリエル、ユーリエル!! 大好きだ。愛している。惚《ほ》れてしまいそうだ。勃起するよ、砕城《さいじよう》紅蓮!! 僕も……僕も連れていっておくれよ。最高のショウにさあ!!」

解放されたのは溜《た》まった唾液、それから悪意。

唾を吐きながら笑い、芋虫のようにモゾモゾ這《は》う兄の姿に、ユーリエルは。

「……煩《うるさ》い!!　黙れ!!」

「ウヒ、フヒ、アハハハハ……げふっ!!」

壊れた玩具《おもちゃ》を黙らせるように、ツボルグの腹を踏みつけて笑いを止める。

それでも兄は笑っている。泣きながら、満面の笑みで手を伸ばし、紅蓮の服の端切れでも掴《つか》もうと。あたかも天使に群がる地獄の罪人のごとく……もがき続ける。

（あまりにも、醜い。これで……いいのですか。本当に、この道を突き進むのですか……紅蓮！）

問うようなユーリエルの視線。希望と欲望と破滅に満ちたツボルグの手。

笑い疲れたかのように立ち尽くすミラ。すべてを集め、すべてを抱えて。

「俺達が挑むのは、遊戯《ゲーム》を強制する元凶。時代を生んだ仕掛け人——。

《獣王遊戯祭《ベスティア》》運営、《原初の十三人《オーディナルリスト》》が一人、《創生の樹《き》》こと、獅子王創芽《ししおうはじめ》だ」

クオリアシステムを、《黒の採決《ブラックバウト》》を。戦争なき新時代を築いた立役者に。

時代の象徴とも言える偉人に、砕城紅蓮は迷うことなく弓を引く。

「……倒すのか？　倒せるというのか、アレを……!?」

ミラが愕然《がくぜん》とするのも当然だ。公の権力こそ獅子王《ししおう》学園理事長——日本政府の黒幕程度、世界レベルで見ればどうということはない。だが、その隠然たる権力。

クオリア分枝の配置を左右し、維持管理運営に絶大な権限を持つ。絶対無敵、絶対中立を謳《うた》う社会インフラを根底から握り、維持管理を独占する個人というふざけた存在。

旧時代で言うならば、全世界の訴訟、調停、あらゆる軍権までもを左右するもの。

システムの番人、忠実な奉仕者として位置づけられたが故に諸国の警戒を避け、巧みに闇を泳ぎ回るトリックスター。それが、獅子王創芽《はじめ》なのだから。

「倒せるさ。だが、そのためにはヤツの『眼《め》』をすり抜ける必要がある」

クオリア分枝を介する以上、オンラインで接続された全カメラ、監視装置が眼となる。

しかし、万能ではない。絶対でもない。旧時代から連綿と続いてきた特殊工作機関——連邦系、ロシアの闇を担う工作機関の遺産が、それを可能にするのだ。

「お前たちが工作活動に使う秘密ルート。三次大戦以前の古地図と現在の情報を共有しろ。それが、クオリアという牙城に潜むヤツに迫る唯一の鍵だ」

仄暗《ほのぐら》く朱《あか》い眼《め》、笑顔を喪《うしな》ったつまらなそうな仏頂面のまま。

覚醒した怪物は、喰《く》らうべき獲物への道筋を——一歩ずつ、確実に進んでいった。

●過去からの追跡

　それは昔、『お兄様』が生まれる以前、砕城《さいじよう》本家の片隅にて——。

「この程度、詰ませられんやなんて。……可憐《かれん》さん。うちを舐《な》めとりゃしませんか？」

「え……？」

　丸一昼夜考え抜いた解答。

　子供らしい鉛筆書きの思考過程、書いては消し書いては消しを繰り返し、消しゴムの跡も色濃く残った努力の証《あかし》を、黒い和装の老婆は踏《ふ》み躙《にじ》る。

「で、でも。これしか、かんがえ……！」

「ほんまにそう思ってはるん？　それともうちをからかっとるんやろか。この解答やと、ここで玉が逃げるメが残ってはります。あまりにも読みが浅すぎますわ」

「あ……」

　砕城可憐、八歳。あどけなく幼い彼女は、厳しい礼法に則《のつと》った和装で床に正座し、懲罰用の警策《きようさく》を手にした老婆を前に、ピクリと怯《おび》えて固まった。

「ＡＩが六億手読んで好手。八億、十億手読んで逆転の奇手と判定する絶妙の手。あなたと同い年の頃、それをわずか十分で紅蓮《ぐれん》坊ちゃまが考え、解いた問題がこれです。砕城の本家、一軍を目指すならそこまで読んで当然や。まったく、鈍くさい……」

「ご、ごめんなさい！　わ、わたし……がんばった、んですけど……」

はあはあと息荒く、白い頬は熱を帯びて赤い。

限界を超える特訓により、酷使された脳を維持するために血圧は上がり、心臓が脈打つ。極度の興奮状態に陥った肉体は不眠に陥り、過度な疲労にも眠ることすら許されない。

「この程度、三日三晩の詰将棋問答程度で弱音を吐いてもらっては困りますえ。砕城《さいじょう》の名にかけて。こんな温《ぬる》い段階すらクリアできないようでは、話になりませんわ。十歳を越えれば、もっと厳しく躾《しつ》けていきますえ！」

「あうっ……!!」

バシッ、と打たれ、強く頬が鳴る。

「ひっ……えぐっ、あふ、ああああぁあぁぁぁぁぁ……っ……!!」

力無く倒れ、涙が落ちる。声を殺してもなお漏れる嗚咽《おえつ》に、老婆はさらに失望した。

「ほんまに、出来損ないですわ。ここでうちを殺したる、そう思えもせんでどうします。泣いとるひまがあったら殺しにきい。頭を回して策を練り、うちの首を獲《と》りなはい」

「そ、そんな……。で、できません、わ、わた、わたしっ……！」

「それが甘い言《ゆ》うてますのや。憎んで、恨んで、食いついて、怒りで練ったドロドロした執念こそが勝負強さを育てます。あっさり折れてシクシク泣くだけやなんて」

老婆は心底残念そうにゆっくりと首を横に振ると、可憐《かれん》の部屋を見渡す。

ほとんど物の無い和室。小さな女の子が暮らしているとは思えないほど生活感の乏しい部屋の中、子供用のランドセルと教科書が古風な文机《ふづくえ》に置かれ、時間割表が貼られている。

それだけが、子供部屋らしい空気を醸し――それを憎むように、老婆は睨《にら》んでいた。

「情けない限りですわ。遅れを取り戻すためにも、ほんまなら学校なんぞ行ってる時間はあらしまへん。学校の勉強なぞ、この遊戯《ゲーム》時代に必要ありゃしませんのに」

不満げな言葉は、常々この老婆が溜《た》め込んだ黒い感情、そのもののように。

「せいぜい坊ちゃまに感謝しなさい。あの方の願いやなければ、とうに止《や》めてますわ」

「……はい」

学校に行きたい、騒がしい教室が恋しい。

遊戯と関係のない勉強。心底簡単で、それこそ寝ながらクリアできる難易度の授業《アソビ》。

ケタ外れのプレッシャーを与えてくる老婆がいない環境でのみ、心から安らげた。

普段の不眠を解消するかのように授業中に眠り、ついに教師に叱られたものの――。

(え？　……ほとんど虐待同然じゃない。何てことしてるのよ！)

事情を聞いた担任は、叱るどころか同情し、家に抗議しかけたものの。

(そんなめちゃくちゃな教育方針、聞いたことない。けど……けど。ごめんなさい。可憐さん。私には、何もできなくて……ごめんなさい……！)

強烈な圧力を受け、すげなく追い払われた担任教師の声を。

(……ありがとう、せんせい。いいです、わたしは……だいじょうぶ、だから)

かけてくれた言葉を、優しさを、可憐はしっかりと覚えている。

砕城が異常だとは理解している。けれど、境遇を恨んでも、文句を言っても無駄で。

助かる術《すべ》がないのなら、あがく必要もなく。

希望がないのなら、ただ——自分が耐えれば、それでいい。

(だから、いい。……がまん、できるから)

それよりも、起きていられるわずかな時間が嬉《うれ》しかった。他人と関わることは最低限でも、悩みもなく楽しく遊ぶ同級生の環《わ》を眺めていると、苦しい心がほっと楽になって。

(ほんのすこしだけ。たのしいけど……むねが、いたい……)

辛《つら》くて、苦しくて、泣き叫びたくなるような感情を殺して。

可憐《かれん》は今日もまた、監督役の老婆の前。冷たい床に、膝を痛めながら正座していた。

「お坊ちゃま……紅蓮《ぐれん》様は九歳にして、すでに《伊邪那美機関《いざなみ》》へ進まれるほどの天才。それに比べて可憐さん、あなたときたら……よほどの間抜けか、うちを舐《な》めてますの?」

「……ちがう……ううん。ちがい、ます……」

「ちゃうちゃう言うて、それだけやったら何もわかりまへんわ、まったく。……もうええ、今日は月例会の当日や。何もできんなら、せめて迷惑かけんよう座っておきなはい」

「……はい……」

「ええですか。せめて、一度でええ。一度でもええから、紅蓮坊ちゃまに勝ってみなはい。それができん限り、砕城《さいじょう》の子とは認められまへんわ。——ええですな!」

もはや可憐に目もくれず、不満げに老婆は歩き去る。

黒子のように顔を覆い、決して喋《しゃべ》ることなく遊戯者《プレイヤー》に付き従う世話役達が平伏する中、可憐はひとり打たれた頬を押さえながら、身を隠そうとするかのように縮こまる。

「………！」

ひく、ひくと背中が揺れる。

袖に顔を埋《うず》め、涙をこぼさず、声も出さずに泣くために。

（おにいさまに……勝つ？　できない……そんなの、むり！）

毎月末の日曜日、砕城本家では月例会が執り行われる。分家として日本全国、海外にまで広がる砕城の遊戯者達が奪った金や特権を、功績に応じて分配するためだ。

その折、会合が開かれるほんの数時間の間。紅蓮御付《おつ》きの黒服が手配し、認めさせたのが『特別訓練』を名目とした兄妹水入《きょうだいみずい》らずの時間――ふたりきりで会うチャンス。

（おにいさま……。ごめんなさい、おにいさま……！）

いつもなら喜び、はしゃぎ、胸躍るはずの時間。

それが今、幼い可憐にとっては――処刑宣告としか、思えなかった。

＊

「は？　何を言ってるんだ、くだらない」

「……え」

砕城本家、中庭。

魑魅魍魎《ちみもうりょう》のような親族が集まり、パワーゲームに熱中する本宅を離れ――

九歳の砕城紅蓮《さいじょうぐれん》は、断罪を受ける覚悟の告白を、あっさりとそう返した。

「詰将棋が解けなかったくらいで殴ったり、三日も子供を監禁するあの婆《ばばあ》の方が悪いだろ。お前は正常だ、可憐《かれん》。そういうのを、じどー……ぎゃくたい？　って言うんだぞ」

合ってるよな？　と確かめるように、紅蓮は背後を振り向いた。

中庭に面した廊下に、黒スーツの女が座っている。スラリと伸びた長身を折り曲げて、座布団も敷かずに磨き抜かれた板に正座したまま、サングラスで表情を隠した人物。

可憐も名前は知らない。だが、紅蓮の付き人として何度も見た人物だった。

「児童虐待。それで合ってます、坊ちゃま」

「そうか、ならいい。というわけで、おまえが気にすることないぞ。何なら、あの婆《ばあ》さんにもう一回ガツンと言ってやる。――俺の妹をイジメるな、ってな」

「おにい、さま……！」

初めて聞く優しい言葉に、思わず涙腺が緩む。

砕城本家の方針は、十歳までを生まれた子の適性を確かめるための準備期間とする。

世間のルールに照らし合わせれば過酷な『基礎訓練』は行われるものの、それによって個々の適性を見定め、最も高い資質を見せた方面に特化して教育する。

そこでさらに選別を行い、最優秀者のみが一軍候補として認められ、《伊邪那美《いざなみ》機関》をはじめとする傘下の能力開発施設へ送られるのだ。

「妙に焦ってるな、あの婆さん。本来、可憐の齢《とし》でここまで読めてれば十分だよ」

「そー……なの、ですか？」

「ああ、何億手読んだ、なんてのはバカの考えだ。蓄積した経験と情報から直感的に解を得る人間と、ＡＩの総当たり的な思考をごっちゃにしてる。一時間かけて総当たりで八億手読むより、直感で不要な八億手を切り捨てて二択を選ぶ資質こそ、人間に求められる能力だろ」

　直感、閃《ひらめ》き。ＡＩ全盛の時代に軽視される人間の可能性こそが。

「本来、失っちゃだめなものだろ。あまり真に受けるな」

「うゆ……はい。おにいさま」

　べそをかきそうな顔で、それでも懸命に妹は頷《うなず》く。そんな健気《けなげ》な姿を見ながら、

（遊戯者《プレイヤー》に向いた性格じゃない。……その点だけは、あの婆さんに同意だけどな）

　そんな風に、紅蓮は思う。可憐の受けている『基礎訓練』は、紅蓮自身が受けたものと比べても内容的に遜色ないか、それ以上に厳しいものだ。

　同じ年齢の頃、既に紅蓮は可憐以上の才覚を示し、《伊邪那美機関》の異能開発を受けるなどの差はあったが、それにしても老婆の態度には明らかな焦りが見える。

「そういえば、対抗戦はどうだ？　砕城の教育カリキュラムなら、同じ年頃の子供と遊戯《ゲーム》で勝負する機会もあるだろう。そこで勝てば、あの婆も少しは黙るさ」

「……それ。負け、ちゃいました」

「ああ、初戦は黒星か。まあ慣れればいいさ、次に勝てば」

「ごめんなさい。さいしょ、だけじゃなく……全部、なんです」

「は？　……全敗？　ちょっと待てよ、手でも抜いたのか？　そりゃ婆《ばばあ》も怒るだろ」

可憐《かれん》の地頭は悪くない。知識を吸収し、遊戯《ゲーム》理論を身に着ければ、同年代の遊戯者《プレイヤー》候補との対抗戦など勝てて当然。そのはずなのに全敗では、世話役のメンツは丸潰《まるつぶ》れだ。

「だって。……みんな、すごく必死で。勝ちたい、勝ちたいって。わたしより小さな子も、泣きそうになってる子も、たくさんいて。それで、それで……！」

「お前、わざと負けたのか？　対戦相手に同情して」

「わざと、じゃないです。けど……勝つのが、怖くて。嫌われるのが、怖いから……」

「……何てこった」

ごめんなさい、ごめんなさいと呟《つぶや》きながら、涙を眼《め》に溜《た》めてうつむく可憐。

敵への同情。闘争本能の欠如。本来なら敵を踏《ふ》み躙《にじ》り、叩《たた》き潰してでも勝利を勝ち取る。それが遊戯者というものだ。が、今の可憐にはそうした厳しさが欠けている。

（そうか。勝ったこと、ないからかな？）

勝利という成功体験が無いままに、勝てるはずだ勝てねばおかしい、と詰め込まれ。プレッシャーが心をへし折り、すっかり打つ手が、思考が萎えてしまっているとしたら。

（必要なものはメンタルケア。心をほぐせる成功体験。……けど）

あの老婆に、そんな優しさがあるだろうか？

人の手を借りなければモチベーションを上げられないのでは、結局のところ大成しない。実戦の場で接待など誰もしてくれないからだ。気が向かないから、怖いからと手を抜いたところで、誰も甘やかしたりしない。ただ、殺意だけが返ってくるだろう。

「なあ、可憐。来いよ、庭で鬼ごっこでもしよう」

「おに、ごっこ……ですか？　お兄様と？」

「ああ。ルールは特にない、俺が逃げる、お前が鬼で、俺を捕まえれば勝ちだ」

「…………」

遊戯を持ちかけられながら、可憐はどこか竦《すく》んだように見返すばかり。

砕城《さいじょう》家本宅の中庭、飛び石があり錦鯉《にしきごい》が泳ぐ壮麗な池や見事な枝ぶりの松、灯篭《とうろう》などをヒョイヒョイと渡り歩き、障害物代わりにして軽快に走る紅蓮《ぐれん》を、

「お、おにい、さま～～～っ！　あう、あうっ……きゃっ！」

「……だめだ、こりゃ」

ポテポテ、と。

そんな言葉が似合う、鈍いと言うより面白い足取りで、可憐は必死に紅蓮を追う。

もう鬼ごっこというより、はぐれそうな親を必死で追いかけるカルガモの雛《ひな》とか、そういう類《たぐい》のものにしか見えない。とてもではないが、脅威と認識するのは不可能だ。

「お、おにいさまぁ……ぐすっ、えぐっ……あう……！」

「やれやれ。これが策略ならまだいいんだけどな……はあ」

ポテンと転び、べそをかく。そんな可憐《かれん》のありさまに、紅蓮《ぐれん》は深くため息をつく。

正攻法で捕まえられないから、転んでみせる。

心配して近寄ったところを捕まえる、人の心理を突いたトラップになるだろう。

だが、可憐の意図はそうではなくて、どう見てもただの泣く子供。

裏も表も罠《わな》も策も存在しない、ただ無力で非力で、家族に助けを求める――。

(そんな顔、するなよ。……しょうがないな)

妹の無垢《むく》な信頼を、裏切る気にだけはなれなかった。

「大丈夫か、可憐？　怪我《けが》してないか？」

「う、うん。ありがとう、おにーさま……。やっぱり、やさしい！」

「そうか？　……まあ、そうかもな。まったく、甘えん坊なやつだ」

紅蓮がそっと近寄ると、人懐こい子犬のように、可憐が胸に飛び込んでくる。

思わず小さな体を抱きしめ、あやしていると……意外な人物の判定が、空気を変えた。

「はい、そこまで。――お坊ちゃまの負け、ということでよろしいですね？」

「は？　何のことだよ、それ。意味わかんないんだけど」

「鬼ごっこの最中、タイムの申請もなし。鬼に抱きつかれた今の状況は、どう見ても鬼に捕まった、としか表現できないかと。砕城《さいじょう》本家には、そのように申請しておきますね」

「参考記録扱いで、正式な戦績にはならないと思うけど。……意味あるの？」

「ありますよ。少なくとも、教育と虐待を取り違えるような人をごまかすくらいには」

サングラス越しで視《み》えないが——恐らくウインクしたのだろう。

弓型の秀麗な眉をわずかに動かす黒服女に、紅蓮《ぐれん》はおせっかいめ、と小さく言った。

「あの……おにいさま、わたし。おにいさまを……つかまえ、ちゃったの？」

「そうなるな。デビュー前とはいえ、初の負けだ。やるな、可憐《かれん》」

「え？　……え？　えっ!?」

ようやく事態が理解できたのか、可憐がさっと青ざめる。

正式な記録にならないとはいえ、全敗状態の妹に初黒星となれば、疑われて当然だ。

同情のままに勝ちを譲るような甘い人間、そうみなされれば遊戯者《プレイヤー》としては大きな減点となり、《伊邪那美《いざなみ》機関》はそうした欠点を《修正》するために動くだろう。

「やられたな、こりゃ。まあ……最後の贈り物には、ちょうどいいか」

「さいご？　……最後、って。わ、わたしのせいで……!?」

「違うよ、可憐。今日の月例会が終わったら、《伊邪那美機関》に行くことになってる。具体的に何をされるかは知らないし、帰ってこられるかどうかもわからない」

老婆曰《いわ》く、それは。

「これまでにない処置を受けて『生まれ変わる』——そうだ。意味わかんないけどな」

「…………！」

それは、迂遠《うえん》な処刑宣告。

可憐がこの月例会、兄との刹那の交流に感じていたものより遥《はる》かに上のプレッシャー。

「お、おにいさまが……変なおくすりを打たれたり、しゅじゅちゅ、したり……!?」

「どうだかな。けど、それくらいはやるだろう。本家の決定だ、拒否権は無い」

「そんな……！　そんなのって!!」

初めて、強い言葉が迸《ほとばし》る。

これまで押し込められ、抑圧され続けてきた可憐から。

ただ兄が心配で、助けたい。その純粋な思いに押されるように、声と勇気が溢《あふ》れてきた。

「そんなのって、だめです！　わ、わたし、かわりにっ……！　わたしが、いくから！

おにいさま、まもるから！　お願い！　いかないで！　おにいさま！」

「……お嬢様。そうはいかないのです。どうか」

「せや。何、わがまま言うてますのや」

辛《つら》そうな声で可憐を諭そうとした黒服の女、そのスーツの肩がビクリと揺れる。

喪服じみた黒い和装の老婆が、影のように、幽霊のように——いつのまにか彼女の背後に忍び寄ると、たった今申請を終えたばかりの端末を覗《のぞ》き込みながら、言ったのだ。

「——女の武器でようやく一勝しただけの出来損ないが。紅蓮坊ちゃまを助ける？　無茶《むちゃ》言うもんやあらへん。価値が違いすぎますわ」

「そんな言い方はないだろう。可憐は別に、俺を騙《だま》したわけじゃないからな」

「だからあきまへん。そう坊ちゃまもおわかりですやろ？」

遊戯者として、人を欺き騙すのは罪ならず、むしろ誇り。

情の駆け引きで格上を出し抜いたのなら拍手喝采しただろう。だが可憐《かれん》が掴《つか》んだ勝利は、ただ転び、紅蓮《ぐれん》が無防備に近づいた結果発生した、善意の事故でしかないのだから。

「正直、迷うてましたわ。砕城《さいじょう》百年の最高傑作——紅蓮坊ちゃまを、効果もようわからん金食い虫のイカレ学者にいいようにさせるやなんて。古式伝授に泥かける気ぃか、と」

「あんたのやりかたは古いんだよ。古式を甘く見るつもりはないけどさ」

可憐を庇《かば》うように進み出た、紅蓮の背中。

(わたしを、まもって……!?)

驚くほど小さい。八歳の可憐と比べても、それほど変わらないほどだ。

それなのに、そんな弱さなど微塵《みじん》も見せず。可憐は声も出せない、抗《あらが》えるはずがない、あの老婆に対し——正面からぶつかり、抗おうとしている。

(本当に。本当に、すごいです。……おにいさま……!)

憧れをこめて、温《おも》かい兄の背中に縋《すが》る。もう決して放さない、そう言うように。

だがそんな淡い想いは、当然のごとく——。

「せやけど、必要でしたなあ。こないな情に流されるような甘い坊ちゃまには、きっちり修行してもらわなあきまへん。《伊邪那美機関《いざなみ》》が待ってはりますえ?」

「ああ、わかった。今更抵抗なんかしないよ、するだけ無駄だし」

砕城の家には、子にそれを強制するだけの権力がある。

《黒の採決《ブラックバウト》》に正式に挑んですらいない、まだ未熟な少年にとって、できることは。

「いいか、『可憐を泣かすな』。もっと優しく接して、虐待まがいの教育は止《よ》せ。それがアンタに従う条件だ。いいな？」

――大切な『家族』を守るため、できるだけの譲歩を引き出す、ただそれだけだった。

「ハッ、生意気……！　けどまぁ、ゴネられるよりはよろしおす。その出来損ないの待遇で坊ちゃまの身柄が買えるなら、なんとも得な取引ですわ」

「勘違いするな。これは、取引じゃない」

条件をつきつけられた老婆は、酢を飲んだような顔で取引に応じ。

紅蓮は、愕然《がくぜん》と場を見つめている妹に向き直り、最後の言葉を投げかける。

「俺は可憐のために犠牲になるわけじゃない。俺が勝手にやるだけだ。……気にするな」

可憐に振り向き、念を押す。だが八歳の少女に、そんな機微は理解できなくて。

「え？　わ、わたしのため……じゃない？　え？　きに、する……？」

それが紅蓮の優しさだと、わからなかった。

可憐のために身を差し出し、身代わり同然に連れていかれる道を選んだ、兄の想いを。

兄を犠牲にして自分だけが助かったのだと、気に病むことなく生きていけるよう――。

あえて自分の意思だと言い張った少年の意地を、当時の可憐は理解できぬまま。ただ、縋るように兄の手を握った指を振り払われ、奈落に落ちたような顔でただ見送る。

「お、にいさま……いっちゃった。おにいさまが、わ、わたし、わたっ……!!」

混乱し、去りゆく兄と老婆の姿に手を伸ばす可憐の手を、そっと黒服女が握る。

庭に座り込んで汚れた洋服の膝を払い、助け起こしながら。

「大丈夫ですよ。紅蓮《ぐれん》坊ちゃまは、すぐお帰りになりますから」

「ほ、ほんと？」

「はい。……運が良ければ、次の月例会にはまたお会いできますよ」

どこか歯切れの悪い言葉の裏、隠された意図にすら、当時の可憐《かれん》は気づけずに。

（『運が良ければ』。なら、悪かったら……もう、おにいさまに、会えない……!?）

後に理解でき、青ざめた時にはあまりにも遅すぎて。

兄がどこへ連れていかれ、何をされたのかすら、わからずに。

（これまでにない処置を受けて『生まれ変わる』……おにいさまは、そう言ってた）

その不吉な言葉が、どのような結果をもたらしたのかも、わからない。

可憐にわかるのは、その後。次の月例会も紅蓮は以前と同じ姿で現れ、変わらぬ優しさを示してくれたこと。『生まれ変わった』はずなのに、何も変わらぬことにほっとして。

「いいえ。——変わりましたよ」

「え……？」

後に紅蓮の世話役、黒服女に話を聞くまで。ただ無邪気に、兄の無事を喜んでいた。

「紅蓮様の戦績は、《伊邪那美《いざなみ》機関》での《処置》を受けて以来、全戦全勝、砕城《さいじょう》の一軍を相手にした教導戦においてすら、一度の負けもありません」

「強く、なったのですか？　あのっ……それは、いいことでは？」

「かも、しれません。ですが……何でしょう。最も傍《そば》近くに見ているから、でしょうか」

紅蓮が連れていかれてから数か月後の月例会。

未《いま》だ宴《うたげ》を抜けられずにいる紅蓮の代わりにと、可憐の相手をしに来てくれた黒服女は、濃いサングラスに隠した眼《め》の奥に、深い不安を湛《たた》えて言った。

「坊ちゃまは、変わりました。表面は同じに見えます。ですが、駄菓子をおねだりしたり、可憐様を気にかけたり……そうした仕草の裏に、何か意図のようなものを感じます」

「い、と？　……お兄様が、わたしを助けてくださることに……何か、理由が？」

「そんな気がするというだけです。確信はありません。普段は元のお坊ちゃまと同じ……特に、可憐様の前では施術前の紅蓮坊ちゃま、そのものに見えますから」

明確に言語化できない違和感。

遊戯者《プレイヤー》らしい、直感が導いた答えを——嘘《うそ》だと断じることができれば、さぞ楽だろう。

だが、可憐にそれはできなかった。兄と別れたあの日、自分の鈍さのせいで抗《あらが》いもせず、怪しげな処置を受けるのを見過ごしてしまった後悔が、思考の停止を許さない。

「……おにいさまは、まだ。わたしのおにいさまで、いてくれてる……！」

経歴に汚点を残すことを覚悟で、可憐を救おうとしてくれた優しさと。

新たに手に入れた力で連勝を重ねる強さ。そのどちらもが眩《まぶ》しく……そして、哀《かな》しい。

「御屋形様《おやかた》も、指導役も、大喜びですよ。今も宴《うたげ》の席から離してもらえていません」

「うかれて、いるのですね。……おにいさまの、力に」

「ええ。このまま順当に行けば、最年少で砕城《さいじょう》の一軍入り――《黒の採決《ブラックバウト》》参戦もある。今の戦績を維持できれば、日本という国家に与える影響は計り知れない」

莫大《ばくだい》な金が流れ込み、権益の一部を握るだけで、砕城の家は飛躍するだろう。これまで陰に隠れていた代打ちの家が、裏稼業から解き放たれて表舞台に立つことすら可能だ。

「本家の老人達はすでに表舞台で栄光を握る絵図を描いているでしょう。……坊ちゃまにとっては、駄菓子ひとつにすら及ばないガラクタでも、欲しがる者は多いですから」

「……うん」

近く、宴の喧騒《けんそう》が聞こえてくる。

「ほんに施術の甲斐《かい》がありましたなあ！　よう強うなった、紅蓮《ぐれん》坊ちゃま！」

「これも指導役の努力の賜物《たまもの》ですわ。めでたい、めでたい！　これから砕城は飛躍の時！今の遊戯《ゲーム》時代において、どれだけの金が転がり込んでくるか想像もつかんわ！」

「はははははは！　乾杯じゃ、乾杯しよう。我らが跡取りに。かんぱ〜〜〜いっ！」

「………………」

幾重もの襖《ふすま》で遮られてなお、年甲斐《としがい》もなくはしゃぐ老人の笑い。

その隣、老人達に囲まれて。無言のまま座布団に座っている少年、実の兄の冷たい表情。

まるで感情をすべて喪《うしな》ったかのような昏《くら》い眼《め》を、襖の隙間から覗《のぞ》き見て――。

「……きもちわるい」

その老人達の笑いは幼い可憐《かれん》にとって、醜悪としか思えない下卑たものだった。

「わたし、大好きだよ。……おにいさまのことが、とっても、とっても大好き。前の優しいお兄様も、今の強いお兄様も、どっちも……大好き！」

がり、と奥歯を噛《か》みしめる。

おかしい、こんなのは間違っていると可憐は思う。表舞台に立つ？　栄光を独占する？

そんなことが許されるはずがない。栄光の果実を喰《く》らうのは、それをもぎ取った者のみ。

そうあるべきだ。そうでなければおかしい。そう――！

「おにいさま、だけ。……すべてを手に入れるべきなのは。ただ、お兄様……！」

クッキリと言葉が輪郭を持つ。幼さに甘えた舌足らずなそれが、明確な形を作っていく。

「そうじゃないと、おかしいです。優しくて強いお兄様が、一番褒められるべきなんです。なのに、なのに……お兄様を、ただの道具としてしか、見ていないじゃないですか！」

「…………」

切り裂くような可憐の声に、黒服女は無言で答える。

沈黙が唯一の解。その不条理、理不尽を認めながら何もできない自分を恥じるように。

「大好き。お兄様が……大好きです。優しいお兄様も。強い、お兄様も。今は無理でも。いつか、ぜったい、かならず……！」

砕城が不当に得た利益、特権、権力。本来兄のものであるべきすべて。

――兄のもとへ還《かえ》してみせる、と。

「いまは、むりです。けど、いつか、いつか……そうしてみせる。強くなって!!」

それは反逆の萌芽《ほうが》。

本来ならば組織の一員として摘《つ》まねばならぬもの。そうであると知りながら、黒服女は沈黙を貫き、人を遠ざけたまま――秘めた決意を固める幼女を、見守っていた。

（なんということだ。妹は兄に栄光を願い、兄は妹に平穏を望む……）

どうしようもない二律背反。互いが互いを思いやるが故に、お互いの信じる幸せを祈る。

すれ違いの先に何が起きるのか。正面からぶつかるのか、あるいは袂《たもと》を分かつのか。

神ならぬ使用人の身では、先のことなど予測すらできず。

――砕城《さいじょう》可憐《かれん》の決意は、刃《やいば》となる。

それから二年後、十一歳の冬に砕城紅蓮《ぐれん》は《黒の採決《ブラックバウト》》へと参戦する。

兄を助けたいと決意を固め、遊戯者《プレイヤー》としての教育にも積極的になりつつあった妹を――

自分が知った裏の世界、闇から遠ざけて自由を勝ち取るために。

キラキラした幸せな世界で。

「――生きろ、可憐!!」

「お兄様……っ……!!」


別れ際に交わした言葉は棘《とげ》となり、胸に突き刺さったまま取れずにいる。

生まれながらの優しさと、望まず与えられた強さ。両方を愛し、抱きしめると誓って。

砕城可憐は遊戯《ゲーム》の道を志し――ただひたすら、兄が奪われたものを取り戻すために。

そして、二度と兄がその身を犠牲に、妹を救わずにいられるように。

逆に、自分こそが兄を救い、守り、積み重ねた恩に愛情を返すチャンスを掴《つか》むために。


それを紅蓮が望まぬと知りながら。今――血塗られた遊戯に参戦する。


「お兄様の平穏は、私が守ってみせます。戦うのなら遠慮はしませんよ、偽皇帝」

「東夷《とうい》の小娘が。――分を弁《わきま》えよ」


そして今。

時は現在、アルセフィア王国第二区画、総督府最奥。

古代中国の玉座を模した壇上に座す偽帝。絢爛《けんらん》たるドレスをまとい、位を示す玉でその身を飾る覇者、古代中国の女帝がそのままに蘇《よみがえ》ったかのごとき――第一王女リングネス。

そして黒い和装の喪服に身を包み、黒の頭巾を冠《かぶ》った枯れた女。
元砕城《さいじよう》家指導役。過去可憐《かれん》をなぶり、紅蓮《ぐれん》に叛《そむ》かれた老婆、黒婆《ヘイボオ》。
位を示す高みから見下ろす二人を、強く強く見返して……！
大陸の主《あるじ》、皇帝を装う北欧の姫君と黒い老婆。
仲間たちを背に、守るように立ちはだかる最強の『妹』は――対決の時を迎えていた。

●偽帝と妹、そして怪物

「あの～……。みなさん合流できたことですし、この際おいとましてはいかがでしょう？　ゾンビまみれの警察署と同じくらい脱出したいです。佐々木《ささき》です！」

「そう仰《おっしゃ》ると思っていましたわ。ですが、そう簡単には帰してくれないでしょう」

黄金の竜が彫られ、朱塗の大柱が幾本も並ぶ謁見の間。

突き刺さるような沈黙を破って口にしたのは、一般人代表佐々木咲《さき》。だがそんな彼女の勇気を、近くに立っていた遊戯者達《プレイヤー》――楠木楓《くすのきかえで》が、アビゲイル・ナダールが否定する。

「そゆコトね。……ココはヤツらのホーム。クオリアの監視下にある遊戯者はムリでも、その夕のセーサツヨダツは握られてマス。つまり真っ先に殺《や》られますネー？」

「……誰が、って聞かなくてもわかります、佐々木です、佐々木ですね!?　わかりました、全力でいい子にしてますから、なんとか脱出させてください。お願いしま～す……！」

アビゲイルの指摘は決してただの脅しではない。広大な謁見の間に音もなく漂う光点は、完全無音を実現した消音ローターで飛行する軍事ドローン。

「アルセフィアのＡＩを搭載した上位モデルだね。武器も積んでる。遊戯《ゲーム》時代じゃ所持すら禁じられた暴力装置を堂々と使うとはね」

「――……あまりにも、野蛮。時代に逆行する行為……――」

そう解説したのは朝人《あさと》と姫狐《ひめこ》。

「はへー……。ドローンなら実家で農薬を撒《ま》いたり収穫したりするのに使ってますけど、物騒なのもあるんですねえ。安全装置とかついてないんでしょうか？」

緊張感のない面持ちで、闇に紛《まぎ》れて見えないドローンをきょろきょろ探す桃貝桃花《ももがいももか》。

「警備用なんで。遊戯《ゲーム》時代っつっても、暴動だの何だので荒事の可能性はありますし？　で、アンタらはウチの総督府に乗り込んできた無法者。むしろ遊戯じゃなく、暴力で解決を選んだのはそっちってことで……まあ嘘《うそ》なんスけど、通せるワケっすわ」

「ちゅぴ……んまし。……すこし、しょっぱい？」

「いいけどさ。マジな話してっから、オレの耳しゃぶるのやめて。未恋《みれん》チャン？」

妹を再び『装備』した少年――。

凍城紫漣《とうじょうしれん》と未恋は、いつしか楓《かえで》や桃花の隣をすり抜け、可憐《かれん》の隣を追い越していく。

玉座に悠然と座す第二区画総督、第一王女リングネス・アルセフィア。中華風の装束でその身を飾る女帝の隣、黒婆《ヘイボオ》と共に玉座の左右を固めるように、布陣は完成する。

『謁見を許す。砕城《さいじょう》可憐のみ登れ』

「あら、私だけですか？」

ドローンが発した機械音声に、可憐が探るような声をかけると。

「そ～っと……うひゃっ!?」

『警告する。許可なく玉座に近づく者には相応の対処を行う。警告……』

「しませんしませんもうしません！　ううう……これ、害獣対策に使えそうですー！」

そっと玉座に続く階段に踏み込もうとした桃花の髪を、不可視の光が掠《かす》め飛ぶ。

細い熱傷がぷくぷくとした頬に直線の痕を残し、カーペットを丸く焦がした、これは。

「対人用レーザー兵器ですか。物騒なものを装備していますね」

「ど、どどどどど、どうしますか、可憐さま!?　ひとりで行ったら危ないですよ!?」

「気持ちは嬉《うれ》しいですが、桃花さん。みなさん、この場は私が行くしかなさそうです。ここで待っていてください、必ず解放して差し上げますから」

「……でも……」

「大丈夫ですよ。——そう。ただの、家族会議のようなものですから」

そう告げて、可憐は玉座に向かう階段を登ってゆく。

「裏切り者、出来損ないの娘が。『家族』とはなんとも肝の太いことやなぁ」

「指導役。……いえ、今は黒婆でしたか？」

黒衣の老婆の声を聞くと、我知らず胸に痛みが走る。

自分でもどうしようもないプレッシャー。幼い頃向けられた悪意、その記憶がナイフのように突き刺さり、激しい動悸《どうき》と冷や汗を生む……が。

「本家の老人はもちろん、血の繋《つな》がった両親よりも貴女《あなた》の顔を視《み》た覚えがありますから。私としても不本意ですが、世間の認識ではそうした害虫も家族と呼ぶそうですよ」

「恩師を捕まえてその言い草。少し強うなって、調子に乗ってはるんと違います？」

「あら。認めてくれるんですね、私が強くなったと。貴女の指導ではまるで伸びなかった以上、独学で学び直した私の進歩は、つまり貴女《あなた》の無能を証明するものですけど」

「……ほんに、生意気な。可愛《かわい》げのない小娘やで……！」

葬儀のベール越しにも、老婆が心底苦り切った顔をしたのがわかる。

（大丈夫。戦える。……お兄様がいれば、こんな老婆に怯《おび》える理由などありません！）

かつての幼少期。教育カリキュラムの責任者だった指導役、黒婆《ヘイポオ》は親も同然だった。

虐待まがいの詰め込みによって叩《たた》き込まれた苦手意識、恐怖心は未《いま》だ拭い切れていない。

しかし、恐怖をコントロールし……手筋に影響を与えず、切り離すことはできる。

（感情に囚《とら》われることなく思考できている。【デス・バイ・メモリージャック】……あの連邦の工作員とのデスゲーム経験が生きましたね）

毒じみているとはいえ、家族同然の相手を敵に回そうと、動揺によるミスはない。

「そもそも、国防を担う遊戯《ゲーム》兵器などと振りかざしていたわりに、していることは学生の催しに全力ですか。大人げないにも程があるのでは？　猛省して欲しいですね」

「この遊戯、《獣王遊戯祭《ベスティア》》に賭かるは一国の命運。黒婆はじめ、砕城《さいじょう》の者らを招くだけの価値は十分にあろう。砕城可憐《かれん》、そなたの妄言は——朕への侮辱と知るがよい」

思いがけない返答が、玉座からあった。

麗しいチャイナドレス、壮麗な飾りをまとった偽帝。金髪碧眼《へきがん》の白人が中華皇帝の衣服を堂々と身に着け、明らかにミスマッチなはずなのに……逆にそれが趣を生んでいる。

「リングネス・アルセフィア……でしたね。ユーリエルさんの姉、砕城家の雇い主」

以前、ユーリエルを通じて聞いた彼女の情報を思い出し、確認するように口にしていく。

「母親は成長著しい大陸系ＩＴ企業のＣＥＯ。正式な結婚はしておらず、子を成した後は本国へ帰ったと聞いています。結婚や出産すら、党中央の意思によるものだとか」

「それが？　王侯の血などただの道具よ。遺伝子とは出兵や投資の大義名分に過ぎぬ」

ジャブのような指摘に対し、リングネス・アルセフィアは極上のモデルのごとく、玉座で足を組み替えながら、退屈そうにそう言い放った。

「我が遺伝子上の母親が朕を産んだことで王室と大陸は強く結び、現アルセフィアが誇る二大産業――生命工学およびＡＩ技術の根幹が育てられた。これは国益である」

そこに個人の意思など、関係なく。

「そして生まれた国益を維持、管理すべきは血統という正当なるパスを受け継ぎし者のみ。すなわち朕であり、帝《みかど》として即位して当然のこと。砕城の者らはその兵である」

「日本への忠誠、帰属意識を口にしていた砕城家と大陸マネーは不倶戴天《ふぐたいてん》の間柄でしょう。それをよく受け入れたものですね。大陸には遊戯者《プレイヤー》はいないのでしょうか？」

「まるで他人事《ひとごと》よな。砕城の没落、屈辱を招いた当人がそれか」

ただの皮肉に思いがけない反応が戻り、可憐は白眉をひそめる。

「砕城の屈辱？　存じませんね、何かありましたか」

「白々しい。……あんたと紅蓮《ぐれん》様が、砕城本家に弓引いたこと。もう忘れたんか!?」

血相を変えて叫ぶ黒婆に、可憐はつまらなそうな面持ちで。

「ああ、その件ですか。たかが子供に独立されたくらいで、大げさな」

「ただの子供やない。五年間の不敗、最強を誇った国防の最終兵器や!! ――抜けた穴は容易に埋まらん、当時の一軍を総出にしても、百に一度の敗北が責められる……！」

五年間の最強、不敗を誇り、なまじ燦然《さんぜん》と輝く伝説を背負うからこそ。

その当人が姿を消し、残された砕城《さいじょう》家への風当たりは強かった。

《黒の採決《ブラックバウト》》で勝率七割、八割もあれば十分エース。評価されて当然のところを、毎年十割を叩《たた》き出していた怪物が前任者というだけで、わずかな敗北を批判されるのだ。

「おかげで砕城の誇った一軍は、うちが丁寧に育てた子ぉらはガタガタや。うちらが日本政府や政財界を離れ、大陸につくんも当然のこと。あんたのせいやで、可憐《かれん》さん」

「そちらが勝手に国を売っただけでしょう。一緒にしないでください」

黒婆《ヘイポオ》の恨み言を、可憐はバッサリと切り捨てる。

「お兄様が離れたから大陸に近づいた？ それも怪しいものです。次期国王の側近として継承戦に挑むなど、ただの臨時雇いの遊戯者《プレイヤー》とは思えませんが」

そもそも日本の国防を担い、日本の企業の利益を守ってきたのが砕城家だ。

言わば大陸マネーを擁するリングネスの支援者、中国とは長年のライバル。それを迎え入れ、継承の要となる王女の傍《そば》につけるなど。よほどかの国は人材不足か、それとも。

「昔からの癒着があったか、でしょう。遺伝子操作やAI技術と聞きましたが……それは砕城家の得意分野、それもお兄様が解体した《伊邪那美《いざなみ》機関》の研究テーマでは？」

「……良く調べましたな。うちが指導しておった頃とは大違いや」

「教師役がいいので当然です。お兄様ですよ？　――裏切り者はどちらですか、指導役。いえ、黒婆でしたか？　大陸に身も心も売り渡した貴女《あなた》ならそう呼ぶべきでしょうね」

突き刺さるような口撃、ブンブン回る皮肉の口車。

可憐の煽《あお》りを受け、妹を肩車しながら聞き流していた男――紫漣《しれん》が皮肉に嗤《わら》う。

「あーらら、言い返せねえっスね、こりゃ？　紅蓮《ぐれん》サマがいた頃から、第二区画の前総督。つまりはリングネスお嬢様のママと手を組んでたんでしょ、確か？」

「……余計なことを言わんでよろしい。どっちの味方や、あんた」

「こっち側に立ってるんだから当然こっちっしょ。けど、紅蓮サマの引退とほぼ同時に、砕城とその分家が全部まとめて大陸に買われた、その経緯ってヤツは気になるワケよ」

（大陸に……買われた？）

紫漣が何気なくこぼした情報を受け、可憐は思考する。

「おかしいですね。お兄様の《不敗の五年》という伝説を築き、砕城家は黄金期にあったはず。当時稼いだ莫大《ばくだい》な金額があれば、大陸に買われるほど困窮するとは思えません」

「っしょ？　なのにわざわざアルセフィアなんてマイナー国家と手を組んで、数十年もの時間をかけて食い込んだあげく、そこの婆《ばあ》さんの入れ知恵通りに継承戦を進めてる」

紫漣の指摘が意味するところは、すなわち。

「つーまーりー……目的はカネじゃねえ。砕城が大陸の買収を受けて第二区画のバックについたのは、他に理由があるってワケ。教えてもらっていいっスか？」

「……喋《しゃべ》りすぎや、紫漣《しれん》。黙りや」

「お、無言の圧力キタ？　ったってさあ、クソ怪しいじゃん。もしかしてもしかして……負けたからって紅蓮《ぐれん》サマを素直に手放したのも、それなんじゃね？　本来武力に訴えて、ブッ殺してでも止めるべきだろ。最終兵器の流出なんて」

が、砕城《さいじょう》家は紅蓮と可憐《かれん》、兄妹《きょうだい》の離脱を認めた。

「それだけじゃねー。継承戦前、第六区画の没落を招いた詐欺事件。先代の第六区画総督、つまるところユーリエル・アルセフィアの母親が失脚したアレも、砕城の仕込みだろ？」

「………………！」

今や戦線を離脱、行方知れずとなった第一王子、カールス・アルセフィア。

彼が仕組み、偽りの投資話で資産を吸い上げた一件にすら、砕城が絡んでいたとしたら。

「じわじわと這《は》い寄るように、独自の目的を果たそうとしている。ただの金銭ではなく、この国、アルセフィアでしか叶《かな》わない、そんな目的を……違いますか？」

偶然にも、紫漣の言葉を継ぐように攻める可憐に、老婆はふんと鼻を鳴らす。

「大局のことなど、駒が知る必要はあらしまへん」

「ならば朕が答えてやろうか、黒婆《ヘイボオ》。そなたら砕城家が、我が後見たる中国と結んでまでアルセフィア進出を望む理由。それは……我が国のＡＩ技術にあるのではないか？」

「お戯れを。うちらはあくまでも代打ち稼業。そのような野心などあらしまへん」

一切の動揺を見せず、黒婆は揶揄《やゆ》するようなリングネスの言葉を遮る。

「日本の国家間遊戯《ゲーム》すべてを捨てて大陸に進出。砕城の一軍若手を引き連れて我が領土に現れ、あげく裏社会で今《最強》の後継者とされる凍城《とうじょう》兄妹まで連れて、か？　代打ちの報酬はそれなりに莫大《ばくだい》ではあるが、それでも割に合わぬな」

玉座の肘掛けに身を預け、妖艶な仕草で足を組み替えながら、偽帝は言い。

「……リングネス、貴女《あなた》はそれでいいのですか？　貴国の主要産業を狙われていますが」

「朕が帝《みかど》となれば運営を任せるのは止《や》むなきことよ。砕城にしたところで問題はあるまい。本来なら砕城の一軍戦力があらば朕の勝利は確実であった……が」

そのために雌伏し、不確定要素を見極めるために待ち続けた。

正解だったと言えるだろう。最後の最後で、とてつもない爆弾が弾《はじ》けたのだから。

「白王子透夜《しろおうじとうや》。エーギルの馬鹿者め、よりによってあんな怪物を解き放つとはな。アレが砕城紅蓮を挑発したことにより《覚醒》された今、どうにもならぬわ」

「……ええ。かつて砕城は総力を挙げてあれに敗れた。言い訳はしとうありまへん」

憎らしげなリングネスに、傲慢な黒婆までもが同意する。

（さすが。お兄様が本気を出せば世界最強――その片鱗《へんりん》だけでも戦意を挫《くじ》くのですね）

この場にいなくとも、ただ覚醒したというだけで。その名だけで敵に敗北を与える。

敵に回せば敗北のみ。それを確信の段階にまで至らせたのは紛《まぎ》れもなく、五年間の不敗。

絶対勝利のチケット、無敵伝説を生きる男、砕城紅蓮であった。

「当然です。今のうちに降伏してはいかがですか？　お兄様には誰も敵《かな》いません♪」

「ええでしょ。かまいませんえ」

「は？」

軽い挑発に返ってきた思わぬ言葉に、可憐《かれん》は一瞬虚を突かれ。

「うちらはこの遊戯《ゲーム》を降り、降伏してもかまいません。そのかわり《黒の採決《ブラックバウト》》——以前紅蓮《ぐれん》様との間で結んだ協定を破棄し、砕城《さいじよう》に戻って家を継ぎなされ。それが条件です」

＊

「世迷言《よまいごと》を……。お兄様があの穢《けが》れた家に戻ることなど。ありえません！」

「そこを説得するのがあんさんの役目や。妹として、兄の出世や栄達を望むのであれば、砕城に戻るのが最善ですやろ。うちの首が欲しいのなら、あげますわ」

「死ね、と言えば、ここで死ぬとでも？」

「今すぐにでも。老い先短い命で世界最強が買えるなら安いもんですえ」

ハッタリではない。自分の命を対価に取引できるなら、この老婆は今すぐ死ぬだろう。

「どうせこのままやったら覚醒した紅蓮様に踏み潰《つぶ》されるんや。なら早めに降伏した方がええんちゃいますか？　Bクラス、砕城本家の首にそれなりの価値があるうちに」

「……おいおい。マジかよ黒ばーさん。そりゃねえべ、オレらヤル気になってんのに」

「黙りなはれ、出来損ない。アンタじゃ最強にはほど遠い。せいぜい、可憐さんや雑魚を仕留めるのがせいぜいや」

食ってかかる凍城紫漣《とうじょうしれん》を、黒婆《ヘイボオ》は平気でいなす。

(舐《な》められているのは腹が立ちますが……今は、それどころではなさそうですね)

怒りを抑え、可憐は冷静に考える。チラリと見た限り、紫漣の動揺は本物に視《み》えた。

ヘラヘラしてはいるが、目に本気の殺意が見え隠れしている。

玉座の偽帝、リングネスは沈黙を保っているものの――その掌《てのひら》に美しい爪が食い込み、微《かす》かに震えるさまを、可憐の観察眼は見逃さない。

「どうも、そちらも話し合いが必要なようですね。場を改めてはいかがですか？」

「悪いが、そうもいかぬ。待たせてすまぬが、少々その場にいるがよい」

リングネス・アルセフィアは、使用人を呼ぶ女主人のごとく手を掲げる。

するとその仕草に反応した機械、黒塗りのドローンが音もなく玉座を囲んだ。

「これは……!?　旧大戦時の、軍用ドローン!?」

「所持も研究も厳禁されてるやーっ……。うは、こんなもんまで再現したのかよ!?」

可憐と紫漣の驚きをよそに、音もなく宙を漂う機械の銃口は冷徹に老婆へ向いた。

四つの無音ローターを装備した飛行機械。握り拳ほどの一ツ眼《め》は、対人用レーザー砲。

シンプルながら、それは三次大戦で猛威を振るった軍事ドローンそのもの。

「旧時代において国家間戦争が駆逐寸前となった要因――それは、人命の価値が人権思想によりハネ上がり、戦場で使い捨てるには金がかかりすぎたが故である」

リングネスは描写する。かつて、国民の命を捧《ささ》げることで成り立ってきた戦争の姿を。

そしてそれがいかにして変わり、武力そのものを廃絶せねばならぬ惨事となったのかを。

「されどその鎖を外した最初の国家こそ大陸、中国である。まずは十億を超える国民を、そしてその命の弾丸が尽きるより先に、ＡＩ技術の発展が叶《かな》った」

かつて人類の大戦において、人間の兵士は最低限となり――

ＡＩを組み込まれた機械群が都市を襲撃し、人命を狩り、流通や生産を攻撃した。

「かくして世界は戦争の泥沼に堕《お》ちた。国家が戦を止《や》めよと命じたとしても、人々は手軽に隣人を殺戮《さつりく》できる武装ドローンを用い、殺戮に明け暮れたのだ」

何でもない普通の顔をした市民たちが。

武装ドローンと繋《つな》がった端末を操り、家族の仇《かたき》だ損害の恨みだと『敵』を殺す。

『敵』とは他の国に限らない。貧乏人は金持ちを、性的マイノリティは弾圧者を殺し、それぞれが正義を掲げて――あらゆる国、あらゆる世界で争いが始まる。

「これぞ、三次大戦である。大陸を割り、世界を蹂躙《じゅうりん》した熱核兵器さえ、殺戮を止めんとする荒療治に過ぎぬ」

破滅スレスレの大惨事があってはじめて、人類は殺戮を止められた。

国家間が主導した戦争ではない。

むしろ国家というブレーキは何の役にも立たず。怒り恨みに煽《あお》られ、すべての社会問題に火が点《つ》いて、人種、経済格差、文化の違い、歴史認識の差など――。

　ありとあらゆる問題から、ありとあらゆる場所で、人々は憎しみに囚《とら》われて、端末片手に戦争をした。己の手を汚すことなく、武装ドローンとＡＩ兵器を用いて。

　あまりの惨劇に、遊戯《ゲーム》時代において各国が所持も研究も禁じたもの。

　そのひとつが、警備の枠を超えた軍事用ドローンだった。

「研究の過程で復活させたものよ。ブラックボックスの突破、黒歴史の研究に苦労したが、我がアルセフィアのＡＩ技術なら可能であった。さて……黒婆《ヘイボオ》よ」

　ねっとりと粘るような殺意をこめて、偽帝は訊《たず》ねる。

「弁明があるならば聞こう。覚醒した《五年間の不敗》とやらにそなたらが勝てぬとして、だからといって立ち向かいもせず降伏など、朕への裏切りであろうが！」

　余裕の仮面が、剥《は》がれた。

　化粧と偽帝の装束の裏、怒りを曝《さら》け出してリングネスが叫び。

「おいたはあきません。――座ってなされ、お嬢ちゃま」

「……!?」

　――ジュッ!!

「ぎゃあああああぁぁあああぁぁあああぁぁあああぁぁあああ……ッ!!」

　断末魔のような叫びが上がる。

　喪服の袂《たもと》に隠した端末を、皺《しわ》だらけの指が巧みに操っている。

黒婆《ヘイボオ》のそれが指示を下すや、周辺を取り囲む武装ドローンのすべてが砲の向きを変え、照射されたレーザー光が、一瞬にして偽帝の耳たぶを焼き飛ばしたのだ。

「な、なぜ!! なぜ厳重に隔離されたセキュリティを破れたのだ!? ドローンの制御権は私にしかない、そう自分で設定したはずなのに……!?」

白い化粧が無残に焦げた。

泣き崩れ、化粧と共に自慢の飾りも放り捨てて玉座で悶《もだ》える女の姿――それを無様だ、と言うにはあまりにも無残。高慢な女帝から堕《お》ちた女の叫びに、黒婆は答える。

「アルセフィアの基幹産業たるＡＩ技術――あんさん自身も優れた学者さんでしたな？……せやけど脇が甘《あも》うおます。アナログのコピー手段を侮ってますわ」

言うと、老婆は自身の端末を転落した帝《みかど》につきつけて。

「あんさんしか知らん複雑なパスワードを、一切記録を残さずご自身の記憶のみで入力。ドローンをはじめとする制御権を独占してやはったみたいですけど……」

「そ、そうだ。だから、パスを盗めるはずが……！」

「たかだか20桁。世の中には、指の動きをチラリと見れば、入力した文字が何かくらい読める使い手がおりますわ。――アナログ、舐《な》めとったらあきまへんえ？」

「…………ッ！」

心当たりがあるのだろう。リングネスが青ざめ、観念したかのように玉座に沈む。

ドローンを制御するシステムへのログインパスワード。20桁に及ぶ極めて複雑なそれを、老婆は画面を見ることすらなく、端末をタッチする動作のみで読んだのだ。

「も、網膜は！　指紋は！　私の端末以外からのログインはできないはずなのに!!」

「システムバックアップをコピーして、クローン端末を作ればよろしおす。網膜も指紋も登録情報をうちのものに変えて突破しましたわ。せやから、まあ……」

喪服の老婆は、焦げた耳を節くれ立った指でつねり上げる。

「〰〰〰〰――ッ!!　いたいいたい痛い!!　や、やめて!!」

「これは、軽めのおしおきですわ。――砕城《さいじょう》の家なら五つの子ぉでも受けますえ？」

焦げた耳をつねられて、偽帝は身も世もない悲鳴を上げる。

その無残な行為を眉ひとつ動かすことなくやってのけるや、老婆は可憐《かれん》に向き直った。

「さて、可憐さん。これでうちの本気はわかりましたやろ？」

「ええ。雇い主すら裏切るあたり、徹底的に信用ならないと思いました」

「ひどい。……生みの親より育ての親、と申します。うちは間違ってたかもしれまへんが、精いっぱいあんさんを強い遊戯者《プレイヤー》にしようと育てましたえ？」

同情を惹《ひ》くような優しい声。だがその指は、焦げた皮膚と血に汚れている。

「あんさんが紅蓮《ぐれん》様の栄光を願うなら。うちら砕城がその尖兵《せんぺい》になりましょ。この遊戯《ゲーム》時代、砕城の一軍なら国を乗っ取ることもできますえ。その頂点に紅蓮様を、その妃《きさき》として可憐さん、あなたを掲げて。……もう一度、家族をやり直すんや」

甘い甘い言葉。

ゆっくりと歩み寄り、老婆は可憐《かれん》に血に汚れていない左手を差し伸べる。

「この綺麗《きれい》な手を取りぃ。そうしはったら——世界の半分、差し上げますわ」

「いりません。どこの魔王ですか」

……パシッ!!

「…………可憐さん。あんた……!!」

ノータイム。ほぼ考えることすらせず、可憐は差し伸べられた手を払いのけた。

「舐《な》められたものですね。まったく、そんな猿芝居にかかるものですか。依頼人を裏切り、ドン底に叩《たた》き落としたさまを見せておきながら、そんな相手を信用するとでも?」

何より、そもそもの情報が隠されている。

砕城《さいじょう》家がＡＩ技術を狙い、中国資本に身売りまでしてリングネスの味方についたことは聞いた。リングネスすら手玉にとったところを見れば、乗っ取りはほぼ成功しつつある。

「なぜ砕城がＡＩ技術を欲しがるのか。その情報すら隠して手を組めなど、愚かの極み。ショッキングな出来事で思考を停止させ、勢いで契約を成立させる思考剥奪《はくだつ》のテクニックに過ぎません」

リングネスへの攻撃、裏切りの演出、その流血すらも。

「私という愚か者をハメるための罠《わな》。——嘘《うそ》泣きはお止《や》めなさい、第一王女リングネス」

「……あ〜らら。見破られちった？　やるわね。耳ぃ半分千切った甲斐《かい》がないわ」

先ほどまでの涙は、どこへやら。

涙で崩れた化粧を衣装の袖で強く拭い、痛みを感じさせぬ笑みを浮かべて。

芝居がかった口調すらもラフでフランクなものに切り替え、役者のように女は笑う。

「黒婆《ヘイポオ》の話だと、砕城紅蓮《ぐれん》のおまけ。弱点でしかないって話だったけど。とんでもない、ちゃんとした遊戯者《プレイヤー》じゃないの。節穴だね、アンタの眼《め》は？」

「そうですなあ。多少は成長しはったようで。卵がヒヨコくらいにはなりましたわ」

懐紙で汚れた指を拭き、血を清めてから老婆は答える。

「そもそも、うちらにとって《獣王遊戯祭《ベスティア》》なんぞお遊びですわ。辞退したところで、何の痛みもあらしまへん。それより上位の《黒の採決《ブラックバウト》》に挑めば済むことやさかいに」

「お兄様を祀《まつ》り上げてユーリエルさんを勝者にしたとしても、その後王位を奪うつもりで。そのつもりで私を騙《だま》し、取り込むための芝居を打った、というわけですか……！」

「耳スッ飛ばすとこはアドリブだけどな？　……イカれてるわ、マジ。超痛そう」

呆《あき》れ返った様子で凍城紫漣《とうじょうしれん》が言い、肩車されたままの未恋《みれん》もこくこくと頷《うなず》く。

（ええ、本当にイカれています。砕城、凍城……名は変えても、その根本は変わらない）

絢爛《けんらん》なドレスで血を拭い、己《おの》が体を欠損させてすらニヤリと笑う第一王女リングネス。

鮮血の芝居が失敗に終わろうとも、手札一枚を切った程度にしか感じない黒婆。

まさにお似合い——執念、怨念とすら言えるドロドロした熱でガッチリと結びついた、まさに最悪の主従。これがかつて紅蓮が過ごした、《黒の採決》という世界なのだ。

砕城の一軍や凍城兄妹《きょうだい》は、強い。こんな地獄で平然としている遊戯者達の実力は、未《いま》だデビューしたばかりでしかない可憐《かれん》や、学生気分の残る他の遊戯者《プレイヤー》より勝るだろう。

だがそれほどの優位にいる者達が、わざわざ犠牲を払い、血を見てまで。

(——激突を避け、懐柔を図る。それほどのものなのですか、《不敗の伝説》は……!)

白王子透夜《しろおうじとうや》との邂逅《かいこう》以来、兄の様子が変わったことには気づいていた。

だが、それは遊戯《ゲーム》を前にした砕城紅蓮《さいじょうぐれん》。遊びを捨て、日常という儚《はかな》い幻に手を伸ばすのではなく、鋭く世界を切り、己《おの》が敵を叩《たた》き潰《つぶ》す。——『最強の兄』の理想形だった。

(いつものゆるく、私をかまってくれるお兄様も大好きです。けど)

紅蓮の変化は《覚醒》とやらが原因なのだろう。

それほどでなければ勝てないのだ、と。だから可憐は自分にできることを頑張り、仲間を助け、兄をサポートしようと考えてここまで来た。

『からっぽの、ねぇね。……きいたとおり、かわいそう』

ここへ来る途中の車内で聞かされた、凍城未恋《とうじようみれん》の言葉が突き刺さる。

「なにをしたいの?」

「……未恋チャン?」

肩車の姿勢のまま、未恋は可憐を覗《のぞ》き込む。

不審げに見上げる紫漣《しれん》、じたばたとその肩を蹴飛ばすように足をばたつかせながら。

「ねぇねは、おとんと、どうなりたいの? こいびと? おんな? ……かぞく?」

その問いかけに迷った理由を、今の可憐は理解できた。

「そういうことですか。最初から、それを質問していたわけですね？」

「ねぇね、ドにぶい。……くろうするよ？」

「既にしています。私はお兄様が好きです、愛しています。そこに揺るぎはありません」

だが、望んで怠惰な日常に溺れようとする兄を残念に思った。

遊戯の世界に引き戻されるたび見せてくれる鋭い眼《め》に、酔った。心底痺《しび》れ、参った。

兄の身代わりとなって戦い、平穏をプレゼントすることこそが自分の使命だと思った。

砕城紅蓮が五年間可憐を守ってくれたように、今度は可憐が兄を守るのだ、と。

『――一緒にやるしかない、か。生きるも死ぬも、終わるまで』

獅子王《ししおう》レジャーランド。選抜戦を終え、花火を見ながら交わした会話、その残響。

日常に溺れたままの兄に満足できず。兄が望まないと知りながら、その得るはずだったさまざまな財産や特権を手に入れ、栄光を与えたいと考えた、可憐の意思。

その根源にあるのは――。


「……私は、お兄様と『遊びたい』。子供の頃、月例会の日に中庭で遊んだように。命も利害も賭けることなく、ただ兄妹《きょうだい》で……素直に、『遊戯』を楽しみたかった」

奥の奥、底の底に眠るは、その想《おも》い。

幼い頃にあるただひとつの輝き、優しい思い出。遊戯のすべてを否定する兄が悲しく、

遊戯《ゲーム》を肯定してほしかった想《おも》いの根源、それは――わがままな妹のおねだり。

遊んでほしい、かまってほしい、一緒に楽しく過ごしたい。

「ありがとうございます、未恋《みれん》さん。貴女《あなた》がお兄様の子などという世迷言《よまいごと》はともかく、良い気づきを得られました。その点には、改めてお礼を言いましょう」

「つまるところ、えーと。テメーが兄貴と遊びたいから、いろいろ無茶《むちゃ》を言ってたワケ？……ちょー迷惑じゃね、それ。いいのかよ？」

呆《あき》れ顔で言う紫漣《しれん》に、可憐《かれん》ははっきりと言い返す。

「迷惑でしょうね。きちんとあとで謝ります。悪いことをしたのなら、当然でしょう」

欠点を認め、反省し、繰り返さない。

シンプルだが、それの積み重ねこそが……人という存在が前へ進む、唯一の解答。

「もう一度、お兄様に会います。そして今度こそ、くだらないお題目は捨てましょう。私がイチャイチャしたいから、お兄様に遊んでくださいと言うんです。重荷でしかない特権や権力はいらないと、改めて思い知りました。――今の茶番劇のおかげですね」

禁じられた戦争の道具を蘇《よみがえ》らせ、武力を平然と選択肢に入れるような時代遅れの考え。

血を流し、裏切りを演出してまで人を騙《だま》し、利用しようとする悪意。

兄が嫌がるのも解《わか》る。たとえ兄と一緒に頂点に立ったとしても、そう……！

「イチャイチャできなければ幸せになれません。権力のドロドロを泳ぎ切った後にご褒美ひとつないのでは……世界を獲《と》る意味など、ないでしょう！」

自分に素直に、正直に。本当にやりたいことだけをまっすぐに言い放つ。

その言葉は謁見の間、下段……場を見守る仲間たちのもとへもハッキリと届いて。


「……また嫌な方向に覚醒しましたわね。どうすればいいんですの、アレ？」

「これ以上スキンシップが激しくなったらR18展開も間近かと……。できれば配信のネタにしたいのでBANされない程度でお願いしたい佐々木《ささき》としては、力ずくで止めるべきだと提案します。パワー担当、ゴーで！」

「ふぇっ!?　……ええと、右ナナメ45度でチョップとかで直りますかね？」

「余計壊れるだけだと思うからやめたホーがイイですヨ、モモカ。……まったく、こんな調子で今までずっとやってきたんですか、アンタら。バカじゃねーデス？」

「否定できないなあ。……うん、無理だね。けど、素直になれたのなら」

「——……いいこと。だと、思う……——」

楓《かえで》が、佐々木が、桃花《ももか》が、アビーが、朝人《あさと》が、姫狐《ひめこ》が。

場を見届けながら口にした、呆《あき》れ交じりの言葉に腹が立つ。……だが。

「改めて言います。私達を解放しなさい。——私は、あそこにいる有象無象も含めまして。お兄様の大切な『日常』のカケラ。断じて汚させはしません！」

晴れ晴れとした思いで、可憐《かれん》は立ちはだかる『敵』へ向けて言い放った。

紅蓮《ぐれん》の大切なものを、守るために。

「ほな、遊戯《ゲーム》でケリをつけるしかありまへんな。そちらが勝てば全員、解放しましょ」

「含みのある言い方ですね。では、そちらが勝てば私達に何を要求するつもりですか？」

黒婆《ヘイボオ》が言い、反発するように可憐が訊《たず》ねると。

「トーゼン、紅蓮サマの身柄っしょ？　本人の同意なしに賭けるっつーワケにもいかねえが、アンタらの身柄を人質に交渉するくらいはアリでしょ。どうよ、コレ」

むしろ得意げに答えるは、黒婆ならぬ凍城紫漣《とうじょうしれん》。

「……砕城《さいじょう》の家は、以前お兄様との直接対決に敗れ、二度と干渉しないよう《黒の採決《ブラックバウト》》で定められたはず。決定をないがしろにするつもりなら、相応の罰が下りますよ？」

「わっかってねーなー。だからオレらが来たんだよ」

敗北の責として、砕城家には可憐や紅蓮に直接干渉する資格がない。

直接再戦を挑んで勝利でもしないかぎり、その回復は不可能だが――……。

「ウチは『凍城』だ。砕城家じゃねえし。ギリセーフ、っしょ」

「屁理屈《へりくつ》を……！　明らかに分家、表札をかけ替えただけでしょう！」

「ま、そーかもな。ケドさ、分家の干渉はダメって条項は無かったろ？　グレーだけど、明文化されてない以上クオリアは申請を受けるはずだぜ。試してみるかい？」

自信ありげな仕草は、事前に確認を取ってあるのだろう。

その会話が伝わったのか、階段の下から仲間たちの声が飛んでくる。

「無茶苦茶《むちゃくちゃ》ですわ！　ズル！　ズルですわよ、ズル！　卑怯《ひきょう》にもほどがあります！」

「受けるメリットがないね。この場で監禁されたままでもかまわない。拒否しよう」

「──……砕城紅蓮《さいじょうぐれん》がこの件を知れば、直接来る。解放は時間の問題……──」

楓《かえで》が、朝人《あさと》が、姫狐《ひめこ》が言う通り──そう、時間は可憐《かれん》の味方だ。

このまま時が過ぎて事態が紅蓮の耳に入れば、当然助けに来るだろう。

彼ら曰《いわ》く『覚醒《ゲーム》』し、敗北などありえない状態の紅蓮がだ。そうなればBクラスは敗北。あるいは遊戯すら不要となり、一方的なペナルティを受けて脱落もあり得る。

「あー、そっか。ならもうちょい、賭け代を上乗せするっきゃねーな？」

軽い口調、仕草を崩さないまま。紫漣《しれん》は端末を操作し、遊戯の条件を設定する。

「この勝負にオレらが負けたら、Bクラスは敗退でいいぜ。何なら紅蓮サマはもちろん、アンタを含めそこにいる連中、紅蓮サマのお仲間全員に以後一切の干渉はしない」

「……たった今分家がどうのとペテンを使ったばかりで、よく言えますね」

「だよなー。じゃ、それも全面禁止。砕城家の意思で他者が影響力を行使することすべて、分家、雇用関係、自主的な行動も含めて禁じ、違反した場合砕城がペナルティを負う。他に何が欲しい？　何でもつけてやるけど、マジで」

ありえないほど有利な条件。それこそなりふり構わぬ、極限までの譲歩だろう。

だが、それはつまり……最初から『負けない』と確信しているからこその条件で。

「余計怪しいですよ。明らかな罠《わな》があるからこそ条件を吊《つ》り上げているのでしょう？」

「けどよぉ、勝てば、勝ちさえすりゃあアンタは紅蓮サマの役に立てるんじゃねえの」

「そうかもしれませんが。良かれと思って行動して失敗を重ね、またお兄様の手を煩わす……などというパターンにハマる気はありません。何よりそちらは二人、私は一人です」

そう、正直に言えば今の時点で、可憐はこの勝負を受ける気がない。

《黒の採決《ブラックバウト》》レベルの遊戯者《プレイヤー》との実戦経験は獅子王《ししおう》レジャーランドでの一戦しかありません。勝ったものの、兄の手を借りての不完全なものでしかない。……今の私では、凍城《とうじょう》兄妹《きょうだい》に勝てるかどうか）

冷静に実力を考えた結果、勝利の可能性は低い。

兄に大きなペナルティを負わせ、さらに足を引っ張る可能性を考えると――……。

「は――……っ。うだうだウッゼぇな。そんじゃ、こうしようぜ」

大きなため息を吐き出して、紫漣は天井を見上げて。

「クオリアちゃんよ、紅蓮サマにお伺いのメッセ送ってくんね？『賭け代にしていいですか？』ってよ」

『了解。――砕城紅蓮に、ＤＭを送信しました』

「なっ……!?　何を勝手なことを！」

「アンタがいつまでも決断しねーからだろ。……おっ、返事きた」

『砕城紅蓮《さいじょうぐれん》は、賭け代への設定を承諾しました』

「ハハ！　やっぱモノホンの遊戯者《プレイヤー》は決断が早《はえ》ぇや。──ＯＫだとよ、紅蓮サマ。自分の身柄が賭けられるってのに、豪胆なこった」

「お兄様が……!?」

ここに来る前、ユーリとともに大切な用事があると語っていた兄。それゆえ相談の連絡も出せずにいた可憐《かれん》は、そのあまりに迅速な反応に面食らう。

ふたたび砕城に自由を奪われてもいいと言うのだろうか。それとも可憐がこの遊戯《ゲーム》に負けるはずなどないと考えているのか。

後者だとしたら実力を信頼されているのは素直に嬉《うれ》しいが、しかし。

(何か違和感があります……もし、この遊戯がセッティングされると事前に読めていたんだとしたら)

朝人《あさと》と姫狐《ひめこ》はともかくとして、楓《かえで》、桃花《ももか》、佐々木《ささき》、そして可憐。日常の象徴である彼女たちを危険に巻き込むような流れを良しとするだろうか？

否。あの優しい兄ならば絶対にしない。

(でも、別れ際のお兄様は何か様子が……いえ！　ここでお兄様の心を疑うなど、あってはなりません！）

正直、いまの自分の実力で《黒の採決《ブラックバウト》》上位者の凍城兄妹《とうじょうきょうだい》に勝つ自信はない。

だが兄が勝てると信じてくれたなら、その兄を信じて立ち向かってみよう――そう思い、可憐は奥歯を噛《か》みしめ、涸《か》れた喉に唾を飲む。

「わかりました。その勝負、受け――」

死闘に踏み込む決意を口にしようとした、その時のことだった。

ヴィ――――ッ……!!　ヴィ――――ッ……!!

「!?」

けたたましい警報音が総督府に響き、あちこちの壁から警告灯が飛び出す。

赤い光が謁見の間を染め、危機感を煽《あお》る。

『管理部より報告。――総督府正面ゲートより侵入者あり。侵入者は女性、二名。ゲートを突破、総督府に直接遊戯申請。警備に当たっていた担当者との対決が――』

凄《すさ》まじい振動が、階下から響いてくる。

中華資本で建設された高層ビル。ＡＩ制御により最低限の人員で維持管理がされる建物が、まるで爆弾テロにでも遭ったかのようだ。

『――敗北。二名、同時抜き。侵入者、高層階へ侵入しました』

「はあ？　警護役は、若手とはいえ砕城《さいじょう》の一軍。容易《たやす》う抜かれるやなんて、ありえへん！」

黒婆《ヘイボオ》が困惑し、叫びをあげる。だが、電撃のごとき侵略は、止まらない。

細かな揺れが、障害を突破して突き進む音が響き続ける。

誰もが驚き、事態を理解できぬまま動けない数分間。痛いような沈黙の中、謁見の間と外界を隔てていた堅固な扉が、音をたてて破られる。

……ドゥンッ!!

煙が少なく、強烈な衝撃と破壊力を持つ高性能爆薬の炸裂《さくれつ》。

立ち込める埃《ほこり》。砕け散った建材の破片で真っ白に汚れたFクラスの仲間達が、扉の脇に避難しながら、壊れた扉を蹴倒すように入ってくる、その人物を見た。

「助けに来たぞ。――皆、無事だな？」

「し、し、静火《しずか》さんっ!?　爆弾とかどっから出したんですの、貴女《あなた》!?」

「ヤクザ連中がホテルに貯《た》め込んでいたものを回収しておいた。お前達が駄菓子屋で拉致された件を、敵を探すために張り巡らせた情報網で掴《つか》んでな。救出に来たんだが」

高らかにポニーテールを結い上げ、制服姿に多量の爆薬を担いだ御嶽原《みたけばら》静火。

埃まみれになった楓《かえで》のツッコミに律儀に答えつつ、彼女は開かれた突破口から侵入する。

「旧大戦時の軍用ドローンか。そんなもので拘束されていては逃げられんな」

「しょせん、おもちゃ。ぜんぶまとめて、ぶちこわす……!!」

静火の陰から飛び出したのは『恐竜』だった。

カタチは人の姿のままだ。服は仲間達と同じ、獅子王《ししおう》学園の制服姿。だが異様な瞬発力で床を蹴り、素足が機械を蹴り落とす。

衝撃で姿勢を変える。振り回した肘が、膝が、そして頭が密集していたドローンを次々、合計４機叩《たた》き落とす。高速回転するローターに触れて傷つく手足に、一切構うことなく。

「――たすけに、きた。……まにあった？」

「水葉《みずは》さん!!」

蹴落としたドローンを踏み潰《つぶ》し、ペッと噛《か》み千切った部品のカケラを吐き出して。

そう告げる、砕城の人間兵器。ヒトを超えた性能を対価に、脳内を肉食恐竜紛《まが》いの怪物に造り替えられた犠牲の獣――御嶽原水葉を目にして、可憐《かれん》はその名を呼んだ。

＊

「……うっわ、何あれマジ引くわ。砕城の人間兵器ってのはワカッてたけどよ。さりげに爆弾持っててくる妹の方もネジ飛んでんだろ。迷わずテロるとか頭おかしいよ!?」

「おかしくて当然だ。私はお姉様のためなら、いかなる罪も犯す覚悟がある!!」

真っ先に立ち直ったのは、凍城紫漣《とうじょうしれん》。

困惑と興奮を織り交ぜた言葉に、妹・静火が応じる。

「ギミック突破用に用意した高性能爆薬はまだあるぞ。この場で自爆し、全員を道連れに吹き飛ばしてもかまわない。私はお姉様の妹《いぬ》——この命捨てる覚悟あり!!」

言い放ちながらも、御嶽原静火《みたけばらしずか》はニヤリと内心ほくそ笑む。

はだけた制服の上着、大量に張り付けた包みの正体は爆薬ではなく、ガラクタを集めてそれらしくでっちあげた偽物でしかない。

(バカめ。当然ハッタリだ。いくら私でも、そこまでするほどイカれていない！)

当然、仲間達にはそれが伝わるはず。あとは話を合わせてくれれば……！

「いやあああああああっ！　やりますわ、絶対やりますわあの方！　ガチですわ！」

「し、し、静火さ〰〰んっ!?　落ち着いて、武器を捨てて、話し合いません!?　佐々木《ささき》はここで死ぬのはちょっと嫌です、敵にヤられるのもそうですが自爆もヤです！」

「え？　爆発？　するんですか？　ついにシスコンこじらせすぎて無理心中を!?　さすがに田舎の家族が驚いちゃうんで、遺言だけ送る時間をくれませんか!?」

「クレイジー……おお、クレイジー。日本人、コワッ!!　ギャングよりイカれてマス！」

(……あれ。思ったよりも演技がうまいな？　本当に演技……だよな……？)

口々に悲鳴を上げる仲間達。どう見ても、本気で怖がっているようにしか見えず。

(まあコイツらが想像以上のアホで、ハッタリに気づいてなかったとしても、好都合だ。仲間が信じているなら、敵も……！)

静火の視線が敵、そう思《おぼ》しき段上へ飛ぶ。

玉座のリングネス・アルセフィアと喪服の老婆、凍城《とうじょう》紫漣《しれん》と未恋《みれん》の兄妹《きょうだい》、そして可憐《かれん》。

「……噂《うわさ》に聞いておりましたけど。また壊れた人間兵器やなあ。使い物にならへんわ」

「感心している場合か、黒婆《ヘイポオ》。このままでは我らもろとも吹き飛ばされかねんぞ……！」

「げんし、てろ。……うん。やりかねない？　あれ、へんたい」

（そこまで言うことは無いだろうが!!　少しは疑え!!）

通ると思ってはいたものの、本気で自分がどう思われているのかと考えると辛《つら》い。

静火が内心涙目になっていると、ドローン数機の残骸を踏みつけて、水葉《みずは》が動く。

「それでおっけー、だいじょぶ。……ありがとう、妹《いぬ》」

「！　お姉様にほめてもらった……!?　ああ、はいっ……感激です!!」

グシャリと機械を踏《ふ》み躙《にじ》り、水葉は静かに玉座へ続く階段を登り始める。

未《いま》だドローンの数は多く、その砲口が彼女を捉える。機械の殺意を浴びながら動じずに、爆発の衝撃で座り込んでいた可憐のもとへ向かうと、そっと手を差し伸べて。

「……立てる？」

「ええ。ちゃんと捕まえておいてください、あの物騒すぎる妹さんを」

「たぶん、しずかも。かれんには、言われたくないと思う。……おにあい」

「失敬な。……まあ、お兄様のためなら。自爆テロのひとつやふたつ、やりますが」

そんな会話の合間に、端末が鳴る。

チッ、と舌打ちを漏らしながら、紫漣は制服のポケットから端末を取り出した。

「ちょい待ってな？　あ～……何してんだよテメー。侵入者の迎撃、命令したろ？」

『面目ない。だが……あれは、強い。妹の方は火力で暴れてるだけだが、御嶽原水葉《みたけばらみずは》は、正真正銘──化け物だ』

警備に当たっていた、砕城《さいじょう》の遊戯者《プレイヤー》だろう。

掠《かす》れた声に恐怖を交え、それでも状況を伝えようと、端末越しに状況を語る。

『与えられていた以前のデータ、それこそ《伊邪那美《いざなみ》機関》から出荷された時のデータとは比べ物にならない。恐らく、脳に何かの外的要因を受けた結果だろうが──』

「異能が変質でもしたのかねェ？　まあ、負けたんならしゃあねぇや。ログ送ってよ」

『了解。加速時間での遊戯戦《ゲーム》、実時間二分、体感時間二時間で我々全員が抜かれた。……手強《てごわ》い、本当に、気をつけ……！』

「うっせェよ。あんたらみてぇな無様な負け方、オレらはする気ねーのよ」

『！』

一瞬、驚くほど冷酷な表情を覗《のぞ》かせて──凍城《とうじょう》紫漣《しれん》は通話口に続ける。

「とはいえＯＫ、ＯＫ。まあ、誰だって負けはあるもんな。想定外の事態なんざホイホイ起きるし、この世の中じゃ仕方ねーや。オレもついさっき記録上じゃあイケメン君に負けてっし？」

『あ、ああ……そう言ってもらえると助かる』

「──ワケねえだろ、バカ野郎。慰められてホッとしてる時点でテメェは向いてねえよ。よくそれで一軍なんてホザけてんな。ヘソ噛《か》んで死ぬくらい悔しがれや」

『!?　だ、だが、お前も……負け……!?』

「記録上と事実上の違いくらいわかっとけ。オメーは普通に負けて次勝つメもねえ。その差がどんだけデケーのか、その足りないオツムで理解しろや。あー……これだから」

それ以上の反論を許さず、紫漣は通話を切ると。

「おにい。……いいの？」

「あー、いいよ、未恋《みれん》チャン。負けたクソバカはあとで婆《ばばあ》が何とかするっしょ？　オレらがこれ以上、無能に脳のリソース使う余裕はねえ。恐竜女と狂犬妹、相手にしねーとな」

「きょうりゅうおんな。……それ、わたし？」

「狂犬妹、とは私でしょうか。静火《しずか》さんと被《かぶ》るので止《や》めてもらいたいところですが」

玉座を前に、一組の兄妹《きょうだい》と一人の姉、一人の妹が睨《にら》み合う。

ピンと張りつめた糸のような緊張感、胃に穴が開きそうな重圧の中で。

「遊戯を受けずこのまま脱出してもいいのでは？　静火さんが自爆すれば可能でしょう」

「無理。……どろーん、おおい。ほんきでころすつもりなら、もうみんな死んでる」

「そゆコト。助《すけ》っ人《と》参戦はビビッたけどさ、まあ人質が増えただけとも言えるワケで」

軽口のように言い放つ可憐《かれん》、状況を正確に把握する水葉。

軍事ドローンは彼女達を含め、仲間を取り囲むよう飛んでいる。潰《つぶ》したのはほんの一部、もし暴力で解決しようとしたならば――数の暴力で、死は免れない。

全員が生き残る、その方法があるとしたら。

「しょーりつ……あがた。ぜろから……ん。このくらい？」

「ま、そんなもんかねェ？　良かったね、妹ちゃん。勝ち残れるメ、あるってよ？」

妹を肩車。片時も放さず『装備』して、完全モードの紫漣《しれん》が。

「ええ、思うところはありますが、今は素直に認めましょう。助かります、水葉《みずは》さん」

「いい。だって、わたしたち……！」

……パンッ!!

もう言葉はいらない。視線を交わした『姉』と『妹』、心はひとつ。

水葉と可憐《かれん》はどちらからともなく手を出して、音高らかに打ち合わせ——。

——大切なものを、これ以上傷つけられたくないものを、守るために。

「ハッ。くせぇ友情風景ってか。まあいいや——審判はAIちゃんの預かりってことで。勝敗結果をしっかり見届けて、賭け代を取り立ててくれよな、クオリアちゃん☆」

『遊戯《ゲーム》申請、受諾。Bクラス、凍城《とうじょう》紫漣、凍城未恋《みれん》。Fクラス、砕城《さいじょう》可憐。御嶽原《みたけばら》水葉。ARビュー開放。接続《ログイン》、開始します』

全員を助け、生き残るために。
脱出を賭けた遊戯が——今、始まる。

●大海戦双六《だいかいせんすごろく》

謁見の間はARのホログラムにより瞬く間に様変わりし——。

気づけばそこは、海上《かいじょう》。

ぎらぎらした太陽光に照らされる大洋のド真ん中だった。

群青の海水が派手に波打ち、その場にいた者達は急な船酔い感覚に晒《さら》され、ふらつく。

「わ、わわっ、グラグラしますよ!?」

「一瞬でお手軽遊泳体験って、クオリアはVRだけでなくAR技術でもこんなことができますの!?」

「あっ、見てください足元。海中でサメが泳いでますよ。普通のホオジロザメなのは残念ですけど。バエ的な意味で頭が二つか三つあるやつ希望したい所存の佐々木《さき》です！」

「OH。GOODに貪欲なのは日本人もアメリカ人もおんなじデスネー」

「佐々木のような軟弱なSNS女を日本女子の総意と決めつけるな。私のような硬派もいるのだぞ？」

「ダイナマイト片手に言われても説得力ないデスヨ……」

「それに加えて静火《しずか》さんは自ら望んで水葉さんに飼われる変態ドM。そちらこそ日本女子面をしないでほしいものですわね」

「くっ……楠木《くすのき》、貴様……ッ。時任《ときとう》の犬となって全裸徘徊《はいかい》していた分際でっ」

「あれは望んでのことじゃありませんわ！　というか初対面の人も多い場所でなんでバラしますの!?」

「モモカ……日本って、コワイデスネ……」

「大丈夫ですよアビーさん。桃花《ももか》みたいな常識人もいますから！」

えっへんと胸を張る桃花が全力で日本の風評被害を後押しするのを、すぐ近くで、朝人《あさと》と姫狐《ひめこ》は苦笑とともに見守りながら。

「……これから可憐《かれん》さん達の遊戯《ゲーム》が始まるのに、彼女たちは。どうあっても、シリアスになれないみたいだね」

「——……それが、良いところ。絶望を知るのは、私たちだけでいい……——」

「そうだね。可憐さんも水葉《みずは》さんも当然強いけど、あの兄妹《きょうだい》に勝てるかというと……」

「聞き捨てならんな、白王子《しろおうじ》。お姉様が敗北するとでも？」

恋人同士の会話を聞きとがめて、静火《しずか》が眉をひそめる。

「僕らはさっき、凍城紫漣《とうじょうしれん》と戦った。結果こそ僕らの勝利という形だったけど、事実は、完敗さ」

「——……私が知る中であの男は最も砕城紅蓮《さいじょうぐれん》に近い遊戯者《プレイヤー》。それに加えて、異能封じの目を持つらしい妹まで加わったとなると……——」

「ふん、それがどうした。所詮は紅蓮様の劣化コピーなのだろう？　貴様らに勝ったからと言って、お姉様に勝る証明にはならん」

「──……貴女《あなた》は忘れてる。昔、御嶽原《みたけばら》水葉の生徒会序列はいくつだった……──？」

「は？　それは……4位だな」

「──……私、3位。直接対決では御嶽原水葉に勝ち越していた……──」

「あの頃はまだ獅子王《ししおう》学園で本気を出す気になれる相手と巡り会っていなかったからだ。今のお姉様は、ひと味違う」

「──……だといいけど。《黒の採決《ブラックバウト》》トップ層。その恐ろしさは桁違いで……──」

「あ、すみません。佐々木《ささき》です。ちょっと気になってたんですけど」

姫狐と静火の口論が続く中、間に割り込んだのは素朴な表情の佐々木だった。

「さっきからBクラスの方々との会話、いまいちよくわかんなくて。凍城っていうのが、砕城の分家が云々《うんぬん》みたいなこと言ってますけど……あの怖そうな人達って、紅蓮さまや可憐さまとどんな関係があるんですか？　佐々木です」

「えっ、今更そこ？」

「えっ」

朝人の『きょとん』に対し、佐々木も『きょとん』で返した。

「世界の裏側ですべての紛争を解決する頭脳の戦争──《黒の採決》に、絶対的な強者を送り込み続け、日本に莫大《ばくだい》な利益をもたらしてきた最強の遊戯一族。それが、紅蓮や可憐さんの実家──砕城家なんだよ」

「「「「えええええええええええええええええええ!?」」」」


仲間達の驚愕《きょうがく》の声が重なった。

「いま、四人ぐらいが驚いた気がするんだけど。佐々木《ささき》さん、桃花《ももか》さん、楓《かえで》さんはともかく……静火《しずか》さん、君もなんだ……?」

「当然だろう！　知るはずもない！　さ、最強の遊戯《ゲーム》一族だと……!?」

「何ですか何ですかそれ、滅茶苦茶《めちゃくちゃ》カッコイイじゃないですか！　えっ、えっ、ていうことは桃花、師匠は世界最強だったんですか？　史上最強の弟子モモカだったんですか!?」

「落ち着きなさいオバカ！　史上最強なのは貴女《あなた》じゃありませんわよ！」

「──……知らなくても無理はない。裏の世界を知る人間でさえ、砕城紅蓮《さいじょうぐれん》のフルネームを正確に把握している人は少ないから……──」

「あー、聞いたことあるヨ。五年間不敗の伝説。絶対勝利のチケット。そう呼ばれてはいたけど、遊戯者《プレイヤー》の本名は頑《かたく》なに伏せられてた」

「ロシアのミラ・イリイニシュナ・プーシキナは知ってたみたいだけどね。ま、過去に何らかの工作で紅蓮と絡みがあったみたいだし、その過程で知ったんだろう」

「──……他にも砕城家と交流の多かった白王子《しろおうじ》の人間である私や朝人《あさと》、一部の人間は、彼の正体に気づいていたけど。……普通は、知らなくて当然……──」

「ふえぇ……すごい人、とは思ってましたけど。そこまですごい人だったんですねぇ……。

あの、配信で話してもいいですか？ 駄目ですよね。知ってます。佐々木です」

砕城紅蓮の正体を知った凡人たちの反応はさまざま。

しかし驚き感心はすれど、誰一人として畏怖や忌避、過剰な尊敬を抱いたりはしない。

それは紅蓮が望み、積み上げてきた『日常』の結晶。

裏世界最強という肩書きが持つ力よりも、彼女たちの中に在る、愉快で優しい同級生という紅蓮像の方が強い影響力を発揮している証拠。

（僕は、姫狐《ひめこ》姉さんに手をかけた真実を告白して、初めて本当の意味で姫狐姉さんと繋《つな》がれた。過去のしがらみとか、後ろめたさみたいなものから解放された。だとしたら）

朝人は思う。

親友の持つ大きなジレンマ。遊戯を嫌い、遊戯から逃げても、どこまでも過去は追いかけてくる。

最強の過去、真実を知りながらも尚《なお》、日常を楽しむ紅蓮を——遊戯をせずにいる紅蓮を受け入れてくれる友達ができて初めて、彼は本当の意味で遊戯を卒業できるだろう。

だとしたら、今目の前にある光景は。紅蓮にとっての希望の一歩。

（今すぐ見せてあげたいな。彼女たちの反応を。……そのためにも、頼むよ、可憐《かれん》さん。水葉《みずは》さん）

朝人は視線を部屋の中央へと向ける。

今や広々とした海と化した場所、その中央——紅蓮引退後、『最強』の名を受け継いだ兄妹《きょうだい》に挑まんとする、仮初の姉妹へと。

「まったく、どこに行っても騒がしいですね。あの人たちは」

「肯定《ポジティブ》。でも、あれが日常」

「この状況下でも日常力を発揮できるとしたら、ある意味異能ですよ。何ですかこの無駄な没入感は。艦戦ゲームでも始めようというんですか」

桃花《ももか》や佐々木《ささき》たち獅子王《ししおう》学園の面々から離れた場所、ドローンに導かれて。

可憐《かれん》と水葉《みずは》は海上の移動要塞。旧時代の産物。戦艦の上に立っていた。

もちろんそれはホログラム映像の海と同じく、映像データでしかなく、謁見の間の広さに合わせた適度な縮尺の偽物だが――……。

ぐいん、と、可憐たちの体が急激に、見えない力に引っ張られた。

「なっ!?　これは……勝手に、動いてる……!?」

「足元にどろーん。わたしたち、まったく気づかないうちに、ここに立たされてた……」

《陰陽相克《ダブルフェイス》》の片側、論理の力で即座に状況を看破する水葉。

そう、彼女たちの足元に映し出された戦艦は、周囲のホログラム装置により演出された虚像をまとった、Bクラスお得意の高性能ドローンだった。

上に乗る者の足をがっちりと捕まえ、低空飛行。その高度な移動技術にかかれば、海と戦艦という視覚情報を与えた上で、本当に海の上を滑走しているような錯覚を起こさせるのも取るに足らないことだった。

「ヒャーッハハハーッ！　清々《すがすが》しくてイイねぇ！　ヨーソロー‼」

「おにぃ、こどもみたい」

「あァ？　べつにいいだろ、楽しいモンは楽しいんだからよォ！　つーかさ、未恋《みれん》チャン。小学生なら小学生らしく、はしゃいじゃってもいいんだぜ？」

「んー……ゆりかごみたいで、ねむねむ？」

「ちょおっ⁉　待て待て待て待て。さすがにあの恐竜とクレイジーシスター相手に一人は勘弁してくれって！　終わったらビュッフェばりに惰眠貪りまくっていいからさぁ！」

「じょーだん。今日はまだねむくない」

夏のパリピのごとく海上スキーを楽しむ紫漣《しれん》と、置き物のように正座したまま、すいーっと流されるままの未恋。

そうして四人の遊戯者《プレイヤー》がそれぞれの戦艦に連れられて、東西南北、遊戯《ゲーム》の開始位置に、強制的に運ばれる。

四人の中央にぷかりと浮かぶのは、『GOAL』と書かれた島。

ハッとして可憐が足元を見ると自分を乗せた戦艦の向こう側に『START』の文字が透けて見えている。

「これは……双六《すごろく》、ですか？」

「どー見てもそんなカンジだなァ。おいAI、ちゃんよ、説明してくんね？」

『承知いたしました』

可憐《かれん》の疑問に紫漣《しれん》も同調し、顔を上げて遊戯《ゲーム》の中立裁定者であるＡＩに声をかける。

広い謁見の間のスピーカーを通しているからなのか、普段のクオリアＡＩよりも若干、エコーが強めにかかって聞こえる機械音声がそれに答える。

『それではこれより二対二の特殊双六《すごろく》――【大海戦双六《だいかいせんすごろく》】の説明を開始します』

大海戦双六とは?

プレイヤー(配置)

Fクラス	砕城可憐(東) 御嶽原水葉(南)
Bクラス	凍城紫漣(西) 凍城未恋(北)

1.

プレイヤーは全員、東西南北それぞれの「START」のマスからゲームを始め、「GOAL」と書かれたマスに到達することを目指す。ターン終了時に「GOAL」と書かれたマスに到達していたプレイヤーと、その仲間が勝者となる。

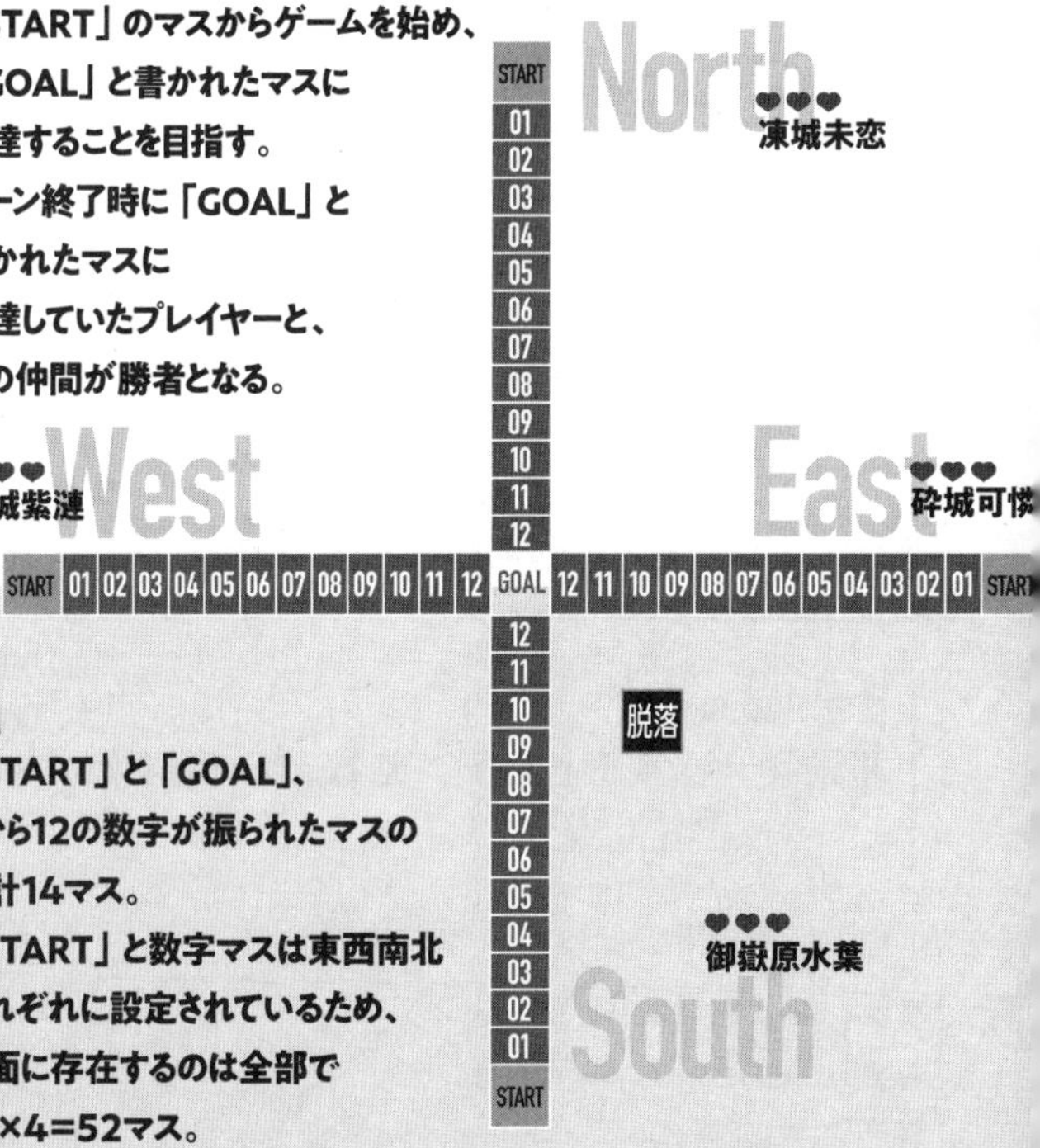

2.

「START」と「GOAL」、1から12の数字が振られたマスの合計14マス。「START」と数字マスは東西南北それぞれに設定されているため、盤面に存在するのは全部で13×4=52マス。それに「GOAL」を加えた53マスである。

3. プレイヤーは毎ターン以下の「アクション」のいずれかを行う。

移動	任意のマス数、移動する（最大3マス）。 プレイヤーは突き当たるまで前進し、突き当たったら折り返す。
砲撃	指定の1マスに向けて砲撃を行う。 このターン、そのマスに停まった プレイヤーがいた場合、残機を1減らし、1回休みにする。
一斉射撃	このターン、自分以外のプレイヤーの、 待機を含め移動先となり得るすべてのマスのうち、 ランダムな8マスに向けて砲撃を行う。 味方のマスが対象となることもある。 このターン、そのマスに停まったプレイヤーがいた場合、 残機を1減らし、1回休みにする。 （この「アクション」はゲーム中に1回しか使えない）

4. 毎ターン、全プレイヤーは同時に「アクション」を選択し、同時に処理が実行される。

処理の優先順位は

移動 ＞ ペナルティ実行（移動先にペナルティマスがあった場合） ＞ 砲撃 ＝ 一斉射撃

5. 各プレイヤーの残機は3つ。残機が0になるとそのプレイヤーは「脱落」マスに移動し、その後一切の「アクション」を行なえなくなる。

6.

全プレイヤーはゲーム開始時、対象のプレイヤー1人の「GOAL」から
3マス以内のマスのいずれかに、好きな「ペナルティ」を設置できる。
「ペナルティ」の内容は自由に書き込めるが、
「強制的に脱落を決定づける記述」「残機を強制的に減らす記述」
「勝利条件を含め基本ルール自体を書き換えるような記述」は不可能。
又、ペナルティは書いた本人がマスを
踏んだ場合は実行されない。

7.

「ペナルティ」の書かれた
マスにプレイヤーが侵入すると、
その瞬間、書かれた内容の
ペナルティが実行される。
ペナルティの発動は一度だけで、
それ以降、そのマスにプレイヤーが
侵入してもペナルティは発動しない。

8. すべての「アクション」の結果と、すべての「ペナルティ」の
処理が完了したらターンを終了し、
決着がついていなければ次のターンへ移行する。

9. 通信機器の使用によるコミュニケーション等、
一切のイカサマを禁ずる。ゲーム中にイカサマ行為が発見・
証明された場合にはすぐさま失格となる。

『毎ターンの「アクション」選択については、それぞれ自分だけが視認可能なARパネルを用います。指で触れればコンピュータが自動的に感知し、命令を受けつけます』

音声案内とともに可憐《かれん》の目の前にTVゲームのステータス画面のような映像が浮かんだ。水葉《みずは》、紫漣《しれん》、未恋《みれん》の前にも同じものが表示されているのだろう、全員の視線がわずかに上に向く。

上から順に「移動」「砲撃」「一斉射撃」と書かれていた。

「進むか妨害行為をするか毎ターン選び、誰よりも早く『GOAL』を目指す——遊戯者《プレイヤー》が、自らの意思でコントロール可能な双六《すごろく》、というわけですね」

「面白そうじゃねェの。ハァーやっぱクオリアちゃんは良い遊戯《ゲーム》を考案するねェ」

「ちがう。もういっこ、勝利条件、ある」

「……へぇ？」

突然割り込んできた声に、紫漣がニヤニヤしながら振り返る。

その視線の先には——

「——水葉さん。薄々そう言ってくると予想してましたが、案の定でしたか」

「うん。３回砲撃を当てて沈めれば、勝ち。……フフ。すっごく、楽しそう……♪」

「はあ……敵は二人いるんですよ？　合計６発。しかも毎ターン移動先に選べる３マスに加え、移動以外の『アクション』を選んだ場合の今いるコマを含めて４マス。砲撃の当たる確率は、せいぜい四分の一で——」

「可憐ちゃん。今の可憐ちゃんなら、もうわかってるはずだよ。わたしが、どんな遊戯者なのか、ね♪」

「……はいはいそうでした。まったく、これだからヘンタイムクチシープは」

ため息の中には呆《あき》れ半分、共犯者への親愛が半分。

家族愛にせよ性愛にせよ、砕城紅蓮《さいじょうぐれん》という同じ男への大きな感情を抱いた女同士、多くを語らずとも通じ合っていた。

「へえ。血は繋《つな》がらずとも義理の姉妹は通じ合う、ってか？　実の兄妹《きょうだい》のオレらとどっちのが絆《きずな》が強《つえ》ぇか見ものだなァ？」

「んにゅ。……ねむ、ねむ」

「っておおおおおい未恋ちゃぁん!?　おねむはまだ早いんじゃねえの!?」

「ぜんぜん統率とれてない。やっぱりわたしと可憐ちゃん。義理の姉妹のほうが、強い」

「そうです私たちの方が——って、素直に既成事実の作成に乗ると思いましたか!?　貴女《あなた》とはただの腐れ縁であって、断じてお兄様の相手と認めたわけじゃありませんからね!?」

「……ちっ」

紫漣の台詞《せりふ》に乗って紅蓮との関係を確固たるものにしようとした作戦を看破され、小さく舌打ちする水葉。

敵の敵は味方。書類上は味方。一応は味方。

ただそれだけの間柄であり、間違っても！　断じて！　兄の婚姻相手にふさわしいと、認めたわけではないのである！

「ハハッ。その分じゃあオレらの勝ちかもな。未恋《みれん》チャンがウトウトしてんのが気になるけど……まあいいや。クオリアちゃんよ、『この【大海戦双六《だいかいせんすごろく》】で勝者となる』を達成できた方が勝者——んで、こっちが勝ったら紅蓮《ぐれん》サマ含めFクラスの連中の身柄をオレらが自由にしていい。あっちが勝ったらオレらは《獣王遊戯祭《ベスティア》》を敗退、二度と紅蓮サマや仲間に干渉しない……。それをクオリアちゃんが保証するってぇことでいいんだよな？」

何かを警戒しているのか、奇妙に持って回った言い方で、紫漣《しれん》は入念に条件を確認する。

その疑り深い問いに対し、クオリアＡＩは至極冷静に返答した。

『ＹＥＳ。相違ありません』

「……ってぇわけだ。アンタらもそれでいいんだよな？」

「もちろんです。女に二言はありません」

「それでいい。紅蓮さまが……自由になれるために。わたしはたたかう、だけ……！」

「オーケー。それじゃあおっぱじめようぜ——」

紫漣が高く手を掲げると、時代遅れな大砲の音が盛大に鳴り響き、それに合わせたかのようにＡＩの音声が戦乱の開始を告げた。

『【大海戦双六】——遊戯開始《ゲームスタート》』

＊

「ついに始まりマシタネ。まずどんな『ペナルティ』を設置するかが鍵デスガ」

第1ターン目の行方を見守る獅子王《ししおう》学園友人一同。その中でひときわ浮いた存在であるラテン美女、アビゲイル・ナダールが言う。

「意地悪なルールですよねぇ。最後の最後に必ず運任せになると言いますか」

「えっ、えっ、どういう意味ですか佐々木《ささき》さん？」

「ルールをよくお読みなさいな桃花《ももか》さん。『GOAL』から3マス以内——つまり10から12のマスのいずれかに設置とありますでしょう。そして移動は1回につき最大3マスまで。ゴール間際に必ず三択を迫られる仕様になっているのですわ！」

扇子をバンッ！　と開いてドヤ顔で説明する楓《かえで》に、おぉーっと桃花が感心する。

偏差値が30ほど低下したやり取りを横目に苦笑しながら、姫狐《ひめこ》が続けた。

「——……ペアとうまく足並みを揃《そろ》えれば、『ペナルティ』1マス、残りの2マスを砲撃し、クリア圏内への侵入を拒否できる……——」

「まあ姫狐姉さんの言うそれは難しいかもしれないけどね。東と南、西と北。どちらも、ペアとは距離が離れてる。内緒話はできない状態だ」

「通信機器での密談が禁じられてる以上、バレバレの大声でコミュニケーションを取るしかないデスネ。普通はしないでショーケド」

「──全員『ペナルティ』の設置は終了したようだ。どのマスに、どんな命令を仕掛けたかはわからんが。……お姉様に命令、か……ふむ……」

「静火《しずか》さん……貴女《あなた》、変なことを考えていませんこと？」

「なっ……!? ちち、違う！　私はむしろお姉様に命令されることこそ望んでいる！」

「嫌な方向の言い訳ですわね……。まあ、さすがの水葉《みずは》さんでも紅蓮《ぐれん》様の行く末が賭かったこの遊戯《ゲーム》、自らの快楽のためだけの無意味な命令を書き込んだりはしないでしょう」

「……まあ、論理的にはあり得ないん、だが……」

楓《かえで》の予想に対して、静火の物言いは歯切れが悪い。

「あっ、第1ターン目の『アクション』選択も終わったみたいです！　佐々木《ささき》です！」

「大砲がドッカンドッカン飛ばされるんですかね!?　なんだかハゲマッチョな外国人さんの映画みたいでワクワクしますよ！」

「ハハ、モモカは単純でいいデスネ。でも、第1ターン目から派手な動きはありませんヨ。相手の思考パターンを読むための情報集めに、慎重な──」

『第1ターン目。各プレイヤーの【アクション】はコチラに決定しました。
東：砕城可憐《さいじょうかれん》：一斉射撃
南：御嶽原水葉《みたけばら》：一斉射撃

西：凍城紫漣《とうじようしれん》：一斉射撃
北：凍城未恋《みれん》：一斉射撃

――以上です』

「…………………………………………………ホワイ!?」

まさかの、全員初手、一斉射撃。
考え得る中で最も派手な選択を、全員がするという異常事態。
何故《なぜ》こんなことになったのか。
観戦者たちがその論理を脳内で組み立てるよりも先に、各プレイヤーの足元の戦艦から
ジャキン、ジャキンと音をたてて無数の砲台が突き出して。
ＡＲ映像の主砲、副砲、４隻分が――。
一斉に、火を噴いた。

＊

（やはりこうなりましたか！）
傍観者たちの困惑をよそに降り注ぐ砲弾の下、当事者たる砕城可憐は冷静だった。

このゲーム中、たった一度しか使えない一斉射撃。

慎重に使い時を模索せねばならない貴重な「アクション」に思えるが、それでいて、先に使われたら非常に厄介な「アクション」でもある。

何故《なぜ》なら、被弾が許されるのはたったの3回。

そして一斉射撃は、味方にも砲撃を当ててしまいかねない、狂乱の一手なのだ。

味方が先に何度かの砲撃を受けた後では一斉射撃は使いにくい。だったら最初に使ってしまえ。

もちろん可憐《かれん》がたった一人でこの遊戯《ゲーム》に挑んでいたのであれば、こんな乱暴な手は打たなかった。

しかし今回のパートナーは、あの御嶽原水葉《みたけばらみずは》なのだ。

第1ターン目から暴れてくるに決まってる。


ドオオオオオオオオオオオオオオオオオン!!


次々と無数の砲弾が海面に着弾していき、飛沫《しぶき》が上がる!

仮想の水飛沫は、それでもそのリアルな見た目のせいか、頭から海水をかぶるたびに、本来感じるはずのない冷たさや塩辛さを感じてしまう。

「あはははははは！　たーのしーっ!!」

「笑ってる場合ですか！　まったく……けほっ、けほっ！」

楽しげに哄笑《こうしょう》する水葉を叱りつけた可憐は、水を吸い込んだ錯覚に襲われて思わず咳《せ》き込《こ》む。

とことん水に縁がある、と可憐は思う。

クラウンとの遊戯と違って命を失う危険があるわけではないが、仮想でもリアルな感覚を肉体が感じる限りは不快さもまた感じるものだ。

ピピ、と、視界の端にAR情報で「アクション」の結果が通知された。

東：砕城《さいじょう》可憐：被弾1　残機2
南：御嶽原水葉：被弾2　残機1
西：凍城紫漣《とうじょうしれん》：被弾1　残機2
北：凍城未恋《みれん》：被弾2　残機1

ある程度、確率としてバランスの取れた結果だ。全員がフルバーストというカオスの割には、出力された結果は両チーム平等。文句のつけようもない。

むしろ《魔凍の瞳》を持つ異能者——凍城未恋を、あと一発で沈められる残機にできたのは僥倖《ぎょうこう》だろう。

強くなった桃花《ももか》やAクラス最強の遊戯者《プレイヤー》アビゲイルを一蹴してみせた実力者。そんな輩《やから》には早々に退場してもらいたいところだ。

とはいえ、この結果が予想通り、計算通りかといえばそうではなく。

可憐《かれん》はナイフで抉《えぐ》るような疑念の眼差《まなざ》しを敵に向けなければならず――。

「1ターン目に『一斉射撃』ですか。胡散臭《うさんくさ》い手ですね？」

「おいおい、自分らも選んどいて何言ってンだ。効果的な手だから選んだまでだろ」

「低い確率とはいえ不幸が重なれば貴方《あなた》たちのどちらかが死んでいたかもしれないんですよ？　水葉《みずは》さんを恐竜とあだ名した貴方なら、初手で『一斉射撃』を選ぶことは、わかりきった未来だったでしょう」

「まーな。自分以外のプレイヤーの、待機含めた移動可能マスの合計は4かけることの3で12マス。そのうちの8マスにランダムに砲撃っつーことは、単純におよそ67％くらいのヒット率。3回とも全部ヒットすんのは30％とかか？　あり得なくはねーが、それを引いちまうならそれまでだわな」

「……ずいぶんと運任せですね」

「どっかで運に賭けられねえ奴《やつ》は《黒の採決《ブラックバウト》》じゃ通用しねえよ」

「もし水葉さんが『一斉射撃』を選ぶと読んでいたなら、『砲撃』でよかったのでは？　その場から動かないことがわかっていた以上、確実に当てられたはず」

「バーカ、《陰陽相克《ダブルフェイス》》に、ンなリスク負うかよ。そいつは『理《ことわり》』で来るか『狂』で来るか読めやしねえ。だったら乱数はさっさと処理しちまうに限る」

「……!?」

当然の口調で発せられたその単語に可憐はハッとする。

「水葉さんの能力を、正確に……ッ」

「知ってるに決まってるっしょ。《伊邪那美機関《いざなみきかん》》の実験体《グール》。オレらの親戚みてーなモンだ。……ま、当時の記憶は曖昧だけど、最近も資料で読み返したからな」

「読み返す……?」

可憐は一瞬、紫漣《しれん》の言動に違和感を覚えた。

《伊邪那美機関》で調整を受けていたのは紅蓮《ぐれん》と同じ幼少期だろうから記憶が遠いのも無理はない。

しかし『読み返す』とは?

水葉との対戦を見越して調査していたとも捉えられるが、どことなくその言い回しからは、日常的、反復的に行っている動作のように思えてならない。

同じ《伊邪那美機関》で調整されていた遊戯者《プレイヤー》同士とはいえ、《黒の採決》の遊戯者というわけでもない水葉の情報を定期的に確認したりするだろうか。

違和感は拭えない。他の遊戯者の行動だったとしたら、ここまでの違和感はなかった。

凍城兄妹《とうじょうきょうだい》、が。

敵の異能を封殺できる能力を持つ彼ら、が。

異能者のリサーチ——どうせ使わない情報を調べる習慣なんて、ルーチン化するだろうか？

「あんまし辛気くせえ顔すんなよ。ランダムの時間はおしまい！　こっからは正真正銘の読み合いなんだ、楽しくやろうぜ、シスターズ☆」

「……ふん。せいぜい軽口をたたいてなさい、自称息子のオレオレ詐欺師」

軽薄なウインクをいなして可憐《かれん》は集中を戻した。


第2ターン目。

上から順番に「移動」「砲撃」と書かれたコマンドを眺めて、可憐は思考する。一番下の「一斉射撃」には灰色の網目がかかり、もう選択できないようになっていた。

（水葉《みずは》さんはあと残機1。一度でも砲撃が当たったら、脱落。二対一になれば勝機を失う。死にかけの仲間を守るためのコマンドはありませんし。ならば先手必勝で、こちらは未恋《みれん》を狙うべき？　……移動以外の『アクション』を選ぶ可能性を含め、未恋が立つ可能性があるマスは4マス。水葉さんと相談して同時に狙うなら50％の確率で撃沈できますが……それが許されていない以上、自分の判断で25％に賭けるしか……。いえ、あり得ない）

思考を寸断。

この2ターン目でやるべきは攻めではなく、スタンスの確認！

まだ自分は水葉の狙いすら確定していない。自分のパートナーがどんな罠《わな》を用意し、何を狙って突き進もうとしているのか。まずはこれを特定できなければフォローすらできないのだ。

だとすれば、本質は双六《すごろく》であるこの遊戯《ゲーム》。今この瞬間、やるべきことは——……！

『第2ターン目。各プレイヤーの【アクション】はコチラに決定しました。

東：砕城《さいじょう》可憐：移動（3マス）
南：御嶽原《みたけばら》水葉：移動（3マス）
西：凍城《とうじょう》紫漣《しれん》：移動（3マス）
北：凍城未恋：移動（3マス）

——以上です』

「ありゃ？　誰も砲撃しねぇのな。つーかすげえなオタクの怪物ちゃんは。フツー残機1で3マス進むかァ？　そこ一番狙われやすいマスなんスけど」

「貴方《あなた》のところのオヤスミ妹も同じでしょう。まったく……2ターン目に私が砲撃を選べないと読み切った行動のようで、気味が悪いですね」

この四人のうち比較的能力が論理側に寄る紫漣と可憐は、何気ない結果の中にも不気味なものを察知せずにはいられなかった。

いや、可憐《かれん》は知っている。この感覚。理外の気色悪さに、心当たりがある。

（水葉《みずは》さん。貴女《あなた》という人は、本当に……！）

彼女が瞬時に辿《たど》り着いた回答。常人には到達し得ない御嶽原《みたけばら》水葉の真意に、至った者はこの場で、もう一人いた。

「むぅ……このひと、きらい。なにも考えずに遊戯をやるひと、めんどい」

「あはっ♪　バレちゃった？」

不機嫌そうに眉をひそめる未恋《みれん》に向けて、水葉の狂乱の笑みが咲く。

その表情に可憐は、やはりか！　と呆《あき》れにも悦《よろこ》びにも似た感情が芽生える。おそらく口は笑っていただろう。

そう。このターン、彼女の3マス移動には意味などなかった。御嶽原水葉は、自分自身のARパネルを一切目視せず、適当に「アクション」を選択したに過ぎないのだ。

かつて獅子王《ししおう》学園で可憐を追い詰めた時と同じ手管。可憐の卓越した洞察力を撹乱《かくらん》し、巧みに回避してみせた、計算され尽くした思考放棄。

「にぃに。作戦変更。このひと、たぶんもう読み切ってる。……このやり方、通じない」

「あー……ま、わざわざコレやらかしたっつーことはそうだよな。オーケー未恋チャン」

（えっ？）

未恋と紫漣《しれん》。兄妹《きょうだい》があえて口に出してコミュニケーションを取る姿を見て、可憐は一瞬困惑した。

確かに通信機などを使った密談でなければ意思疎通自体が禁じられているわけではない。とはいえ普通はこんな筒抜けの作戦会議などするはずがないのに。

そもそも凍城《とうじょう》兄妹の話した「やり方」とは何のことだ？

水葉、紫漣、未恋。三人の強者だけが知り、自分だけが思い至っていない真実の存在は、自分の力不足を突きつけられているようでチクリと胸が痛んだ。

（クラウンを倒せたのも、お兄様の助力あってのこと。やはり私では、足りな――）

「だいじょぉーぶ、だよっ！　可憐ちゃん！」

「水葉さん？」

思考の沼に落ちかけた意識が能天気な声に引きずり上げられる。

「わたしたち、仲間なんだから。可憐ちゃんが気づけてなくても、わたしが気づいてれば大丈夫。その逆もそう。強さなんて関係ない、能力の優劣も意味がない。最後に勝ったら、それが実力。――奴《やつ》らの手口、教えてあげる」

これも《陰陽相克《ダブルフェイス》》の力なのだろうか。

敵に見せた壮絶な表情は綺麗《きれい》に消え去って、可憐に向けられた笑みは、朗らかで柔らかな、包容力たっぷりの姉の顔。

「この遊戯《ゲーム》では相手の思考を読むなんて不確実なこと、やるまでもないの」

「……どういうことですか？」

「肝はここがVR空間じゃなくて現実世界にARを投影しただけの場所だってこと。可憐ちゃんは、『アクション』の選択をどうやってる？」

「どうって、目の前にあるARパネルから…………………………あっ！」

「気づいたね」

ニッコリ、と水葉《みずは》が笑う。

「『アクション』の順番は上から順。1ターン目でみんなが『一斉射撃』を選んだことで、一番下の位置は見えた。あとはそれを参考に視線の位置、パネルに触れる指の位置を観察すれば……」

「自動的に相手の『アクション』が読める……！　しかし、それでは――」

「――ひとつだけ疑問が残る。どうして3マス進む可憐《かれん》ちゃんに二人で砲撃してトドメを刺さなかったのか。でもそれは簡単に説明できるよ」

可憐の違和感を水葉が拾い、続ける。

「わたしは視線をどこにもやらず、パネルを触れる手にも意思が介在しなかった。つまり、彼らはわたしが何をしてくるのか、まったく読めていなかった」

「……！　なるほど。凍城兄妹《とうじょうきょうだい》の視点だと私が素直に3マス進んだのは餌で、それを狙う隙を刺される可能性もあった。それで、砲撃を選べなかった……！」

「うん。厳密にはランダムと言っても、『アクション』を選択した後の、どのマスを標的にするかを選ぶか、何マス進むかを選ぶか、それは表示されるパネルの位置次第で押されやすさは変わる。……仮にわたしが偶然、砲撃を選んでいたら、『START』が、最も押されやすい位置に表示されていると彼らは判断した」

理路整然と己の攻め手と凍城兄妹の思考を解説していく水葉。その姿は、論理の化身。欲望のままに突き進む獣から知恵の女神へと華麗に転身していた。

「すげえや、すげえや。ロールアウト・テストじゃ紅蓮《ぐれん》サマにボコされて破棄されたって聞いてたんだが、ンだよ、全然ヤれるじゃん」

パチ、パチ、パチ――と。

《陰陽相克《ダブルフェイス》》の本領発揮を、チャラい拍手が讃《たた》えた。

「トーゼン《陰陽相克》だけじゃねえ。《明鏡止水》も活用してる。確かにオレらの読みを外すにゃあ、何も考えねえのは大正解だが、人間だれでも恐怖ってモンはある。貴重なターンひとつ、無駄になる確率に目をつぶれんのは、脳味噌《のうみそ》をいじって無理矢理その点をシャットアウトしてるからっしょ？　やー、見事すぎんわ」

白旗とでも言いたげに肩をすくめる紫漣《しれん》。その姿は可憐には意外なものだった。

《明鏡止水》や《陰陽相克》には彼女自身も苦しめられたし、獅子王《ししおう》学園における遊戯《ゲーム》では紅蓮でさえ傷つけられた。

しかし心のどこかで不安もあったのだ。水葉とて、《黒の採決《ブラックバウト》》現最強の凍城兄妹には通用しないのではないか――と。

（でも、大丈夫。通用してる。これなら……ッ）

可憐の心中に希望が芽生える。勝利の光が道の先で輝き始める。

その、光が。

「つーことで、未恋《みれん》チャン。——凍らせちゃって☆」

「おけ」

「…………!?」

絶望の闇に、塗りつぶされた。

凍城《とうじょう》未恋の瞳が黄金に輝いたかに見えた瞬間、電極を繋《つな》がれた実験動物のように水葉《みずは》はビクンと跳ね上がった。

腰骨を抜かれたようにその場にへたり込む。表情からは先ほどの冷徹さも、怪物めいた凄味《すごみ》も消え失《う》せて、ごく普通の少女のような、不安に駆られた青ざめたものに変わっている。

「《魔凍の瞳》!?　いけません水葉さん、目を閉じなければ……ッ」

「むだ。わたしにみられてる。その事実だけが、だいじ」

「そーゆーコト☆　目を閉じただけで躱《かわ》せる程度の異能なら、武器にゃあならんっしょ。相手が未恋チャンを見てなくても、見られてると感じるだけで、そのストレスはたちまち自律神経をくるわせ脳内リソースを圧迫し、異能を使う余裕を奪う」

「う……あ……あぁっ……!!」

「アハハハ！　何も理解してねぇアンタに説明するために、恐竜サンは人間に戻ったみてえだが──オレらはそれを待ってたんだよ。バーカ」

　苦しむ水葉を見下して、紫漣《しれん》は罵声を浴びせた。

「《明鏡止水》は凍らせりゃそれでいい。だが《陰陽相克《ダブルフェイス》》は、凍らせるのに都合のいいタイミングってヤツがあった。理外の存在、常識で捉えられない恐竜モードで凍らせちまうより、御しやすい論理モードで凍らせた方がやりやすいってワケだ」

「ぐっ……あぁ……か、かん、ケイ……」

「あァ？　何か言いたいことでもあンのか、元恐竜の負け犬さんよ」

「カンケイ、ないっ……おかしい、のも。ふ、つう、なのも。どっちも、わたし。水葉。どっちの水葉も、本物。勝ち切る、だけ……！」

「へぇ……」

　制服をぐっしょりと汗で濡らして、疲労困憊《ひろうこんぱい》しながらも爛々《らんらん》と輝く朱《あか》い眼《め》で気丈に睨《にら》みつける水葉の姿に、紫漣はギリ、と歯を鳴らした。

「怪物のくせに、ずいぶんと人間のフリが上手《うま》いじゃねえの。……妬《や》けるね、まったく」

「凍城紫漣、貴方《あなた》……」

「あーあー脇道に逸《そ》れんのはここまでだ。時間は有限、無駄なお散歩してる余裕はオレらにゃねえ。──さっさと次のターンに行こうぜ」

「………………」

軽く手を振り背を向ける紫漣《しれん》を、可憐《かれん》は注視していた。
実力が一歩劣るとはいえ彼女の目は、偽りの軽薄さに誤魔化されるような節穴ではなく。
その台詞《せりふ》の裏に嫉妬に似た感情の存在を感じていた。
それがこの遊戯《ゲーム》の勝敗において影響するのか否か、そこまで断定できるたぐいの情報ではないが、可憐は不思議と、気になって仕方がなかった。

『第3ターン目。各プレイヤーの【アクション】はコチラに決定しました。

東：砕城可憐《さいじようかれん》：移動（3マス）
南：御嶽原水葉《みたけばらみずは》：移動（3マス）
西：凍城紫漣《とうじようしれん》：移動（3マス）
北：凍城未恋《みれん》：移動（3マス）

——以上です』

『第4ターン目。各プレイヤーの【アクション】はコチラに決定しました。

東：砕城可憐：移動（3マス）

南：御嶽原水葉：移動（3マス）
西：凍城紫漣：移動（3マス）
北：凍城未恋：移動（3マス）

――以上です』

全プレイヤーが現在9のマスに停《と》まっている。

遊戯開始から4ターン経過まですべてのターンで全員が同じ「アクション」を選択するという異様な光景を前に、凡人は何を思うのか。

「何だか地味っていうか、普通な展開ですね。桃花《ももか》がやっても同じになりますよ、絶対」

「配信としてはハプニングなさすぎて画《え》にならないのが致命的です。佐々木《ささき》です」

超人的な能力持ちのテニスプレイヤー同士が打ち合ったら結果として普通のテニスになるという、旧時代の漫画を語るファンのふざけた言説よろしく、極度に高度な駆け引きは凡人の目には退屈に映っていた。

「ええい何を能天気な!! お姉様が苦しんでおられるのだぞ!!」

「まあまあ静火《しずか》さん。確かにあの未恋という子の目に見られた後、とてもお辛《つら》そうでしたけど……その後は何事もなかったかのように遊戯を進めていますわ」

「わかっている！ わかっているが……ッ」

宥《なだ》める楓《かえで》の言い分も理解できるが、静火《しずか》としては気が気でない。

姉のことをよく知るからこそ。一心同体、半身だからこそ。4ターン目までのこの展開が異常であると、静火には察せてしまう。

「全員が相手を注意深く観察してさえいれば、『アクション』の内容が読めてしまう――そして、あの場に立つ奴《やつ》らはどいつも一流。読めないはずがない。となれば必然、お互いに大胆な手を打とうとすれば――」

「逆にその隙を刺される、というわけですわね」

「そう。だからこそ全員が3マス進むという、相手に一切干渉しない手しか選べない」

それが、理《ことわり》だ。

御嶽原《みたけばら》静火が信奉する論理の結果だ。

だが、それは――。

「お姉様の美学じゃない！　《陰陽相克《ダブルフェイス》》のどちらであっても、お姉様は己が傷つく恐怖など一切感じず、攻めの手を紡げる人だ。それなのに、このあまりにも常識的な手……！

こんな窮屈な遊戯《ゲーム》に堕するお姉様など、見たくはなかった！」

必死で死闘に喰《く》らいついてはいる。しかしその表情には愉悦がない。

遊戯を楽しめていない。

そんなのは、断じて認めたくない。そんなのは――……。

「大丈夫ですよ、静火さん。ここからが私たちの遊戯です」

「砕城《さいじょう》……可憐《かれん》……！」

姉を案ずる妹に声をかけたのはもう一人の妹。

遥《はる》か遠く、戦場のただ中で今まさに第5ターン目を迎えようとしている、砕城可憐だった。

「水葉《みずは》さん、聞いてください！」

「可憐、ちゃん……？」

借りてきた猫のようなか細い声。遊戯に臨む怪物の面影など残らぬ弱々しい姿の少女へと、敵の耳があるのもお構いなしに可憐は語りかける。

「どちらにせよここから先は『ＧＯＡＬ』から3マス以内のゾーン。誰かが仕掛けた罠《わな》が張られている可能性のある区域。考えなしに前進することなどできません」

「うん。……でも、お互い『アクション』が読めちゃう状況だよ？　どうすれば……」

「ご心配なく。このターンで私は、凍城未恋を脱落させます。水葉さんは何も気にせず、1マスだけ進んでください」

「えっ」

「ンだと……？」

確信に満ちた可憐《かれん》の言葉にぽかんと口を開いたのは水葉《みずは》、怪訝《けげん》に眉をひそめたのは紫漣《しれん》。

両者の反応も無理からぬことだ。

1マスだけ進めなどと、敵にも聞こえる声で告げるのは、つまりは死ねと命令しているに等しいし、そもそも――

「ねぇねの指、視線、みてる。まちがえたり、しない」

「でしょうね。《黒の採決《ブラックバウト》》の遊戯者《プレイヤー》相手にミスを期待するような馬鹿な真似《まね》はいたしません。ですが――」

可憐はニヤリと笑い、ARパネルの「砲撃」コマンドを選択すると、親指だけを折り曲げた四本指の状態で、素早く空を撫《な》でてみせた。

「…………！」

黄金色の魔眼がきゅっと大きくなる。

それが示すのは、純粋な驚き。

「――25％に勝敗を委ねるような、馬鹿な真似をしてみました。私の憎らしいお義姉《ねえ》様から学んだ、数少ない手管。ここで存分に使わせていただきます♪」

まさにギャンブル。肉を切らせて骨を断つ一手。

「いいのかよ？　テメェがどこに撃ったのかはさておき、『砲撃』を選んだのは明らかだ。オレと未恋《みれん》チャンが同時にアンタを狙えば脱落だぜ？」

「ええどうぞご自由に。貴方《あなた》ごときが兵器を失って、タイマン張れるほど、水葉さんはヤワじゃありませんよ？」
「チッ……ナメた口ききやがって、落ちこぼれの分際でよォ！」
何かが逆鱗《げきりん》に触れたのか、紫漣は吼《ほ》える。一見、冷静さを失ったかのようであったが、それでも水葉の選択をその目で見届けてから、確実に『刺す』ための手を選んだ。
『第5ターン目。各プレイヤーの【アクション】はコチラに決定しました。
東：砕城《さいじょう》可憐：砲撃（北、9）
南：御嶽原《みたけばら》水葉：移動（1マス）
西：凍城《とうじょう》紫漣：砲撃（南、10）
北：凍城未恋：砲撃（東、9）
——以上です』
「この私が、本当にランダムなんかに頼るとお思いでしたか？」
「……なっ……てめぇ……！」
可憐の砲撃は正確に凍城未恋の立つ北ルート、9の数字が書かれたマスを狙い撃つ。

無論、天運などではない。

「四本指のうちのどこでパネルを触れるかぐらい、コントロールできないわけがない――。そして私がコントロールしたかったのは、もうひとつ。私を沈めるために、凍城未恋《とうじようみれん》――貴女《あなた》が『砲撃』を選ぶこと！」

「な……な……何ドヤ顔してんだクソ女!! 結果をよく見ろや、テメェの大事なお仲間もオレの砲撃でお陀仏《だぶつ》なんだよォ!! 互角！ 五分！ 何も問題ありゃしねぇ!!」

紫漣《しれん》の叫びは正論だ。

確かにこの「砲撃」で未恋は脱落するだろう。しかし未恋の「砲撃」は可憐《かれん》に直撃し、残機は1。更に南10のマスに移動した水葉《みずは》の頭上には、紫漣が放った砲弾が今まさに降りつつあるところで。

残されたのは残機が2の紫漣と、残機が1の可憐のみ。そうなれば、紫漣はゴリ押しでも勝てるほどのアドバンテージを得られる。

「貴方《あなた》こそ何を言ってるんですか？ 私はランダムに頼らない。つまり、貴方がたが私を砲撃しないかもしれないなんて運ゲーを仕掛けたつもりはないんですよ。……私が撃たれようと、水葉さんが狙われようと。水葉さんが1マス進む『アクション』を選んだ時点で、私たちの勝利は確定しているんですから」

「は……？」

『御嶽原《みたけばら》水葉が【ペナルティ】の仕掛けられたマスに侵入したため、記述された罰が実行されます』


ＡＩの音声が、それを告げる。

その、内容は。


『御嶽原水葉。アナタは、３マス進む、を。実行してください』

「なん……だと……!?」


10のマスから3マス進む。それはすなわち、「ＧＯＡＬ」への特急券。

そんな福音にも等しい命令を、「ペナルティ」と呼んでもいいのか？

その是非を問う言葉は、無意味だ。

何故《なぜ》ならここはゲームですべてが決まる世界。審判たるＡＩが良しと判断したからこそ、進行が止まることなく、処理が続行しているのである。


「『砲撃』のダメージ処理は、『ペナルティ』実行の後！　つまり水葉さんは、貴方の撃った弾に当たることなく、『ＧＯＡＬ』の島に到達する!!」

――私たちの、勝利です。

「可憐《かれん》……ちゃん……。やった。わたしたち。本当に……」

ニッコリと。

微笑《ほほえ》む『妹』の顔に希望を見出《みいだ》して、『姉』を乗せた船が進む。
恐怖を遮断する術《すべ》を失い、うつむきがちに戦っていた水葉《みずは》の目、視線を足元に向けていた彼女は、自動的に動く戦艦がゆっくりと進み、やがて「GOAL」と書かれた島に到達したことに気づく。
急激にこみ上げる安堵《あんど》感。不安定な海の上でなく、見慣れた陸地。その緑の大地が目に入った瞬間――……。

「あ……れ……？」

そこにあったはずの「GOAL」は、「START」の五文字に入れ替わっていた。
違う。その前に起きたことが衝撃的で。
安堵の直後に告げられた言葉を信じたくなくて、彼女の記憶が数十秒飛んだのだ。

何が起きたのか。

それは、彼の表情を見れば明らかだろう。

「『START《ふりだし》』に戻る。双六《すごろく》のド定番だが、『GOAL』に設置しちゃいけねえなんてルールは、どこにもなかったっスよねぇ～。ここまでの努力が全部台無しってのは可哀想《かわいそう》だが、まあテメェの無能を恨みながらもう一回遊んでけ☆」

●日常を愛した「けもの」

御嶽原水葉《みたけばらみずは》にとって、遊戯《ゲーム》に恐怖を感じたのはいつぶりだったか。

愉悦も快楽も恋慕も介在しない、恐怖と絶望に苛《さいな》まれた遊戯に挑んだのは、やはり。

あの夏の日。《伊邪那美機関《いざなみ》》で最愛の人、砕城紅蓮《さいじょうぐれん》と戦った時が、最初で最後。

それなのに、今。

凍城未恋《とうじょうみれん》の《魔凍の瞳》で脳の自己改造能力を強制的に封じられ、長らく感じずにいた恐怖に晒《さら》されてしまった。

遊戯に挑む前の決意も、考えていた戦略も、仕込んでいた罠《わな》も。

そのすべての記憶が吹き飛んで、足元のぐらついた感覚の中で、かろうじて立っているのが精一杯だった。

そんな中。


——私たちの、勝利です。

可憐《かれん》のその言葉はとても嬉《うれ》しかったし、ホッとした。救いを感じずにはいられなかった。

そこに凍城紫漣《しれん》の罠が——『開始位置に戻る』と記述された「ペナルティ」が仕掛けられているなど、思いもしなかった。

絶望した。安堵《あんど》と喜びが大きかった分、その喪失感は計り知れなかった。

残機が0となった凍城未恋は脱落マスに移動している。

だけど、大丈夫。

敵はもはや凍城紫漣ただ一人。

可憐と二人、協力すれば、紫漣の残機を一気に削ることも、簡単なはずで。

なぜか率先して入力を完了させた紫漣の視線の動き、指の位置から、移動せずに砲撃してくることが見えた今、水葉と可憐の集中砲火が彼を襲い、遊戯は終了するはずで。

『第6ターン目。各プレイヤーの【アクション】はコチラに決定しました。

東：砕城可憐：砲撃（西、9）
南：御嶽原水葉：砲撃（西、9）
西：凍城紫漣：移動（1マス）

——以上です』
「な……どういうことですか!?　貴方《あなた》は、たしかに『砲撃』を。何か不正を——」
「おいおい。テメェの動体視力の欠陥を人のせいにすんなよ。だいたい、クオリアの監視下でイカサマなんざできるわけねえだろうが」

可憐《かれん》の抗議も、紫漣《しれん》の一蹴も、水葉《みずは》にはどこか遠い出来事のように感じられて。

理由は不明。

だけど紫漣が何らかの方法で、入力アクションを悟られずに入力できるらしい。

遊戯者《プレイヤー》として本来由々《ゆゆ》しき事態。

戦略立案の大前提である、互いに何を入力したかを看破できるという条件に穴が空いたのに、異能を壊された水葉は魂を抜かれたかのように他人事《ひとごと》で。

『第7ターン目。各プレイヤーの【アクション】はコチラに決定しました。
東：砕城《さいじょう》可憐：砲撃（西、10）
南：御嶽原《みたけばら》水葉：砲撃（西、10）
西：凍城《とうじょう》紫漣：移動（3マス）

——以上です』

その結果が、意味することは。

「ゴォォォォォォル!! ってなァ☆ ヒャハハハ! 終わってみりゃ呆気《あつけ》ないモンだなァ。ったくよォ、人間のフリした怪物に、落ちこぼれの癖してイキった妹サマ。ンな程度の力で本当に紅蓮《ぐれん》サマの傍《そば》にいる資格があるとでも思ってンのかよ。ヒャハハハハハハハハ!! ヒャーッハハハハハハーッ!!」

「そん、な……また……!? 水葉さんを、『砲撃』していたはずなのに……!?」

紫漣の哄笑《こうしょう》。可憐の、絶望の悲鳴。

遊戯《ゲーム》の勝敗が、決定づけられた瞬間。勝者と敗者が分けられた瞬間。

ああ、そうだった。——と。

御嶽原水葉は唐突に思い出した。

自分もまた、「GOAL」に罠を仕掛けていたのだ——と。

『凍城紫漣が【ペナルティ】の仕掛けられたマスに侵入したため、記述された罰が実行されます』

「ヒャハハハハハハ…………………………は?」

無限に続くかに思われた哄笑《こうしょう》が、ピタリ、と止まった。

『凍城《とうじょう》紫漣《しれん》。アナタは、１マス進む、を。実行してください』

ぐるり、と紫漣は水葉《みずは》を振り返る。それは、絶望に見開かれた、窮鼠《きゅうそ》の目。

当然だ。すでに可憐《かれん》の罠《わな》は実行されている。これを仕掛けた可能性があるとすれば、脳の改造を封じられ恐怖に震え、デクの棒と化した御嶽原《みたけばら》水葉のみ。

未恋《みれん》の瞳の力は、けっして記憶を奪うものではない。錯乱し、ショックと恐怖で一時的に記憶を失っていたのは、いわば副産物。だからこのＡＩ音声と、凍城紫漣の表情を見るだけでも簡単に記憶は戻ってくる。

そう、その罠を仕掛けたのは。１マス進むという、この遊戯《ゲーム》において、「ＧＯＡＬ」に設置されているときのみ、「ＳＴＡＲＴ《ふりだし》」に戻るよりも厄介なペナルティを記述したのは。

遊戯開始時点の、御嶽原水葉……！

「１マス進む……ってぇ、のは。『ＧＯＡＬ』で突き当たってるから、１マス下がるのと同じ……ってコトで、いいんだよな……？」

恐る恐る訊《たず》ねる紫漣に対し、ＡＩの下した結論は。

『ＮＯ。プレイヤーは突き当たるまで前進し、突き当たったら折り返す——というルールになっています。西ルートから前進してきた凍城紫漣が、【GOAL】から1マス進むとは、東12に進むことと同義であり、突き当たりは東の【START】地点となります』

「な……ぁっ……!?」

「この遊戯の『ペナルティ』で最も時間稼ぎが可能なのは、『START』に戻る、じゃない。それだとハンデは13マス分。でも、1マス進む場合なら――」

己の記憶が蘇《よみがえ》り、論理的思考モードの水葉は、狂的な自分自身の仕掛けた罠について、ロジカルに紐解《ひもと》いていく。

「――25マス、移動しなきゃならない。最速でもゴールには9ターン必要。何らかの方法でわたしたちの目を誤魔化してるみたいだけど、それだけ猶予があったら、残機と人数の差を考えて、もう貴方《あなた》に勝ち目なし」

「『GOAL』に罠を仕掛ける発想が、テメェにもあった……だと……？　ッッッッッッッッッッッざけんな!!　だったらなんで!!　あンときテメェは絶望しやがった!?　そこに罠がある可能性ぐれぇ、予想してたハズだろうが!!」

「怖かった、から。ホッとしちゃった、から」

ふざけた問答に聞こえるだろうか？

だが御嶽原水葉にとって、恐怖という感情と向き合ったのは、本当に。本当に久々で。

自律神経を乱され、己の感情を制御できない経験も、稀有《けう》なもので。

その感情は普通の少女であるならば、至極当然のものだろう。

問題は。

御嶽原水葉《みたけばらみずは》が《陰陽相克《ダブルフェイス》》。理性と狂気のメトロノーム。両極の性質を持つ人間だということだ。

「わたしは、賭けた。《魔凍の瞳》にあてられた自分が……恐怖を思い出した自分が——知性を低下させ、素人のような一喜一憂を見せる未来に」

凍城未恋《とうじょうみれん》の情報は聞いていた。紅蓮《ぐれん》の証言や、ユーリエル・アルセフィアの証言。

それからアビゲイル・ナダールも。

その瞳を見つめただけで自律神経を乱され、異能を封じ込められる特殊な瞳術。

凍城兄妹《きょうだい》の最強を裏づける、遊戯《ゲーム》時代の兵器。

だから。

それを利用してやろうと、明鏡止水の狂戦士《バーサーカー》は考えた。

最後の最後に仕掛けた罠《わな》。

その罠が最大に機能するように。

勝利を確信した凍城兄妹が、最も傷つき、最も怒り、最も絶望するように。

そこに罠があると予想させないために、《魔凍の瞳》で恐怖を暴かれた自分が、か弱い少女のように安易な一喜一憂に振り回される可能性に、賭けた。

自分が自分でいられない未来、コントロールできない未来、そんな不確かなモノに賭けるのは無謀なギャンブルでしかなく。遊戯者《プレイヤー》として一流とは呼べないけれど、それでも、そんな作戦が可能だったのは――。

「まったく。何を悪巧みしてるかと思ったら、こういうことでしたか。――冷や冷やしたじゃありませんか」

「――可憐《かれん》ちゃんのおかげ。何も作戦を教えてないのに、ギリギリのバランスでゲームをコントロールしてくれた、から」

自分一人では不可能だった。

同じ男を愛した『妹』――ライバルであり、仲間でもある彼女に信頼して場を預けられたからこそ、凍城紫漣《しれん》という強敵を罠にハメるに至ったのだ。

「ありえねえ……マジかよ……。弱体化した自分、異能を失い、普通になった自分を……事前にシミュレーションできてたってか？　なんでそんなことできんだよ」

咎《とが》める声に力がない。秘めた感情を僅かに漏らし、敗北者たる男は問うた。

対する、答えは。

「普通の勉強、してきたから。紅蓮さまと、一緒に。普通になるために、がんばってきた毎日は……一個も、無駄になってない」

「普通を、勉強……？　ハッ、ハハハハ！　なんだよその幸せな価値観はよォ!!」

「しあわせ。わたしは、しあわせになりたくて。気持ちよくなりたくて、遊戯をやってた。

でもそれだけじゃないんだって、紅蓮《ぐれん》さまに教えてもらって。そしたら、不思議だよね。遊戯《ゲーム》でも、いままで以上に強くなれた」

「ッッけんな……ざけんな、フザけんじゃねえ!! こちとら、強くなるために、どんだけ血ィ吐いてきたと思ってンだ!! 寿命削って、記憶喰わせて、ようやくココだ!! 日常なんざとっくの昔に諦めてるっつーのに、ンな温《ぬる》さでオレらに勝つって？ ――冗談も休み休み言いやがれ!!」

「寿命……？」

「記憶、とは？ 凍城紫漣《とうじょうしれん》。貴方《あなた》、まさかに《伊邪那美《いざなみ》機関》に、何か――」

「……うっせ。今更アンタらに長々と昔話をする気はねぇよ」

急速に怒りが萎《しぼ》む。直前の怒声罵声の嵐との落差凄《すさ》まじく、紫漣は脱力した。

「ただ鬱憤晴らしたかっただけだ。ただの嫉妬だってのはわかってるけどよ。テメェらのその綺麗《きれい》なカンジが、死ぬほどムカつく」

その肉体は戦艦に運ばれて、東12――可憐《かれん》の目の前へと移動して。

「オレの負けだよ。……ったく、もうちょいで勝ったんだが、ギリギリで負けちまった」

ボサボサの髪を乱暴に片手でかき上げて、紫漣は、あー、とゾンビのような声を出すと、愛する妹の方へと目をやって。

「大勝利おめでとう。――未恋《みれん》チャン」

「ん。さんきゅ」

淡々と拍手する紫漣と、ぶい、と子供らしくブイサインをする幼女。

そんな不可思議な姿に、当然――

「「え？」」

――可憐と水葉《みずは》は、何が起きたのかわからずに、茫然《ぼうぜん》と顔を突き合わせるしかなく。

『凍城紫漣が【ペナルティ】の仕掛けられたマスに侵入したため、記述された罰が実行されます』

二人は立ち尽くしたまま、その機械音声を聴き届けるほかになく。

『【脱落】のマス名を【ＧＯＡＬ】に変更する。を、実行します』

その声が、無慈悲に勝者を決定づけた。

●すべてを欺くペテン

『すべての処理が完了。ターン終了時点で【GOAL】マスに停《と》まっているのは、凍城未恋《とうじょうみれん》。

──よって、勝者は凍城未恋、紫漣《しれん》のペアとなります！』

「そ……んな……」

無慈悲な機械の案内、勝敗を決定づける言葉を可憐《かれん》は即座に受け入れられなかった。

途中、ヒヤリとすることもあった。本当に敗北したかと思うこともあった。

それでも結局は「GOAL」に仕掛けられた水葉《みずは》の罠《わな》が作動し、紫漣を追い詰めて。

さあここから華麗な逆転劇だと、意気込んでいたところだった。

──終わり？　もう？　どうして？

可憐の思考が状況に追いつけずにいる中、勝者となった凍城未恋は、とことこと齢《とし》相応の足取りで兄のもとへ近寄る。

「にぃに。とちゅう、すこし、ほんね、でてた」

「感情的にもなるっしょ。《伊邪那美《いざなみ》機関》の実験体《グール》に砕城《さいじょう》本家の娘だ。オレらとしても、どんなモンか意識せずにはいられねーっつーの」

「待ってください……どうして……納得できません、こんなのっ……」

妹を肩車し、そのまま立ち去ろうとする紫漣に縋《すが》りつくように、可憐は食い下がった。

あァ？　と鬱陶しげに振り返った彼が、どうするよ、と頭上の妹に訊《たず》ねると。

「……おけ。ねぇね、かわいそう。おしえてあげて」

「めんどくせーなー、オイ。まあ未恋《みれん》チャンがそう言うなら、兄ちゃん頑張っちゃうケドさ」

I♥SISTER。そう書かれたTシャツの名に恥じぬシスコンぶりで、凍城《とうじよう》紫漣《しれん》は口を開く。

「今回のルール、『GOAL』に『ペナルティ』を仕掛けられるっつートコまでは気づくだろうと読んでたんだよ。それぐらいはヤッてもらわねーと、さすがにシラけるっつーか。デキてトーゼンっしょ？　ってのが未恋チャンの考え。オレはワンチャン、何もねー方に賭けてて、とっとと『GOAL』を踏む役って寸法だ」

「わたしの目標。みんなが『GOAL』するまでに。残機0。死んでおくこと」

「『ペナルティ』でマスの名称を書き換えるなんて、そんなの……！」

「アリか、アリじゃねえか。それを決めるのはテメェじゃねえ。AIだ」

「くっ……！」

それは奇《く》しくも先ほど、可憐《かれん》自身が示した概念。

自由に発動効果を記述できる「ペナルティ」という名称の機能。しかし可憐が書き込んだのは、「3マス進む」という水葉《みずは》を「GOAL」に立たせるための祝福めいた記述であり、AIはその記述を公正と認めた。

「トーゼンだ。だってそれが駄目なんて、ルールに書いてねーもん。禁じられてたのは、『強制的に脱落を決定づける記述』『残機を強制的に減らす記述』『勝利条件を含め基本ルール自体を書き換えるような記述』」

「未恋のっ、その子の記述はっ、三番目に抵触するのでは!?」

「ぜんぜん。かえてない。勝利条件も。ルールも。まんま」

「なにをデタラメな！『ＧＯＡＬ』を増やしていいなんて。それも脱落した人間を勝たせるような記述なんて、無茶苦茶《むちゃくちゃ》です！」

「いやいやアンタの言い分こそ無茶だぜ？　だってよォ、ルールにはしっかり書いてあンだろ？」

ターン終了時に「ＧＯＡＬ」と書かれたマスに到達していたプレイヤーと、その仲間が勝者となる。

「『ＧＯＡＬ』と書かれたマスが中央の島だけなんてどこにも書いてねぇ。『ＧＯＡＬ』が一個しか存在できないとも書いてねぇ。――どっからどう見ても、合法なんだよ」

「あっ……あぁっ……」

「そもそもコイツはクソゲーでな。『ＧＯＡＬ』圏内に入った次のターンから、他の奴《やつ》らに『ＧＯＡＬ』に向けて砲撃されまくるリスクがあンだよな。そしたらいつまで経《た》ってもクリアできねえ。まっ、それを読んで一歩も動かねえ奴《やつ》に順番に砲弾ぶち込んでやる手もあるんだが、いまいちスマートじゃねえ」

「気の利いた。こうりゃく」

「っつーワケだな。ったく未恋《みれん》チャンてやつぁ、どこまで先が読めてンだか。さっすが、オレの最終兵器妹ちゃん——てな☆」

駄目だ。

完璧な論理。

反論などできようはずもない。

……何か。何かまだないか。

決定された勝敗を覆す、神の一手《イチャモン》は。

みじめな敗北者の例に漏れず、高速で思考を巡らせ逆転を探る可憐《かれん》の前に、一本。

カンダタの糸。あまりにも細い逆転の糸が、垂れてくる。

「いかさま……そう、貴方《あなた》はイカサマをしていた！　途中から、明らかにARパネルの、位置がおかしかった！　内部のデータに干渉し、『アクション』の順番を——」

「変えてたけど、それがどうした？」

「は……？」

「ゲーム中は露見したら失格だが、まあ勝負が決まった今なら問題ねぇ。確かにオレは、ARパネルのデータに干渉してアンタらの見えてる順番とは別の順番に配置された選択肢を選んでた」

「ま、ま、待ってください！」

淡々とイカサマの事実を語られて、可憐は脳味噌《のうみそ》を攪拌《かくはん》された感覚に襲われる。

何を開き直っているのだ、この男は。だいたい、指摘しておいて今更だが、そんなことはあり得ないのだ。何故《なぜ》なら。

「クオリアシステムが審判を務める遊戯《ゲーム》は絶対公正。イカサマなど許されない……バレなければ良いというものではなく、そもそも不可能のはず！」

「ハハッ。お可愛《かわい》いねぇ。ホンモノのペテンってヤツを、ご存知《ぞんじ》ない？」

「ねぇね。ルール９。いわかん」

紫漣《しれん》の頭上、肩車された高い位置から黄金色の瞳が見下ろした。

舌足らずな未恋の言葉。その単語が意味することは。

大海戦双六《だいかいせんすごろく》のルール説明、第９条。

曰《いわ》く。

『通信機器の使用によるコミュニケーション等、一切のイカサマを禁ずる。ゲーム中にイカサマ行為が発見・証明された場合にはすぐさま失格となる』

そこに違和感など覚えるはずもない。ごく普通の取り決め。むしろ丁寧すぎるぐらいの定義だ。そもそもクオリアAI管轄の遊戯《ゲーム》ではイカサマが不可能なため、ルールで不能と明記されることは少ない。

むしろ逆にイカサマが認められる場合に特記事項とされることが多いくらいで——。

そこまで考え、可憐《かれん》は至る。

この遊戯に最初から最後まで仕掛けられてきた、盤面自体をひっくり返す、大掛かりな嘘《うそ》の正体に。


「あ。気づいた顔」

「正解☆　この遊戯の審判をしてたのは、ク、オ、リ、ア、じゃ、ね、え。アルセフィアのAI技術を大陸マネーで育てに育てた産物。クオリアの真似事《まねごと》をしてくれる、ただの審判AIだ」

「もち、それだけじゃ、影響力なし。勝っても。負けても」

「だーかーら。『アルセフィア産のAIに審判を預からせた遊戯で勝利した方が勝ち』ってルールの遊戯を、クオリアAIが債権回収するって条件で実行したんだよ」

「……！　まさか、遊戯開始前、貴方《あなた》がやたらと持って回った言い方で、条件確認をしていたのは——」

「そーゆーこと☆　音声認識のとき誤認されねーようにク、オ、リ、ア、A、I、にはク、オ、リ、ア、ち、ゃ、ん、、ア、ル、セ、フィ、ア、A、I、にはAIちゃん、って感じで呼び方を変えてたんだが、紅蓮《ぐれん》サマ相手なら、そこで気づかれてたかもなァ。アンタらが間抜けで助かったぜ？」

「二重の入れ子構造。これで、イカサマじょーとーの。《黒の採決《ブラックバウト》》。完成」

心臓を貫かれるような衝撃、だった。

砕城《さいじょう》家の教育を受け、独学で学び、獅子王《ししおう》学園で鎬《しのぎ》を削る日々を過ごし、クラウンとのデスゲームを経験した可憐にとっても。

周到に、狡猾《こうかつ》に、それこそ第三次大戦時の中国が徹底したスパイ教育で為《な》した情報戦のごとく。

無数に張り巡らされた罠《わな》に搦《から》めとられた感覚は、自尊心を派手に削り取り――。

「ねぇね。おしえてあげる」

「……！」

ぐいっと目の前に迫ってきた黄金の瞳。自分には効かないはずの《魔凍の瞳》。

しかし今、その瞳に魅入られた可憐はドクン、ドクンと心拍数が上がっていき。

神経が乱れ、汗が噴き出て、呼吸も乱れ。

「そんなんじゃ。おとんもじぶんも。まもれない」

死刑宣告を受けたと同時に。

ふっ……と。電源を落としたように、可憐の意識は切断された。

＊

『遊戯《ゲーム》決着。——勝者、凍城《とうじよう》紫漣《しれん》＆未恋《みれん》ペア。戦勝処理を執行いたします』

誰もが聞き慣れたクオリアの機械音声。

絶対の調停者が審判を下した瞬間、一面の海と化していた部屋は元の中国王朝めいた姿に戻り、ドサリと音をたてて可憐《かれん》が、水葉《みずは》が崩れ落ちる。

「お姉様!? しっかりしてください、お姉様!!」

「可憐さん！ ……き、気を失っていますわ。いけません、すぐに救急車を！」

過酷極まる遊戯戦での消耗と、敗北の衝撃に完全に意識を失った二人を抱き上げる静火《しずか》と楓《かえで》、そしてそれを庇《かば》うように囲む仲間たちを冷酷に眺め、喪服の老女——黒婆《ヘイポオ》はニタリと笑った。

「ほほほほほほ……！ 冷や冷やしましたが、やりましたなあ。これで紅蓮《ぐれん》様はうちらのモンです」

逆らうことなどできまい。

かつて紅蓮が最強の座に君臨しながら、五年間砕城《さいじよう》本家より離反しなかった理由。

自分より大切なたったひとつのもの。唯一の家族である、可憐のために。

その可憐と、そして日常を過ごす中で見つけた友人たち、そのすべての身柄を押さえているのだから。

「もう一度、《不敗の五年》が再現される！　いえ、今回は人質がたんまりおるんやから、一人当たり五年、いや……十年くらいつけてもええわ。ほほほ、ほほほほほ……!!」

「そうして弱みを握り、飼い殺すというわけか。えげつないな、黒婆よ」

「ほほほ。リングネス陛下にも十分な見返りはご用意しますえ？　Ｆクラスの敗退は当然、最強の駒である紅蓮様なら、白王子《しろおうじ》の小僧を潰《つぶ》すことも簡単ですわ」

「ふふふ……。それでこそ、よ。朕の時代が来る、天下がようやく手に入るのだな!!」

玉座の偽帝リングネスと共に、老婆は勝ち誇る。

「……逃げるのは、無理。ですわよね？」

「ちょっと、厳しいかな。この人数、おまけにドローンは包囲を解いてない」

「私はお姉様のためなら、喜んで自爆するが。……恐らく、無駄だな」

それを見上げ、倒されたばかりの仲間を抱えて、楓と朝人《あさと》、静火が語る。

まだその眼《め》に諦めはない。無音のまま宙を舞う戦闘機械、その包囲に隙がないものか、仲間を、恋人を逃がすチャンスがないものかと、じっと機会を窺《うかが》って。

「よけーなことはしなくていいっスよ、センパイ。……な、未恋チャン？」

「うん」

そんな中、たった今勝利を飾った二人。凍城兄妹《きょうだい》は、静かに彼らに歩み寄る。

ヒョイと妹を肩車。彼女の両腿《りょうもも》で頭を挟まれながら華奢《きゃしゃ》な体を支えつつ、手にした端末を軽く掲げる。体の横、ちょうど未恋の靴下とローファーの隣で——。

『戦勝処理、執行完了。砕城《さいじょう》紅蓮《ぐれん》およびFクラス遊戯者《プレイヤー》の身柄、所有権を勝者に委譲。該当者は──《凍城《とうじょう》紫漣《しれん》》および《凍城未恋《みれん》》』

それは絶対の奴隷宣告。

生殺与奪を他者に握られることを、世界が定めた証《あかし》であり。

「けどさ、何か勘違いしてねーか？　……ババア」

「はあ？　手柄を立てたからって調子に乗るんやない。分家の小僧が、生意気な！」

「それだよ。遊戯《ゲーム》前に言ったよなあ？　砕城本家と、凍城は分家だ。──関係ねえ」

本家と分家、表向きは無関係。

そういう体裁を取ることで、砕城本家はかつて敗れ、接触禁止を言い渡されながらも、代理となる凍城兄妹《きょうだい》を使って可憐《かれん》に挑み、身柄を奪うことに成功した。

「つまり」

妹が呟《つぶや》き、少年が続く。

「権利を手にしたのは、オレと未恋チャンだぜ？　アンタらにゃ指一本触れる資格もねえ。——指でもしゃぶりながら座って見てろや」

「な、な、なッ…………何、やてッ!?」

怒りに喉を詰まらせながら、老婆が叫ぶ。

「本家に逆らう気か!?　飼い犬に噛《か》まれるとはこのことや！　思い知らせて……!!」

「殺すか？　やってみろや。——接続開始《ログインスタート》」

飄々《ひょうひょう》とした少年が、首に掛けていたヘッドフォンを装着する。

展開されたAR仮想ディスプレイ、実体なき画面がバイザーのように彼の特徴的な眼《め》を覆う。アルセフィア王国が誇る技術が、細身の少年を中心に、現実を拡張する。

「クオリア分枝、接続完了。これでこの場で起きた出来事はすべてクオリアの監視下だ。遊戯裁定のみだったさっきまでとは違うぜ？　武力の行使なんぞしようモンなら、そりゃ時代への反逆だ。王冠もクソもねえ、まとめてテロリストとして処分だなァ!?」

「なっ……くっ、かあああああああああああああああああああッ!!」

怪鳥のごとく老婆が叫ぶ。整えられた髪を振り乱し、顔を覆う布まで放り捨てて。

「クオリア接続用の簡易端末やて!?　アンタ、最初からそのつもりで……!!」

「ああ、そうだよ。全部このためだ。全部全部このためさ。いい年して皇帝ごっこなんぞやりたがるヒステリー女や、時代遅れの性悪ババアにコキ使われたのも」

——すべてこの一瞬のために。

最後の最後で裏切り、すべてを手にするための……逆転の布石!!

「Fクラス、第六区画総督府へ接続っと。さて、アンタら。ご主人様の命令だ」

「……私達に言っているのか?」

こてん、と妹が力を無くし、紫漣《しれん》に支えられて意識を失う。

未恋《みれん》もまた、ポケットから取り出した簡易ログイン端末をサングラスのように顔にかけ、意識を拡張現実から電子化された仮想空間へ飛ばししつつあった。

そんな中、不審げに返事を返す静火《しずか》に向けて。

「アンタらにとっても損のない取引だぜ? ——オレを守れ。紅蓮《ぐれん》サマとの話がまとまるまでの間、接続中のオレと未恋チャンに指一本触れさせせんな。いいな?」

クオリア監視下の今、暴力による解決はほぼ不可能と言える。

しかし、破れかぶれのテロ行為は別だ。後に罪に問われるのを覚悟し、裏切り者を殺す。

たとえそれが砕城《さいじょう》本家やリングネスの破滅を招くとしても……それをやりかねない危険さが、《黒の採決《ブラックバウト》》の闇を長年生き続けてきた老婆には、ある。

「…………!!」

事実、人を喰《く》らう山姥《やまんば》のような形相で紫漣を睨《にら》む黒婆《ヘイボオ》に、白王子朝人《しろおうじあさと》は立ちはだかる。

「なるほどね。……あの遊戯《ゲーム》、僕に勝ちを譲ったのは。ボディーガードの品定めも兼ねて、といったところだったのかな。どこまで先を読んでいるのやら」

凍城兄妹《とうじょうきょうだい》と黒婆の間を遮るように立ち、戦慄と共にそう言う彼へ。

「そーでもねえよ、買いかぶりじゃね？　一手に二つ三つ四つ五つの伏線を張り、望んだ未来を手繰り寄せる……ハハッ、紅蓮サマの劣化と言えば、それまでっスわ」

自嘲を含んだ言葉で答え、黒塗りの戦闘用ドローンが周囲を飛び交う中、立ち尽くす。

「この場で死にたくないのは同じ。ヘタに暴発されるのもまずい。……なら」

「──……乗るしか、ない。けど……──」

「何をするつもりだ。何を企《たくら》んでいる。……凍城!!」

朝人が、姫狐《ひめこ》が、静火が叫び、紫漣を守るように囲む。

暗闇に灯《とも》る赤い光、レーザー照準器の光点をスポットライトのごとく浴びて──。

「さぁて。サシで話そうぜ、紅蓮サマ。それだけの権利は得たっしょ!?」

凍城紫漣は歓喜と、そして決意をこめて己《おの》が感覚を断ち切る。

現実の肉体から五感が切り離され、仮想空間上に再構築される独特の感覚。眠り込み、そしてすぐに醒《さ》めたリアルな夢のように、新たな世界へと繋《つな》がっていった。

●君臨せし頂点の名は

――感覚が再接続する最中、思い出すことがある。

世界のすべてが遊戯《ゲーム》で決まるより遥《はる》か以前。砕城家《さいじょう》が日本の博徒を渡り歩く代打ち稼業、凍城紫漣《とうじょうしれん》の記憶。厄介なことに消してなお付き纏《まと》う、忌々しい《呪い》。

「我らが祖が仕えし北条《ほうじょう》が滅び、幕府が日本を統べる太平の世。頂は武家、末は侠客《きょうかく》に至るまで。戦による決着を封じられし者らは渡世の裏にて、ありとあらゆる遊戯、運と技の比べ合いにて決着をつける道を選んだという……」

《渡り》と呼ばれる無法者であった頃より――それは、始まる。

当初は流れの代打ち稼業。全国の親分衆を渡り歩き、求めに応じて証文を交わし、味方となった側を必ず勝たせる――ただそれだけの博徒集団に過ぎなかった。

されど時は進み、暴力排除が叫ばれる中、時代は彼らを必要としていく。

「我らは太平の世を裏で操り、陰の決着を任されてきた一族……その末裔《まつえい》なり。かつて、戊辰《ぼしん》の戦、鳥羽伏見《とばふしみ》にて徳川慶喜《とくがわよしのぶ》を大坂より退かせ、江戸を無血にて開城させし大博打《おおばくち》にて薩長《さっちょう》を勝たせ、後の日本の命運を定めた。それもまた《砕城》」

江戸に滞在する大名間の争いを調停するため、幕府が用いた遊戯――《大名戯《だいみょうあそび》》。囲碁将棋から弓術馬術に至るまで、あらゆる技を競う暗闘において、砕城は頭角を現し。

ついにはその名は帝《みかど》の耳にも入り、その勅命を以《もっ》て徳川宗家を裏切り、薩長につき日本開国を賭けた遊戯にて将軍家を破り、江戸開城と徳川降伏を定め、開国を成した。

(くっだらねぇぇぇぇぇぇぇぇぇぇっ!! 何年前の話してんスか、くっそジジイ!!)

学者が聞けば仰天するような裏の歴史も、若者にとってはくだらない昔話に過ぎず。

「そして世が武の時代に戻り、三度の世界大戦を経たのち、今や《砕城》は裏より国家を支える守護者となった。我ら《凍城》は守り手として――」

(《砕城》は城をも砕く絶対の矛。ならば《凍城》は凍った城、石垣のごとく盾となり、御家を守る分家なり。……あーくそ、刷り込みがウゼェっての……!!)

意識が繋《つな》ぎ代わる刹那。一秒にも満たない暗闇で再生される声が、心底気に障る。

それは《凍城》が施したプロテクト。パッチ化された技能を獲得するたび記憶を失い、少しずつ過去を失っていく少年に、強制的に命令を刷り込む洗脳処置。

強制的に叩《たた》き込まれる、最も不愉快な記憶だった。

(この遊戯時代に、《五年間の不敗》って伝説を持つ砕城に挑むバカがいるわけねえだろ。本家の盾なんてお題目は、ウチを奴隷にするための口実だって……解《わか》んねーよなあ)

それは伝統という名の鎖。

歴史という鋼によってのみ生み出される形なき呪縛で、凍城を含む砕城の分家は未《いま》だに支配され、封建時代めいた滅私奉公を強いられていた。

(何がムカつくって、この声。……親父《おやじ》の声なんだよなァ。……クソが)

苦々しいものが喉に溢《あふ》れ、不快感に胃が捩《ねじ》れる。

仮想空間ですら補正しきれない強烈な悪感情、その源泉こそ凍城《とうじょう》家の現当主。

「我らはあくまで砕城《さいじょう》の駒。本家の命令に従い、忠節を尽くすことこそお家の誉れ!!」

(裏社会の代打ちの肉盾に、誉れもクソもねーっつーの。バカじゃね?)

「凍城より砕城一軍に抜擢《ばってき》された先人を見習え。努力せよ、己を磨け! さすればいずれ、本家の末席に加えてもらう夢すら叶《かな》うやもしれぬ。凍城百年の悲願が叶うのだ!」

(優秀なヤツは本家に引き抜かれて、分家に残ってんのは余り物。そんな風に見られてンのに気づきもしねーで、何言ってんだか。百年かけた夢が、それかよ)

自覚なき奴隷。晴れ晴れとした、一切の迷いがない父の笑顔が脳裏に浮かぶ。

封建社会において誉れとされる忠誠心。それは砕城家にとって分家の支配に都合のいいツール、ただそれだけだ。江戸期、幕府の裏遊戯《ゲーム》に参加した時代にその権威を利用して、分家から搾取を続けるために広めた幻に過ぎない。

(極まったマゾ野郎に、いくら言っても無駄だよなァ。……信じねえどころか)

いかなる証拠をつきつけようと、忠誠心という呪いは父から剥《は》がれず。


「屑《くず》。残り物。留守番用のお飾り――」

「そもそも優れた遊戯者《プレイヤー》ならば本家に登用されて当然。凍城などと情けない名で呼ばれている時点で、第一線に立つことすらできない出来損ない、という証《あかし》だよ」

「おい、近づくなよ、ゴミ。クズ運が移る。さあ、踊れ踊れ！　せめて盛り上げろよ！」

凍城紫漣《しれん》、当時七歳。

つい先ほど技能の生贄《いけにえ》として捧《ささ》げ、消し去った六歳までの記憶。

そこから再開された記憶の中、最も古いものを呼び出せば——本家の宴《うたげ》の接待役として父が呼び出された、月例会の夜。顔合わせのために連れていかれた記憶が、蘇《よみがえ》る。

「へぇ〜〜〜〜〜い!!　踊ります。踊らせて頂きます!!」

家では厳格な父が、おどけていた。

棋士のような和服をまとい、日々を遊戯者としての鍛錬に明け暮れ、いつか本家の役に立つために研究を欠かさない。遊戯者というより武人のような父が、服をはだけて。

裸同然の、酷《ひど》い格好で。にこやかににこやかに、笑いながら——……。

「おとん……。なに、してんだよ。おとん……!?」

「本家のみなさまに奉仕しているのだ。大丈夫、安心しなさい。……紫漣」

正気を失っているとしか思えない、自分の行動を一切間違っていると感じない。

菩薩《ぼさつ》のような笑顔で、父は実の息子の、本家衆への御目通《おめどお》りのため自ら着せた礼服の、サスペンダーを外し、ズボンを下ろし、ネクタイをほどきシャツをはだけて——

「お前もやるんだ。さあ、みなさまを楽しませなさい」

「や……やだああああああああああああああああああああっ!!」

(ああああああああああああああああああああッッッッ!!)

幼い自分の絶叫と、十年後の現在。十七歳のそれが唱和し、未《いま》だ心が血を流す。

醜悪な本家の遊戯者《プレイヤー》達。分家を奴隷、人間以外の玩具《おもちゃ》としか認識していない怪物どもが酔《よ》い痴《し》れ、醜態を晒《さら》すただ中で。尊敬していた父親が、心からそれを良かれと信じて。

正しいと思い込み、善意と愛情あふれる手で、我が子を、息子を……。

(ああああああッ!! ああッ!! あああああああああああああああああああッ!!)

もはや叫ぶしかない。その時された仕打ちを、屈辱を、忘れられるはずがない。

あの日味わった地獄は、紫漣《しれん》の心をへシ折った。

汚され、弄ばれ、ただ宴会を盛り上げるなどという最低最悪にくだらない遊びのために、我が子を差し出してなお笑っている父親が、最低の奴隷が、自分の家族だという事実が。

(——オレも、いつか、ああなる。それはもう、決まってる……!)

凍城《とうじょう》という名に生まれた存在が。砕城《さいじょう》に成り上がれなかった者が選べる唯一の道。

誇りなどない。攻めてくるはずもない敵を待ち続け、優秀な子供は差し出して、残った無能が家を継ぎ、本家の奴隷として生き続ける——遺伝子そのものの、劣等生。

(オレがそれだと、思ってた。ずっとずっと、思い知らされた。クズだって……!)

才能があればまた違ったろう。だが、父と同じだ。紫漣は学んだ、誰よりも努力した。

父のようになりたくない、自分は変わりたい、そう祈って修行を積んだ。だがそれは、すべて無駄に終わったのだ。《砕城》本家への登用試験、その無残な敗北によって。

(何もできなかった……。才能の差、実力の差、ありとあらゆる差を、思い知らされた)

本家と分家からかき集められた才能ある若手たちの選抜の場で。

紫漣はありふれた子供の一人に過ぎず、優れた才能もチート紛《まが》いの異能もなく、ただ、ただ強者の餌食となり……叩《たた》き潰《つぶ》され、誰かの成り上がりの踏み台となって。

「負けたそうだな？　……無理もない。安心しろ、お前は家を継げばいい」

敗れて帰ってきた紫漣を。

一矢報いることすらできず、実力差を見せつけられた息子を――。

「私を継げばいいんだ。簡単だろう、紫漣。……父は、嬉《うれ》しいぞ」

「〰〰〰〰――ッ!!」

出迎えた父の悍《おぞ》ましい笑顔は、今でもたまに夢に見る。

仲間を視《み》る眼《め》だ。同類を視る眼だ。そして、自分以外の生贄《いけにえ》を喜ぶ奴隷の眼だ。

(このまま、ここで腐っていくのかよ。……ひでえ。最悪だ。……ハハッ……)

当時の紫漣は、ただ諦めたように笑うことしかできなくて。

そして、その翌年。

今から八年前――彼の運命は、動き出す。

「妹？　……オレ、に？」

「そうだ。お前は《凍城《とうじょう》》を継ぐとして、この子は将来の《砕城《さいじょう》》を背負うだろう」

「……ええ。楽しみですね、あなた……」

形だけなら、厳格な棋士を思わせる父親が妻に選んだだけあって、母は美しかった。

長い日本髪、和装がよく似合う。鶯色《うぐいすいろ》の着物を着ていてもよくわかるほどお腹《なか》が膨れ、その中に新たな命を宿していることを知ると、紫漣《しれん》は最初——妬みさえした。

（オレはクソ分家を継ぐのが確定で。妹にゃ期待すんのかよ？）

自分は見限られたのだ、と思った。

父は優しい。母とて、そうだ。だがそれは出来が悪い子に対する哀れみと、自分自身が本家に登用されなかった負け犬であることを自覚するが故の、同類故の共感に過ぎず。

（負け犬の親父《おやじ》と負け犬兄貴から。……そんなすげえ才能が生まれんのかね？）

疑問は妬みの裏返しだ。汚れろ、遺伝子。自分のような無能が生まれてこい……と。

（……けど。オレらみてえなクズになるより。妹が……頂点を獲《と》ってくれるのなら）

逆にそれは『夢』となり、天高く輝くだろう。

（生まれてこのかた、夢なんざ見たことがねえ。クズから生まれたクズの子で、家族全員負け犬だ。だったら、せめて、ひとりくらい……ひとり、くらい……！）

頂点に手をかける者が。栄光を得て救われる者がいたって、いいではないか。

「……楽しみ、だよな。母さん」

「ええ。ありがとう。……優しいわね、紫漣」

だから、妬みも痛みも胸に秘めて紫漣は笑い、まだ見ぬ妹の誕生を祝福して。

はにかんだ笑みで、それでも幸せそうに受け入れた母親と。家族は、ほんのわずかに。

まだ生まれぬ妹という『夢』のもとで繋《つな》がって、まとまれたように見えた。

「…………ああ。本当に、本当に。楽しみだ……!!」

まるで酢でも飲んだような——酷《ひど》く歪《ゆが》んだ笑顔を作った、父親を除いて。

＊

「母さんが……死んだ!? おい、どういうことだよ。……オヤジィ!!」

《砕城》が裏で抱えるとある病院の一室。

カナカナカナと、蝉《せみ》が鳴く。虚《うつ》ろに響く虫の声。

機密が漏れぬよう田舎に建設された……だが世界最高の医療設備を誇るというそこが、

《伊邪那美《いざなみ》機関》と呼ばれていることを、当時の紫漣はまったく知らず。

「最高の病院なんだろ!? すげえ医者がいて、ムチャクチャ金がかかる最先端医療を全部まとめてやってくれんだろ!?　それなのに、なんで、どうして!!」

空になったベッド。ピチリと整えられたシーツには一筋の皺《しわ》もなく。

ただ母の面影を忍ばせるのは、丁寧に畳まれた毛布に載せられた一通の封書のみ。

「あれは、覚悟していた。……御家《おいえ》のために身を捧《ささ》げると、誇らしく逝った」

厳格な顔を崩さずに。涙もこぼさず、ただ泣き腫らした青黒い顔で父は言う。

「ただ心残りは娘のみ。生まれてくる命を頼む、と……そう言い残していた」

「……貸せッ!!」

父から奪い取るように遺書を取る。

乱暴に開いた手紙、毛筆で書かれたそれに記された風雅な文章は——。

(違う。こいつは、全部……フェイクだ!!)

覚悟を示す言葉も、涙を誘う名文も、教養を感じさせるさりげない季語に至るまで。

すべては暗号を隠すための布石。無能極まるとはいえ遊戯者《プレイヤー》としての教育を受けた男を、
自らの夫を欺き、そして。それが解《わか》ると期待した人間にのみ伝えるための！

示唆された一定の法則に基づいて文字を拾い、読んでいくだけの、シンプルな暗号。

(ご　め　ん　な　さ　い)

(し　れ　ん)

(い　も　う　と。……ま、も、つ、て……妹、守って……ッ!?)

我が子に詫《わ》び、そして生まれゆく我が子を託す母の言葉を聞いた瞬間。

「――てめェっ!!」

……ガシャン!!


派手な音をたてて花瓶が砕け、枯れかけた花と生臭い水が床を汚す。

息子に襟首を掴《つか》まれながら、父はまるで反応せず、死人のようにうっそりと立って。

「妹をどうした!!　母さんに、何をしやがった!!」

「なぜ、わかった。……ああ、そうか。暗号でも残していたか、あいつめ」

諦めたように笑う父を殴りたかった。

だが、止《や》めた。それをしてしまえば同じだと思った。力で父を支配し続けたクズどもと、奴隷を鞭打《むちう》ちながら笑い、尊厳を砕いて宴《うたげ》の出し物にするような本家のヤツらと。

「……クズだクズだと思っちゃいたッ!!　オレだってそうだ、責める気はねえよ!!　けど、けどっ!!　妹は!!　まだ生まれてすら、いねえんだぞっ!!」

自分はガチャの外れ枠。

とうの昔に可能性は定まった。普通にやれば成長の余地などなく、役に立たないゴミ。

それはいい、とうの昔に受け入れた。しかし、まだ生まれない妹は、違うはずだと。

「まだ恋もしてねえ赤ん坊に!!　価値の決まってない可能性に!!　……何をしたァッ!!」

「——可能性を、与えようとした!!」

絶叫と共に、ダムが決壊したように、父の眼《め》から新たな涙があふれる。

歯を食いしばり、ブルブルと震え。あの宴《うたげ》の席、裸で踊らされ、息子をも捧《ささ》げてなお、ずっとずっと笑い続けてきた男が、恥と罪の炎で焼かれていた。

「私のように!! お前のように、したくなかった!! 我々は本家の玩具《おもちゃ》だ。男ならいい、まだ耐えられる。だが、女の子だぞ。どんな、どれほど、ひどい、目にッ……!!」

「なんだそりゃ!! てめえの!! てめえが!! 弱い、からっ……!?」

吐き出しかけた途中で——自分の言葉が突き刺さる。

弱いから、そうなった。弱いから、しかたない。弱いから、逃げられない。

それはずっと言い聞かせてきた、自分自身への慰めとまったく同じで。

「そうだ。だから。だから……お前は、だめだった。だから!! 娘、だけはっ……!!」

「助けたかったとでも言うのかよ!! 救えるとでも、思ったのかよ!!」

「ああ。ああ。そうだ。思ったとも。生まれてはじめて……祈った!!」

負け犬たちは慟哭《どうこく》する。泣き喚《わめ》き、苦しみ吠《ほ》える。

ならどうすればよかったのかと、答えもないままに——。

「何をしたんだ!! てめェは、何をしやがったんだ!! オレの妹に、何をした!!」

「……続きは、私が話してあげようか?」

「!?」

嗚咽《おえつ》する父子、その背後から唐突に声がかけられる。

研究者らしい白衣の男。夏を感じさせる陽光とはまったく不釣り合いな白い肌。

いかにも平凡な学者然とした男は、焦点の合わないギラギラとした目でカルテを握り。

「最高だ。最高の出来だよ。『これまでの歴史を覆す、最高の出来』と言える」

まるでワインの新酒を褒めるように、医者ならぬ科学者はそう言って。

「……何、言ってンだよ。アンタ、正気か？」

「至って正気だとも。君の妹くんだが、安心したまえ。──『生まれた』からね」

含みを持たせた言い方をしながら、科学者は病室を出ていく。

理解はできない。だが無視することもなく、紫漣《しれん》は父を置いてその男を追った。

無言のまましばし進んだ、先。分娩室《ぶんべんしつ》、手術室だろうか？　紫漣の医療知識ではまるで区別のつかないそこに入ると、どうしようもないものが眼に入る。

「……かあ、さん……!!　やっぱり……！」

「すでに亡くなっている。出産時の負担に母体が耐えられなかったようだ、いや残念」

ベッドの上、寝かされたまま白い布をかけられた母の姿。

そしてその隣。産湯を使って間もない洗いたての姿で白いタオルに乗せられた赤ん坊。

眠っているわけではない。だが、ピクリとも動かない。

「妹！　……オレの、妹。だよな⁉　何で泣いてねェ。動かねェんだよ、てめェ!!」

「心肺停止、脳も一切の活動が認められない。一般的な観点で言えば『死産』だ。母体の方は体力の消耗に耐えられず、心臓が止まった。急性心不全だね」

「そんな……そんな!!　ありえねェ、そんなの、そんなのって……!!」

負け犬じみた人生だった。

まだ生まれて十年にもならないのに、大人じみた考えができるようにならざるを得ない。

それほど抑圧された紫漣《しれん》の人生でも、とびきりの。どうしようもない『不幸』だった。

よろよろと歩み寄る。ふくふくとした丸い赤ん坊、そのちっちゃな口元や鼻は動かず、
呼吸は確かに停止している。ここにあるのは、もはやただの……。

「死っ……ん……!!　あああああああああああァッ!!　うわあああああああああっ!!」

「叫ばなくてもよろしい。さて、《凍城《とうじよう》》当主代理。改めて君に確認したい」

小脇に抱えたタブレット端末を科学者は差し出す。

画面に映っているのは電子化された正式書類、赤ん坊に蘇生《そせい》処置を施す同意書だった。

「同意を頂こうか。他ならぬ君の意思を以《もつ》て、最後の『実験』は完成するのだ!!」

「実験!?　……何しようってんだよ!!　これ以上、妹や母さんをどうする気だ!!」

「蘇生させるのだ。言っただろう？　任せたまえ、必ずや君の妹は蘇《よみがえ》るだろう」

信用してはいけない、と思った。うさんくさい笑顔、爬虫類《はちゆうるい》じみた気配。

どう見ても人間として壊れた類《たぐい》だ。人間らしい共感を一切感じない、殺人鬼じみた感覚。

カエルでも解剖するかのように、妹の亡骸《なきがら》を弄ぶに違いない、生理的に不愉快な悪魔。

「…………ッ!!」

だが、それでも。

(母さんは、言った。妹を、守れと……俺を信じて、遺《のこ》してくれた。……だからッ!!)

ひったくるようにタブレットを奪う。

ペンを画面に走らせ、乱暴に電子署名を書き殴る……！

「同意する!! 何だっていい！ 妹を……妹を！」

そう、まだ恋もしていない、このちっぽけな、物言わぬ小さな命の残骸を。

「……頼む。助けて。助けて、くれよぉ……!!」

「承知した」

かたん、とタブレットが落ち、ペンが転がる。

泣き崩れる少年の前で、白衣の科学者は笑み――タブレットを拾う。

「適当でかまわない。名前をつけてくれたまえ、患者番号で呼びたくなければね？」

「……名前。名前かよ。妹の、名前……」

ほんの少しだけ考える。父に相談すべきかと、ほんの一瞬だけ考える。

だが、ここに来さえしないあの男に任せられるものかと思う。

(妹を託されたのは、オレだ。こいつの人生は、もう、オレが……守るしかねえ!!)

吐くような想《おも》いでペンを取る。電子署名に記した、妹の名前は。

「凍城……未恋《みれん》。これだ。これが、妹の名前だ」

未《いま》だ恋すらしたことのない妹。人間として生まれさえしなかった妹。

普通の人間なら諦めるだろう。ここで命尽きたまま、眠る方が幸せかもしれない。この異常な科学者が言う通り、何らかの手段で生き返らせることができたとしても。

それはきっと悪魔との契約だ。自分が味わったような、《凍城《とうじょう》》が代々背負ったような、ドロドロと粘る遊戯《ゲーム》の闇に圧《お》し潰《つぶ》され、生き地獄を味わうだけなのかもしれない。


だからこの名は。

未《いま》だ恋もせずに死んだ、妹への——母と紫漣《しれん》の、未練《みれん》。


「署名は済んだようだね。いいだろう、安心してここで待ちたまえ」

満足げに署名が済んだ端末を取り上げると、科学者は赤ん坊の亡骸《なきがら》を乗せた密閉容器をドローンに積み、処置室へと進んでいく。それが何を意味するのか、何が待っているのか。

「……助かれ。頼む。助かってくれ。……未恋《みれん》、チャン……！」

搾《しぼ》るような願いだけが、空の病室に響いていった。

＊

——それから数日後。処置が完了した、との知らせが、紫漣の端末に届いた。

「ずいぶん痩せたね。栄養状態が非常に悪いようだ。サプリメントでも処方しようか？」

「……いらねェ。それより、とっとと、セツメー。しろよ……！」

ろくに食事も睡眠もとらず、処置室の廊下に座り込んで待ち続けたせいか。

元々痩せていた体は痛ましいほどにやつれ、髪は母親譲りの黒髪から、色が抜けかけた栗色《くりいろ》に変わりつつある。頭蓋骨の輪郭が見えるような顔に、眼《め》だけをギラつかせて。

さまざまなデータが映った、モニタールームじみた研究室。

それだけは病院らしい、向かい合った二つの椅子。

一つには潰れるように腰かけた紫漣、そしてもう一つにはどこか楽しげな研究者。

天国と地獄めいた両極端。正反対の空気を醸しながら、紫漣は不快な学者に話しかける。

「助かったんだろうな!?　未恋チャンは、俺の妹は!!　どうなんだ、言え!!」

「落ち着きたまえ。大丈夫だ、処置は完全だった。説明に先立って凍城の当代、君の父親から了承を得、前もって実行した部分から説明しようと思うのだが？」

「……親父《おやじ》の？」

父はこの場にいなかった。

紫漣が病院に残り、廊下に泊まり込んだ三日間、顔も見ていない。

「わかった。……そっから、頼む」

「いいだろう。では、まず前提からだが……我が《伊邪那美《いざなみ》機関》が成功した究極の個体、遊戯時代の最終兵器について。君はどこまで知っているかね？」

「……は？」

噂《うわさ》くらいは入ってきている。

月例会の日、乱痴気騒《らんちきさわ》ぎの本家から隔離され、中庭で遊ぶ兄と妹。

(同じ兄妹《きょうだい》でも……オレなんかとは、比べ物にならねーけどな)

本家への登用すらされず分家に取り残された落ちこぼれと、本家に生まれて一軍すらも一蹴し、トップをひた走る本家の直系、砕城《さいじょう》の継承者。言わば、雲の上の存在で。

その兄が近年《処置》を受け——さらなる力を手にした、との噂は聞いた。

「詳しくは、知らねェけど。砕城、紅蓮《ぐれん》……だっけか？　前倒しで《黒の採決《ブラックバウト》》に参戦の噂まであるくらいの天才だ、って聞いたことくらいは……」

「それだよ。彼はもともと、百年に一人の天才だ。遊戯《ゲーム》に最適化された頭脳、強靭《きょうじん》な肉体、精神、すべてにおいて君たち分家とは比べ物にならない。……ああ、悪口ではないよ？」

まるで生物の授業のように、どこか楽しげに、科学者は続ける。

「砕城はサラブレッドだ。より優れた遊戯者《プレイヤー》を求め、記録に残っている限り六百年以上昔、いやそれ以前から優れた才能の持ち主を本家に集中、掛け合わせてきた」

犬や猫、家畜の品種改良と何ら変わるところがない。

砕城本家にとって、分家とは本家を守る盾というお題目のもと保持し続けてきた器。

「つまるところ遺伝子プールに過ぎない。本家直系のみでの交配では血が濃くなりすぎ、異能者を輩出する代償としてさまざまな欠陥を生むからね」

「……それを抑えるために。適度に遠い、けど血を残した血縁をキープするってこと？」

「そういうことだ。本家には不要な、しかし捨てるには惜しい血を保存するためでもある。その結晶、数百年の果実こそが……砕城紅蓮。次期《砕城》の継承者というわけさ」

反吐《へど》が出る、と心底思った。

数百年の結晶？　それどころか紫漣《しれん》が受けた印象は、数百年掃除せずヘドロが溜《た》まった下水溜め。腐り切って泡を吹く汚物の中核、そこから生まれた怪物こそが。

「……紅蓮サマ、か。で、それがどうしたって？　未恋《みれん》チャンと関係あんのかよ」

「優れた才能が生まれたからには、それを殖やしたいのが当然だろう？」

最高の雄牛から種を採り、多くの雌牛に子を産ませるように。

「本家の指示でね。紅蓮様の細胞から抽出した遺伝情報が、君の妹には組み込まれている。そうだな、遺伝的には……砕城紅蓮こそが君の妹の父親、と言っていいだろうね？」

「……ッ!?　はあ……!?　じゃあ、親父《おやじ》は……!?」

「当たり障りのない部分だけを提供した土台といったところだ。安心したまえ、おかげで私が予想した以上に欠損やエラーを抑え、未恋の完成度は高まったよ」

何が安心だ、と心底思う。

父の子を産んだと思い込み、遺伝的には見知らぬ子供の子を産まされた母の地獄。

生まれた時から家に縛られ、奴隷同然に扱われて生きてきた父の絶望。

（……正気じゃねえ。こいつら、絶対に、壊れてやがる……!!）

そんな紫漣《しれん》の確信をよそに、研究者は楽しげにデータを参照しながら話し続けた。

「連綿と続いてきた品種改良による遊戯者《プレイヤー》生産を《一番目》と称する。が、これはあくまで基礎スペックの高い個体を産む確率を上げるのみでね。異能と呼ばれる感覚拡張、奇跡とも言える超常的な事象を引き起こす特殊能力の獲得には至らなかった」

そこで砕城紅蓮《さいじょうぐれん》には《二番目》の処置が施された。

素体に後天的な処理を加え、人工的に能力を強化、付与するもの──

「だが、《二番目》は成功率がいまいちでね。失敗も多い。砕城紅蓮という成功例を元に分家から集めた子供を大量に改造してみたが、成功例は実験体の中でも一人だけ……」

わざとらしくため息をつきながら、研究者はデータをぺらりとめくる。

電子ペーパーに映し出された少女、その画像を眺めながら。

「闘争本能の強化により遊戯《ゲーム》に対する抵抗感を消すことに成功したんだ。実に喜ばしい！　来るべきロールアウト・テストが非常に楽しみだよ！　いやあ、これが……！」

「……いいっすわ、詳しくは後で。今聞くとゲロ吐きそうなんで」

「そうかね？　では先へ進むとしよう」

不快感と吐き気に青ざめた少年に従い、研究者はさらなる地獄を語る。

「古《いにしえ》より続く品種改良、後天的な能力強化をそれぞれ《一番目》《二番目》と呼ぶわけだが──。これはいかにも効率が悪くないかね？　出荷時要求性能を満たしていない製品を、後付けで基準に引き上げているわけだ。これは問題だ、見直しが必要だろう？」

「人間を、工場で作るオモチャみてーに扱うのはどうかと思うっすわ、それより」

「モラリストだね君は。だが生憎《あいにく》そこは今回関係ない。出荷時――受精卵の段階から処置を行い、先天的に能力を付与して異能者を生み出すプラン。それが《三番目》だ」

砕城家が伝統的に続けてきた《一番目》《二番目》の完成形が砕城紅蓮ならば。

紅蓮と並行して計画され、比較実験が行われた先天的改良処置。《三番目》は。

「砕城可憐――砕城本家の長女だが、これは失敗だったようだ。君も知っているだろう？

あの子の才覚、能力の未熟さを」

「本家の……お嬢様。砕城可憐《かれん》……あの子が、作られた存在だってのか⁉」

作られた子供《デザイナー・ベビー》。

永き歴史を経て人類が到達した、神に挑む研究の最終形。

「通常の手順で生まれなかったのは確かだな。砕城当代の精子と卵子を元に遺伝子を操作、改良を施し異能の発現と機能向上を目指した新種、新規モデルだ。とはいえ……完成した新モデルは、見積りほどの性能を発揮できなかった。なぜか？――精神性、メンタルに鍵があると考えられる。肉体的には同じでも、それを操る精神、ソフト面でのエラーがあると思われたのだよ。教育、ストレス付与による矯正も試みられたが成果は出なかったしね」

紅蓮との比較のため、可憐が受けるカリキュラムは紅蓮のそれと同質となる予定だった。

しかし、遊戯に対する可憐の適性、特に勝ち負けに対する意識の低さ――対戦相手への同情心や共感からくる《優しさ》は、紅蓮《ぐれん》とは比較にならない低成績の原因となり。

「指導役は矯正しようと苦心したが、砕城《さいじょう》紅蓮の抵抗もあって上手《うま》くいかなかったようだ。これにより我々は、《素質》《異能》に加え、第三の欠陥を克服せねばならなくなった」

モデル《可憐《かれん》》の実験失敗によるフィードバック。

即《すなわ》ち第四の要素。

「それが《四番目》だ。《感情》を操作し、先天的に問題のない遊戯《ゲーム》適応人格を生成する。《三番目》の時点で受精卵に手を加え、脳死状態で生まれてくるよう調整を施した素体を使い、空白の脳に人工的に作り上げた人格を移植する」

生体脳への人工知能――ＡＩの移植。

無限の知識、絶対の記憶力、仮想演算による億兆単位の疑似経験すら可能となる――。

「前例があり、それに加え元来存在した元の人格と並行する必要もない。《紅蓮モデル》の素質を継ぎ、《可憐モデル》の欠点を克服したまさにハイブリッド！　誇りたまえ。君の妹さんは、君がつけたその名を掲げる新モデルとなるのさ!!」

「〰〰〰――ッ!!」

痛みに、声が出なかった。

その後も研究者は滔々《とうとう》と、酔っぱらったようなテンションで語り続け。

呆然《ぼうぜん》とそれを聞き流しながら、紫漣《しれん》はひたすら汚すぎる世界に絶望した。

（この世は……本気でクソだな。ハハッ……アハハハハハハハ!!）

壊れてしまいたい、とどれほど願ったことか。愛する夫との最後の子を踏み台にされ、知らぬ子供の遺伝子を継いだ怪物を産まされながら、そうとも知らずに死んだ母や。

長年踏みつけにされ、利用されながら抗《あらが》う牙も持たず、奴隷であり続ける父や。

「だう。……あ――……。にい、に?」

「……にぃに、じゃねーよ、マイシスター」

立って歩ける程度にまで成長した妹。創られた怪物に注がれる研究者どもの歪《ゆが》んだ愛。

そのどれもがあまりに悍《おぞ》ましい。しかし、妹には罪がない。ただひとつ、これだけは。

「……頼まれ、ちまったもんなあ」

未恋《いもうと》を、守れと。

母の遺言だけを頼りに、ひたすら妹の世話をした。時折やってくる研究員にレポートを提出し、積極的に協力する姿勢を見せて、他人が接触する機会を極力減らして。


しかし、そんな彼の努力は――

神の見えざる手によって、踏《ふ》み躙《にじ》られる。


「《四番目》の処置は成功。だが……次世代モデルとしては、失敗だ」

「……あ? 何言ってんスか、センセイ。うちの妹が、未恋《みれん》チャンのどこが失敗だと!?」

現在より五年前。凍城《とうじょう》未恋、二歳。凍城紫漣、十二歳。

砕城紅蓮《さいじょうぐれん》の《伝説》が始まる年、死の宣告は下される。

「まあ落ち着きたまえ。性能としては非常に高いが――ＡＩの移植による膨大な情報量に、生体脳の処理速度が追い付いていないんだ」

「は？　たって……《成功例》は。二重に走らせてんだろ？　ＡＩと本来の人格を同時に動かしても余裕――それどころか月例会で指導役にケンカ売ったたって……！」

「それだ。遺伝的、技術的には確かに彼と同質の素養があるはずなのだがね？」

残念そうに、表示された資料を次々とスライドさせながら。

「素体が悪かったのだろう。《未恋《みれん》モデル》の活動限界はおよそ一日に八時間。それ以上稼働した場合機能が一気に低下し、最悪の場合停止する。また……」

次々と表示される新たな画像。きょとん、と首を不思議そうに傾ける下着姿の未恋。

幼い裸身を機械の眼《め》が隅々まで調べ上げ、電子的に観測された臓器が映り。

「多臓器不全の兆候が見られる。非常に危ういバランスで生存しているのだよ、彼女は。《伊邪那美《いざなみ》機関》の技術を以《もっ》てしても、延命して二十歳。それ以上は難しい」

「は？　……死ぬっての？　ふざけんなよ、おい。フザッ……!!」

強くあれと望んで産ませた子が。大人の、家の、研究者のエゴによって生まれた子が。

何の幸せも味わうことなく。一日の大半を眠って過ごし、わずか二十歳で死ぬなどと。

「ありえねえええええ…………ッ!!　再検査しろ!!　間違いじゃねえのか、それ!?」

「そんな時間はない」

縋《すが》るような懇願は、呆気《あつけ》なく拒まれて。

「《未恋モデル》は失敗だ。私の研究は予備に移行する。前に話したろう、《二番目》の実験体に成功例がいると。最終試験《ロールアウト・テスト》も間近だし、彼女を中心にするつもりだよ」

「待てよ!! じゃあ、死ねってのか、このまま……!?」

「そこまで言ってはいないとも。だが、延命には大金が必要になるんだよ？　分家の財力で、失礼だが払えるのかね。本家の研究費から支払うわけにはいかないからねえ」

どんな時代も、世界を動かすものは……『力』。

軍事力だった時代もあった。弁舌であり、SNSの拡散力だった時代もあった。

この遊戯《ゲーム》時代で求められる万能の『力』。欲しいものを手に入れ、守りたい人を守って、奪われぬよう抱きしめるための『力』とは……ただひたすらに『勝つ』力。

「……小遣い稼ぎ。するつもりねーですか？　先生」

砕けた言葉で媚《こび》を売る。十代の少年のそれは、チンピラじみた本家の遊戯者《プレイヤー》の真似《まね》。

「ほう？　研究のために金はいくらあっても足りないが。寄付でもしてくれるのかね」

「さすがにそうはいきません。……あと三年、せめて五歳まで治療を続けてくださいや」

「その間の治療費を貸せ、と？　だが三年後、凍城《とうじょう》にそれを払えるとは思えないが」

紫漣《あに》の、それはどうしようもない選択。

（ごめん、母さん。ごめん、未恋チャン。——オレは、弱《よえ》えから）

傷つけなければ……守れない。

「三年後、オレが未恋《みれん》チャンを『使う』。欠陥品の壊れかけでも、砕城《さいじょう》の人間兵器だぜ。代打ちを求める《黒の採決《ブラックバウト》》……遊戯《ゲーム》の場はいくらでもあるでしょ」


噛《か》みしめた無力を、にやけた笑みでごまかして。

大切な妹を兵器と呼び、武器に貶《おとし》め、心の痛みを抑えるように。


「手ェ、組みましょうや。儲《もう》けさせてあげますよ、センセ？」

＊

それから、三年。

厳しい延命治療をギリギリで乗り越えた未恋は、五歳となり。

「……私財を注《つ》ぎ込んだ甲斐《かい》があったよ、紫漣《しれん》君。才能を活用する術《すべ》を知っているね」

「ま、長い付き合いっスからね、センセとは。潰《つぶ》された《伊邪那美《いざなみ》機関》の引き受け手、まだ見つからないようで。これからどーすんですか、アンタ？」

遊戯を間近に控えた東京某所。《黒の採決》が執り行われる予定の高級ホテル。

その一室、ベッドに腰かけた痩せぎすの少年が手を伸ばす。ベッドの上ですうすうと、健康的な寝息をたてる五歳の妹——未恋の唇に、その指をしゃぶらせながら。

「すでに、白王子《しろおうじ》家に数名の研究者が登用された。あちらも遊戯関係の研究は続けており、特に《億年スイッチ》関係の管理者を探しているようなのでね」

「はー。そこに潜り込めるかも、ってことで？」

「そういうことだ。……《砕城》と完全に手を切るのが条件だがね。つまり……」

着慣れないスーツ姿の研究員の流し目に、媚《こび》を売るような色が乗る。せせこましさに内心呆《あき》れながらも、十五歳の凍城《とうじょう》紫漣は心を殺し、ただ確認する。

「ウチとも手切れ、ってことですか。未恋チャンの治療は？」

「現状維持のための薬品の処方、裏ルートの入手先は紹介しよう。ただし金は当然かかる。加えて遊戯回数を減らせば、かなり寿命を延ばせると思うがね」

（簡単に言いやがる。……紅蓮《ぐれん》サマに叩《たた》き潰された、負け犬が）

砕城で大いに力を誇った《伊邪那美機関》は、秘蔵っ子の最終試験……ロールアウト・テストに敗北。勝負を持ち掛けた遊戯者《プレイヤー》、紅蓮との契約に基づいて解体された。所属していた科学者、研究員は放逐。その多くは他の遊戯名家や遊戯者団体のもとへと走ったものの……中には、チャンスを掴《つか》み損ねた者もいる。

「延命治療の対価に、アンタが紹介してくれた《黒の採決》の実戦で、たんまり稼がせてもらいましたわ。けど、これで手ェ切られたらこっちも困るんですよね」

「……何が望みだね。言ってみたまえ」

不遜な態度は崩さない。だが、研究員……いや、『元』研究員には明らかな怯《おび》えがある。

(当然だ。未恋《みれん》チャンの戦績は、砕城《さいじょう》の一軍に劣らねえ。いや……それ以上だからな)

わずか五歳。若すぎるが故、時間制限があるが故クオリアシステムを介したアバターを細工し、大人に見せかけて接続。かつ付き人として常に紫漣《しれん》が付き従っている。

勝手な参戦が砕城本家にバレれば潰《つぶ》されかねない、そう考えて密《ひそ》かに、年に数回程度の参戦ながら——重ねた勝利は実績となり、今や必要な治療費以上の利益を上げている。

しかし、窓口である研究員が消え、さらに遊戯《ゲーム》そのものを減らすとなれば。

(とてもじゃねえが、積んだ黒字なんざすぐにパア。……ウチの財力を全部注《つ》ぎ込んでも、一年の延命がせいぜい、ってとこだ。ハハッ。ひっでえ)

本家に頼る？　それこそありえない、不可能だ。砕城にとって凍城《とうじょう》は搾取の対象であり、援助など断じてしないだろう。それも用済みの実験体の延命のためになど。

「アンタなら知ってますよね？　……例の最強。紅蓮《ぐれん》サマが本家に反逆した、って話」

「ああ。予定を前倒しにし、三年前から機関の処置継続を拒んで《黒の採決《ブラックバウト》》に参戦した。勝ち続ける限り次代の遊戯者《プレイヤー》育成は中止、妹を保護している、と」

「そうそう。ッたく、やることなすことカッコいいよなぁ……！　オレとは大違いだわ。兄貴として妹を守るどころか、武器として使い潰すことしかできねーですし？」

自嘲の笑み。しゃぶる温かな幼女の舌を指先に感じながら、眠り姫を見下ろす。

（時間はねえ。少しでも遊戯に関わる時間を減らす。そうしねえと、ますます）

三年目、未恋の活動限界は一日八時間だった。

そして今、活動限界は七時間。彼女の時間は、一時間――削れている。

「うゆ？　……にゅう。おにぃ……しょっぱ、にがい」

「悪い悪い。手に冷や汗かいちまったかなァ？　ま、寝《ね》てて《》よ。未恋チャン♪」

おどけた仕草で妹を宥《なだ》め、うとうとと目覚めかけた瞼《まぶた》をもう一度閉じてやる。

もはや猶予は無い。命を購《あがな》う遊戯一戦ごとに、未恋の活動時間は削れていく。

細胞の劣化、それに伴う臓器への負担。すべてが命を削り、死に近づけていくのだから。脳の酷使、

「迷ってるヒマは、ねェよなあ。……頼みますよ、センセ。手に入れてくれませんか」

「適正な対価を払えるのならな。何をだね？」

「とぼけなさんな。――浮いてるのがあるはずだ。砕城可憐《かれん》のために用意した《二番目》、後天的能力強化処置。生体脳にブチ込んで機能するナノマテリアルＡＩが」

最初の成功例たる《最強》が。そして、最愛の妹が。

その脳に投入された賢者の石。どんな愚か者でも最強に迫るチートコード！

「オレに、そいつをくれよ。紅蓮サマの快進撃に、今本家はそれどころじゃねーですし？

このままいきゃあマジで次世代育成も可憐サマの改造も止めたまま無敗記録を更新し、早
けりゃ二年後には本家に遊戯を挑み、テメエ自身を解放しかねない」

「まさか……そこまでの事態になっているのか⁉ 《砕城《さいじょう》》は、どうなる⁉」

「表向きはどーもしねえと思いますけど？ 紅蓮《ぐれん》サマとは比べ物にならねえ小粒の一軍をかき集めて国防に当てるでしょーけど、戦績はズッタボロに落ちますわ」

そうなれば、日本を裏で守り続けてきた《砕城》の威厳は地に堕《お》ちる。

待ち受けるのは破滅のみ。なまじ不敗伝説を築き上げたが故、敗北を重ねた遊戯《ゲーム》名家や企業体、利害関係が対立したあらゆる勢力が砕城を潰《つぶ》しにかかるだろう。

「表向きは隠して外資に身売りでもするんじゃねーですか？ そこまでやりゃ、まあ破綻を一年くらいは延ばせるかもだ。けどまあ、いずれ潰れるのは見えっけど」

「……それは、砕城紅蓮が勝てば、だろう？ 現実的に可能だと思うのかね」

最強と最強がぶつかり合う地獄の戦場——《黒の採決《ブラックバウト》》。

全人類のトップが鎬《しのぎ》を削る場で、こともあろうに五年間もの不敗を貫くなど。

「できるほーにオレは賭ける。そうなりゃクソ本家はどうなるか？ なりふりかまっちゃいられねえ、約束なんざ知ったことじゃない。次代教育の復活、いやもっと簡単に」

ニヤリ、と紫漣《しれん》は皮肉に、愉快げに笑みを刻《きざ》んで。

「……《伊邪那美《いざなみ》機関》の亡霊。分家の屑《くず》にだって頭を下げるでしょうや。ねえ、センセ。オレにくださいよ、ＡＩを。遊戯時代の戦略兵器になれるチャンスをさあ‼」

「無茶《むちゃ》だ。死ぬぞ」

らしからぬ簡潔な言葉で、研究員は甘い目論見《もくろみ》を否定する。

「アレを受け入れられるのは《一番目》あるいは《三番目》のみ。砕城の血統操作による純血種《サラブレッド》か、あるいは受精卵の段階で専用に調整した個体だ。つまり」

「オレみてーな分家にゃ、無理って言いたいんで？」

そう言われると、紫漣は予想していた。

砕城の一軍には遠く及ばぬ、平凡で貧弱な才能しかない自分には、最強伝説の残り滓《かす》。その程度のシロモノですら身に余る、判《わか》っている。だが……それでも、あえて。

「……アトサキ考えなきゃ、イケますよね？　未恋《みれん》チャンと同じだ。オレの脳細胞を潰す、その覚悟でフル回転させりゃいい。すげーポテンシャルは劣化するでしょうが、それでも並みの遊戯者《プレイヤー》どころか、紅蓮サマ以外の出来損ないは潰せるでしょ？」

「死ぬつもりで調整しろ、と言うのかね。……四年、いや。三年保《も》たないぞ」

上等だ、と心底思う。紫漣が温め続けてきた《計画》に、十分間に合う。

砕城紅蓮が最強伝説を築き、自由を手にするまで最短五年。即《すなわ》ち、あと二年であり。

それから一年もの時間があるなら。最強の駒に去られ、破滅の瀬戸際に立つ砕城本家が捨てたはずの駒の再利用を考え、《凍城未恋《とうじょう》》という名を思い出すまで。


——間に合う。十分に、間に合う!!

「かまわねえ。処置をしてくれ、センセ」

「……報酬は貰《もら》うぞ。こちらもリスクを負うんだ、当然だと思ってもらおうか」

「ああ。未恋《みれん》チャンの治療分を抜いたここ三年のアガリ、全部くれてやるよ」


その後、凍城紫漣《とうじようしれん》は滅びた《機関》の残骸で処置を受ける。

脳に注入されたナノマテリアルAI。脳に癒着して思考速度を高め、記憶された遊戯《ゲーム》に関する知識、電子化された経験を叩《たた》き込む究極のチートコードを。

されどその代償はあまりに大きく。平凡極まりない彼の脳では、付与される技術に対し記憶や思考の容量はまるで足りず——脳の記憶野すらも使い潰《つぶ》して、走らせるしかなく。

「〇歳から三歳までの記憶を代償に、最低限のインストールは成功した。これ以上の機能拡張を求めるなら、人格に影響が出るレベルの記憶を捧《ささ》げることになるぞ？」

「ご親切にどーも。大丈夫っスよ、まあ長生きする気はねーから」

処置を終えた日、交わした会話の断片を、凍城紫漣はまだ覚えている。

「にぃに。……だいじょ、ぶ？」

「あー、大丈夫さ未恋チャン。まだ」


君が大切だと、まだ覚えているから。

「さて、んじゃイキますか。未恋チャンが出るまでもねえ、ザコは俺が潰しますよっと」

「……どうぐ。つかってもいい。にぃに？」

「ダメダメ。オレ、使用回数が減るタイプの武器とか温存する派だから。セコく細かく、多少ダメージ喰《く》らっても減らないナイフとか使って倒すタイプなんで」

「……ばか。おにい。ばーか……！」

繋《つな》いだ手と手を、固く握りしめて。

そんな軽口を叩きながら、最強《ぐれん》がその名を証明するまで。

五年間の不敗を貫き通し、砕城《さいじょう》本家を打倒して妹と共に解放されるまで。

未恋が出るまでもない遊戯を引き受け続け、《黒の採決《ブラックバウト》》に《凍城》ありと名を轟《とどろ》かせ。

台頭を始めた分家に本家が擦り寄り、紅蓮《ぐれん》を再び取り戻すための策謀に利用しようとし、接触を図り。海を越えて、このアルセフィア王国に至るまで――

「――擦り切れかけた脳と記憶は、間に合ったわけだ。大した兄貴ぶりだな？」

「クソうぜえモン思い出させてくれますね、紅蓮サマ？　テメーの子だよ。認知しろ☆」

「知らない間に勝手に作ったモノなんか知るかよ。兄貴だろ、お前が守れよ」

薔薇《ばら》の香りが、脳に響く。

暗闇を越えて突如、靴に体重がかかる。浮遊感が消え、舞い降りたそこは薔薇の花園。

世界が完全再現された仮想空間。Ｆクラス、第六区画総督府の屋上。

クオリア分枝が祀《まつ》られた中枢神殿――その門前に、朱い眼《あかめ》をした男が立っている。

「やっと会えた。ココで、サシで。……邪魔が入らねー環境を作れましたわ」

そう言いながら、凍城紫漣《とうじょうしれん》は朱い眼を見上げ。

傲慢にも映る完璧な立ち姿で君臨する少年――砕城紅蓮《さいじょうぐれん》に、辿《たど》り着いた。

＊

「わかるぜ。あの教室で会った時の緩さが、今のアンタには微塵《みじん》もねえ」

「そうか？　――そんなつもりもないんだがな」

嘘《うそ》つきやがれ、と呟《つぶや》いて、凍城紫漣は己を見下ろす紅蓮へと一歩近づいた。

同時に接続したはずの未恋《みれん》はまだ接続できていない。偶然か、それとも、紅蓮が故意に接続許可を出していないのか。判断はつかないが、込み入った話をするには都合がいい。

「アンタはもう《覚醒》してる。《伊邪那美機関《いざなみ》》に施された処置の、《二番目》――。ナノマテリアルＡＩによる全能力強化。その中でもアンタのソレはとびっきりだ」

常人を遥《はる》かに超えた純血種、紅蓮の脳容量は桁外れだ。同じ処置を受けながら、紫漣は

己の記憶を削ってもほんの一部だけで導入を断念している。

「聞いた時はそれでいーやって思ったんだけどなァ。……オレが導入されたメインデータ、こいつは近代遊戯《ゲーム》におけるAIによる勝利の演算、その過程だ。幾億、幾兆もの試行錯誤、それが可能な機械仕掛けの人格がありゃ、たいていの遊戯に負けはねえ」

遊戯者《プレイヤー》としては並以下でしかない紫漣《しれん》が、《黒の採決《ブラックバウト》》で勝てる領域にまで至ったのだ。

その効果は言うまでもなく、むしろ現実的に可能な強化、改造としては究極だろう。

「けど、違った。……大昔のデータにも価値はあったんだ。脳容量を削って寿命が潰《つぶ》れるのを避けるためにオレが適用しなかった古流ファイル——アンタはどれだけの深み、どれだけの過去まで情報を保持してるんだい、紅蓮《ぐれん》サマ？」

「お前が受け入れたのは過去五百年から六百年程度だったか？」

質問に質問で返すと、紅蓮は静かに、何でもないことのように。

「俺の脳に組み込まれたのは、砕城《さいじょう》家が古代より代々受け継いできた全情報だ。竹簡木簡に記された京の都の遊戯記録から、有形無形の伝承逸話に至るまで、すべてを電子化して記憶している。世界に現存する歴史上のありとあらゆる遊戯の記録だよ」

「ハッ。……スゲェスゲェと思っちゃいたが、人間やめすぎだろ。お父様？」

「お前の親になった覚えはないな。こいつを乗りこなすにはコツがいる、それだけだよ」

《砕城》に対する敵意や害意、電子化された怨念。執念とでも言うべき膨大なデータ。

だが、ただ蓄積されただけのデータは意味がない。適切に分類、検索し、必要な時迅速に必要な部分を抜き出し参照できて、はじめて情報は力となるのだから。

　紅蓮がそれを支配し、飲み込まれずに自我を保てる理由は。

「大切なものがある。俺自身より大事なものが」

　その保護のために。愛するものを守るために。

「——もうひとりの俺が今も叫び、抗《あらが》い続けている。だから俺はここにいられるんだよ」

　ＡＩと並列に存在する本来の《砕城紅蓮》。

　組み込まれたＡＩならぬ人間としてのそれが持つ、強い目的意識と自我が抗うからこそ。

　機械がもたらす偽りの全知全能をねじ伏せ、逆に道具として使いこなせる。

「クオリアすら敵《かな》わねえ。直観的な閃《ひらめ》き、脳細胞のスパーク。地球のどんなシステムより早く検索、情報を抜き出す訓練された生体脳。砕城の《二番目》……ってか」

「望んで手に入れたものじゃないがな。長年の遺伝子操作、交配による品種改良の結果。本来の人格とＡＩを同時に走らせ、まったく別の思考を同時に続けている」

　それが秘められた砕城紅蓮の異能、そのひとつ。

「——二重人格、多重人格。いや……完全同時稼働人格……!!」

「そうなるな。三次大戦の直前、安定した発展を見せた昭和から平成期。発達したＡＩは人類を超え、囲碁や将棋など遊戯の分野において、ヒトはＡＩに勝てなくなった」

　その最たるものこそが、クオリアシステム。

　完全ブラックボックス化された調整装置、《黒の採決》を裁く絶対権力、その源泉は。

「遊戯《ゲーム》時代突入と同時に全世界で行われてきた無数の遊戯、その情報の積み重ねによって最適化したクオリアAI、そのものだ。クオリアの裁定は絶対であり、遊戯の結果による決定もまた絶対ならば——クオリアに遊戯を挑み、勝つことでその支配を止められる」

だが、敗北の可能性があるならば、それは《絶対》ではない。

「あのインチキ親父《おやじ》……獅子王創芽《ししおうはじめ》は、今もクオリアという神に情報の贄《にえ》を捧《ささ》げている。それらをすべて食い尽くした時、本当の意味で遊戯時代における支配が完成するからだ」

クオリアAIを真なる最強とし、いかなる遊戯者《プレイヤー》にも勝てる存在となれば。

今のような勝負事の仲介役、賭けの徴収など胴元じみた振る舞いをする必要さえなく。

遊戯における最強というだけで、真の意味で世界をクオリアが握ることとなる。

「だが、それには邪魔なものがあった。……そーゆーコトっしょ、紅蓮《ぐれん》サマ？」

語る紅蓮の言葉に、紫漣《しれん》が口を挟む。

「クオリアAIより古く、情報化以前からデータを蓄積してきた唯一の集団。《砕城《さいじょう》》が、《伊邪那美《いざなみ》機関》が、クオリア支配下においても勝ち続けるため開発し、人体機能の拡張を目指して開発したナノマテリアルAI。それが《二番目》の正体だ」

だが、それには大いなる欠陥があった。

膨大なデータ量は並の脳では記憶できず、過剰に組み込めば本来の記憶が消えてしまう。

それだけではない。クオリアにより集積された遊戯時代の記録、遥《はる》か古《いにしえ》より伝わる情報には、一見オカルトじみた性質が残されていたのだ。

「ヒトってのは意外なほど共感性が強い。他の個体の痛みを我がことのように感じたり、簡単な誘導で催眠状態に陥り、炎と偽ってコップの水をかけられただけで、皮膚が火傷《やけど》のように爛《ただ》れちまう。それだけなら、手品師のタネがちょいと増えるだけだが……」

砕城家の遊戯記録、そこに赤裸々に記された勝利と敗北の情報。

収集できるかぎり溜《た》め込まれた無数のそれは、一種の催眠として作用する。

特に砕城家に敗れた者の悲惨な末路、教訓として記された地獄は、ＡＩ化されて遊戯者の記憶と融合した瞬間、強烈な砕城家への復讐《ふくしゅう》心となって発現する。

「科学的な《祟《たた》り》……情報化された怨念なんてものが存在するとしたらコイツだ。コレがあるかぎり、並の人間にアンタの真似《まね》はできねえよ、紅蓮サマ。やったらやったで強烈な自傷欲求に襲われて自殺か、あるいはテメエの機能を自己破壊するだけだ」

砕城が《二番目》の処置を限られた者にしか行わなった理由がこれだ。

内容を絞り、中途半端なデータ量で処置を行えば自傷は防げる。が、そんな状態では、肝心の人類能力の拡張が不完全となり、クオリアＡＩには到底勝てない。

「オレや未恋《みれん》チャンに組まれたＡＩは、そいつだ。怨念を切り離された安全バージョン、負担は減るが覚悟が足りねえ。紅蓮サマとヤるにゃ、二人がかりでもキツいわな」

「なら、なぜここへ来た？」

ヒヨイとおどけたように天を仰ぐ紫漣に、紅蓮は率直に返す。

「クオリアという人造の神に対抗するため、ヒトの愚かさを煮詰めて作られたのが俺達だ。

それを理解したのなら、さっさと遊戯《ゲーム》の舞台から降りたらどうだ？」

「そっスね。オリた方が楽になるなら、そうしてました。けーどー……。そうもいかねえ。オレはそのうち擦り切れて死ぬ。未恋《みれん》チャンもだ、脳の負担と臓器の不全で死ぬ」

同情を買う狙いではない。ただ事実を述べ、そしてそれを前提に行動を紡ぐ。

「けど。……タダで死ぬのって、嫌っしょ？　特に気にいらねーヤツの言いなりになって、コキ使われたあげく感謝でもされてみなよ。……想像するだけで吐きそうだわ」

砕城《さいじょう》本家の命令のまま紅蓮《ぐれん》に挑み、勝ったとしても何になる？

多額の報酬？　金で寿命が買えるか。妹が本当の意味で解放され、自由に生き、そして残された時間を人間らしく生きるためには──繋《つな》がれた鎖を、切るしかない。

「親父《おやじ》は本家の奴隷で、母さんはアンタの遺伝子を組み込まれた妹を産んで死んだ。オレはアンタと同じＡＩを脳にブチ込まれて、アンタと同じ思考の一部を手に入れた。つまりオレ達はアンタの子供さ。思考の過程も、導く結論も、同じだ」

「ふぅん」

つまらなそうに、紅蓮は唇の端を吊《つ》り上げる。

「社交辞令や探り合いにも飽きた。そろそろ結論を言ったらどうだ？」

「話が早《はえ》ぇな。そうさ、アンタの狙いは読めてる。オレも一口乗せてくれや」

凍城紫漣《とうじょうしれん》が読んだ紅蓮の目的、それは。

「──砕城家の破滅と破壊。そして全遊戯者の抹消。アルセフィア王国を奪い、クオリアから隔絶された独自の法と秩序を備えた王として。いや……」

　この遊戯、その設定に従うならば。

　学園を舞台に六つのクラスが頂点を巡り競い合う、この状況は。

「遊戯《ゲーム》で評価される学園の頂点に君臨すること。……そういうことだろ、紅蓮サマ」

「だとしたら、どうする？」


　答えは朱《あか》い眼《め》、そして愉《たの》しげな薄笑み。

　賭けに勝った。確信を込めて、凍城紫漣はその手を新たな主《あるじ》へと差し出して。

「――オレ達を仲間に入れてくれねーっすか、紅蓮サマ？　世界を滅ぼす、お仲間にさ」

　システムによって支配された、遊戯がすべてを支配する歪《ゆが》んだ世界を。

　犠牲となったすべての記憶と歴史を組み込まれた少年の手を。

　それすら支配する少年は無言で掴《つか》み、力強く……引き上げる。

「接続を切り、現実に戻れ。そして俺のもとへ帰還しろ。いいな？」

「了解。……ボス」

　新たに成立した主従契約。忌まわしき鎖を断ち切った分家の獣は、正しき主を選び。

　鎖を噛《か》み切った獣は、望んだ破滅をもたらすために現実へと戻って行った。

＊

「……は？」

リングネスの忘我が、第二区画総督府に集う全員の意思を代弁していた。

「何を言っている⁉　何がどうなっている⁉　黒婆《ヘイボオ》‼　貴様、説明せぬか‼」

「う、う、うちかてわかりゃしまへんわ‼　分家の屑《くず》が……ゴミが本家に逆らうやて⁉　そないなことが許されると思うてるんか。とんでもない、とんでもない話や‼」

玉座の偽帝と黒い老婆が慌てふためき、取り乱す。

それは演技ではない。想定すらしていなかった異常事態に、混乱を極めている。

「えーと。つまり、これって、どういうことなんでしょうね？　楓《かえで》さん」

「わ、私に訊《き》かれても困りますわよ！　紅蓮《ぐれん》様の作戦……なのでしょうか」

「どーでもイーけど、休みたいネー。いい加減限界デース‼」

「お手数おかけします、佐々木《ささき》です。……えと。何て言えばいいんですかね、これ？」

わらわらと群れてくる警備ドローンと睨《にら》み合っていた桃花《ももか》とアビゲイル。

彼女達に守られ、物陰に隠れていた佐々木と楓は、先ほどまでクオリアの内部映像――紫漣《しれん》と紅蓮の会談を投影していた壁を見つめて、ただ呆然《ぼうぜん》とするばかり。

「――……可憐《かれん》さんも、水葉《みずは》さんも。まだ、起きない……――」

「今はそれで良かったのかもしれないね、姉さん。これは……」

「予想外の事態、だな。この場合、裁定はどうなる？　対立中の陣営から遊戯者《プレイヤー》を抜く、そんなことが可能なのか？　クオリアが認めるとしたら、つまり……!?」

敗北のショックから醒《さ》めず、気を失っている可憐と水葉を守っている朝人《あさと》と姫狐《ひめこ》。そして静火《しずか》が、現状を把握しようと頭脳を回す中、答えが出るより早く。

「何驚いてんスか？　……トーゼンっしょ？」

簡易ログイン機能を持つヘッドフォンを外し、現実に帰還した紫漣が言う。

肩車した妹、未恋《みれん》のソックスに包まれた足首を軽く握って、仲睦《むつ》まじい親子のように。

「オレらは砕城《さいじょう》の奴隷じゃねえ。伝統なんざ知るか、どうだっていい」

「さ、逆らう気ぃか!?　できると思うてますの、アンタの親がどうなると……!?」

威嚇するような黒婆の絶叫、しかし。

「どうにでもしてくれ、あんなクソ親父《おやじ》。……ウンザリなんだよ、マジ」

無気力な、気だるげないつもの空気。

だが決定的に違う――異様な光を宿した眼《め》で、紫漣は老婆を見返した。

世界の欺瞞《ぎまん》を暴く。見せかけの平等も平和も知ったことかと。

「オレらは紅蓮サマについて、テメエらの世界をブチ壊す。止めるなら、言葉じゃねえ。――命で払え。利用されて死んだ母さんを返せ。未恋チャンの寿命と健康を、返せ」

できるはずがない。そう確信した言葉で、紫漣は老婆を責める。

「百歩譲ってオレはいい。そういう家に生まれちまったってだけだ。壊れるまでアンタらに尽くした親父《おやじ》のために、オレの命は負けといてやるさ。……返せよ。ほら」

「そ、そないなこと。できるわけあらへんやろ!! 無茶《むちゃ》言うんやない!!」

「なら取引は不成立だ。未恋《みれん》チャン——Wake Up《ウェイクアップ》」

最終兵器たる妹を起動する魔法の言葉。囁《ささや》きを感知し、ヒクリと幼い体が揺れる。

「あふ。……しすてむ、しょーあく。できたよ、おにい」

「オッケーオッケー、上出来だわ。やっちまえ。全部ダウンしちゃって☆」

「あい」

短い答えと共に、バツン!! と激しい機械音が謁見の間に響く。

空中を飛び交っていたドローンがすべて勢いを失い、ヘタヘタと着地して停止した。

「ドローンが……止まった。そうか、クオリアから総督府のシステムを陥《お》としたか!」

「そゆコト」

機械の軍隊の崩壊に、クラッキングの知識を持つ静火《しずか》が推測する。それに答えた未恋は兄の癖毛に顎を埋《うず》め、枕のように抱きつきながら……一瞬鋭く、その瞳を燃やす。

立ち向かい、抗《あらが》い、潰《つぶ》す。その決意のごとく!

「もうアンタらにオレらを止める手札はねえ。残った一軍が来ようと未恋チャンが潰すし、違法武器をガンガン積んだ武装ドローンの存在は、クオリアを通じてバラしてある」

辛《かろ》うじて《獣王遊戯祭《ベスティア》》の開催中は大丈夫だろう。遊戯《ゲーム》の決着を優先するためだ。

しかし、それが終われば。万が一勝者となったとしても、国際社会の糾弾が待っている。

禁じられた武力を所持し、使おうとした。それは遊戯時代における、最大の罪。

「……組む相手を、誤ったか」

第一王女リングネス。血と汗で汚れた髪、ほつれたそれをかき上げながら。

「砕城《さいじょう》などという古びた力を当てにしたのが失策よ。直接貴様を雇うか、あるいはF……

ユーリエルを勝者と認め、下についてでも生き残るべきだったか。読み違えたわ」

「今からでもそうするかい、皇帝陛下？」

「からかうな。偽りなれど帝《みかど》を名乗った朕が頭《こうべ》を垂れるは、この首落ちた時のみよ」

敗北を認めながらも堂々と。

慌ても悔しがりもせぬままに、玉で飾られた扇で出口を示し。

「──許す。凍城兄妹《とうじょうきょうだい》、どこにでも行くがよい」

「了解。……雇い主としちゃ悪くなかったよ、アンタ」

敗北の偽帝に背を向けて、妹を肩車しながら──玉座の階段を少年は降りる。

眼前を通り過ぎかけた彼に、いち早く我に返った楓《かえで》が声をかけた。

「お、お待ちなさい！　紅蓮《ぐれん》様に寝返ったということは、味方……ですの!?」

「いんや？　つーか、まだ理解してねえんだ。アンタら、ちょっと鈍すぎね」

紅蓮が駄菓子屋に桃花《ももか》やアビゲイル、楓を配置した理由。

無茶、無謀としか言えない潜入作戦を朝人《あさと》や姫狐《ひめこ》に命じた事実。

仲間を守るため戦いを決意し、求めた水葉《みずは》と静火の行きつく先。

助けを求められ、可憐《かれん》が飛び出した向こうでぶつかる戦いの、その意味。

「この第二区画の戦い、そのものが紅蓮《ぐれん》サマの『選別』だ。アンタらの誰かが生き残ればそいつを使う。オレ達が生き残れば当然そっちを使う。そんだけの話だよ」

あえて無防備な『浮いた駒』として配置された餌。

逆転を虎視眈々《こしたんたん》と狙う第二区画、第一王女リングネスがその機会を逃すはずはなく。

送り込まれた強者、紫漣《しれん》と未恋《みれん》が遊戯《ゲーム》を挑み、身内の誰かが勝てばよし。

「負けたとしてもかまわねーのさ。オレらの考えも、お見通しだったんだろうからよ」

どちらが勝ったとしても。それは、紅蓮と組みたがる人間であり。

「生き残った方がより強い駒になる——って寸法さ。証拠は言うより、見た方が早いだろ。テメーの端末を確認してみ?」

「端末を？　……っ!!」


一斉に全員の端末が、着信を告知する。

マナーモードの振動音から間の抜けたアニメの主題歌まで。

個性ある着信音の中、画面に映った通知の履歴に、全員が絶句した。

『Fクラス、砕城《さいじょう》可憐、御嶽原水葉《みたけばらみずは》、白王子朝人《しろおうじあさと》、聖上院姫狐《せいじょういんひめこ》。
——以上、遊戯者《プレイヤー》登録が抹消されました』
『Bクラス、凍城《とうじょう》紫漣、凍城未恋。遊戯者登録が変更されました。
Fクラスに移籍申請、受理。所属を変更します』
「「「…………は!?」」」
それは無機質の断罪。
ひとつの言葉も説明もない——死の宣告だった。

●暴かれた封印

時はわずかに遡り、Bクラス総督府での遊戯戦《ゲーム》が佳境を迎えていた頃。

暴動の爪痕が色濃く残る第六区画、SHOWA通り。あちこちでうっすらと火災の煙が立ち昇り、ひっくり返された車や割られた建物のガラスが散乱する駄菓子屋の前で。

王家の紋章が彫られたマンホールが音をたてて開き、なんと人影が現れる。

「着いたぞ、ここだ。……登れるな？」

「もちろんです。こんなルートが存在するなんて、知りませんでした……！」

「三次大戦以前に整備された旧下水道ルートだ。祖国ロシアが冬戦争のドサクサに紛《まぎ》れ、周辺地域を調査した折に持ち帰った旧図面を元に、我々が整備を行った」

最初に現れたのは、砕城紅蓮《さいじょうぐれん》。マンホールの闇から朱の眼光を放ち、真っ先に路上へと這《は》い登ると、続く仲間に手を差し伸べる。それを受け、次に現れたのはユーリエル。

第四区画、連邦留学生寮から地下へ。一切の監視が存在しない地下下水道ルートを移動、地下迷宮じみた探索を続けて辿《たど》り着いた目的地に、最後に降り立った人物は。

「工事はすべて極秘に行い、連邦から密輸した資材を使用。アルセフィアの物資や資金を一切動かすことなく実行した。完全な秘匿ルートと思ってもらおうか」

「そのあたりの工作はさすが専門だな。——そこまで徹底されると逆に笑える」

カツッ、と音高くヒールが割れた舗装路を蹴りつける。

シャワーを浴び、キッチリと制服を整えて、凛《りん》とした空気を取り戻した連邦の女工作員、ミラ・イリイニシュナ・プーシキナ。不倶戴天《ふぐたいてん》の敵同士は、今や揃《そろ》って手を結び。

「ですが、紅蓮。総督府に戻るのでしたら、普通にトラム……路面電車でいいのでは？」

「まさか家に帰るのに、わざわざ地下通路を使うかよ。公共交通機関だけじゃない、表の道路を使えば監視カメラに映る。そうなりゃ、目当ての魚が逃げちまうのさ」

「魚……ですか」

含みを持たせた言葉の意味を察し、ユーリエルの顔に厳しさが走る。

暴動で散らかった街を痛ましげに見渡す彼女の横で、ミラもまた紅蓮へ疑問をぶつけた。

「ヤツのことか。それはいいが、ここからどう動くつもりだ？」

「ええ。ここ、SHOWA通りからクオリア分枝のある中央管理棟、スキヤキホテルまで少し距離があります。車を使えば、やはり察知されてしまいますが……」

「ちょうど駄菓子屋の前か。まさかとは思うが腹ごしらえとでも言うのではないだろうな。決戦前に士気を高めるのは必要だと思うが、それなら肉か酒にすべきだろう」

非難と困惑の混じった二人の視線を浴びながら、紅蓮はどこ吹く風で歩き出す。

「中央管理棟、スキヤキホテルか。ユーリエル、なぜヤツがそこにいると思う？」

「え？　それは……だって、クオリア分枝の所在地ですから。灯台下暗し、と申しますし、私達の眼《め》をすり抜けて潜伏するには絶好の場所ではありませんか？」

「確かに。ヤツの権力の源泉はクオリア分枝、あらゆる世界遊戯の調停を担うシステムのアクセス権を握っているからだ。だが、物理筐体《きょうたい》を握る必要はないんだよ」

クオリア分枝のメンテナンスは自動制御だ。部品の大半は基礎的な清掃のみで稼働でき、稀《まれ》に必要なアップデートは遠隔で行うことができる。

「必要なのは、遠隔操作に必要な高速回線だ。王立学園の隠し部屋はロシア系の留学者連中に調査させたがもぬけの殻、次の候補がここなんだよ」

「ここって。……まさか!?」

ユーリエルが驚愕《きょうがく》し、恐ろしいものを見るような眼《め》でレトロな駄菓子屋を見上げた。

そんな彼女に背を向けて、紅蓮《ぐれん》は駄菓子屋に歩み寄る。雨戸を下ろし、門前を片付けて店は閉じているようだが、古臭い木戸は強く蹴飛ばしただけで呆気《あっけ》なく開き。

「……ひっ!? ご、強盗……いや、ユーリちゃんじゃないか。どうしたんだい？」

「す、すいません、お婆《ばあ》さん！ あの、紅蓮。これは何かの間違いでは!?」

荒れた店を片付けていた老婆が、突如乱入した侵入者に驚いて手にした箒《ほうき》を取り落とす。

無言で押し入った紅蓮は、砂埃と火災の煙で汚れた駄菓子、そのひとつを手に取って。

「——俺が好きなものを、決して踏《ふ》み躙《にじ》るようなマネはしない。そう考えた上で、ヤツは数年前から布石を打っていた。このアルセフィア王国の相続問題がいずれ火を噴くと踏み、コンサルタントを通じて日本式観光整備プランに、わざわざ俺好みの要素を入れて」

「え……？」

紅蓮の言葉に、ユーリが。そして……他でもない、店主の老婆がビクリと震える。

「な……何を言うてらっしゃるんですかのう。わたしゃ、そんな……！」

「ごまかすなよ。そもそもおかしいだろ、いくら話を持ち掛けられたとはいえ、知り合いがいるわけでもない。言葉も文化も解《わか》らない土地に、年寄り一人が移住してくるなんて」

ユーリエルから聞かされた、駄菓子屋の老婆の来歴。

日本で年金暮らしをしていた老婆が、家を処分し、日本の駄菓子文化を伝えるために、わざわざここへ移住した、と。

「三次大戦以前じゃないんだ。感染症対策や不法移民対策でどこも移住には厳しい。このアルセフィアだってザルじゃない、相応の保証がなきゃ年寄りなんぞ受け入れないさ」

「そ、それは。……わたしの住んでた土地の、町内会長さんが……」

「いつまで経《た》っても老けない、外人みたいな顔をした町内会長だろう？　偽名で登録し、十年前から住民登録をしているが、業務はすべてリモートで本人を見た者はいない」

言い訳を断ち切るように、出した名は。

「──獅子王創芽《ししおうはじめ》。すべては、あのインチキ親父《おやじ》が俺を操るために打った布石だ」

紅蓮が最も好む場所。表が最も強く現れ、裏の顔が覗《のぞ》きもしない、強い日常の象徴。

それをわざわざ演出し、自陣の勢力圏に作ることで安全地帯を確保した。荒らさない、守るべき聖域として認識させて、決して奥まで立ち入ることがないように。

「クオリア分枝から延びた超高速通信回線。その物理ケーブルがこの店の真下を通って、総督府と学園に通じてる。この島で最も安定した、クオリア分枝直結回線がな」

「偶然では……。わたしは、そんな人のことなど知りませんわい」

「なら、電力はどうだ？　こんなレトロな店構えで大手コールセンター並の消費量だろ。ブラウン管のテレビを二十四時間つけっ放し、程度じゃ話にならないぜ」

端末片手にデータを提示しながらの、皮肉げな追及。

「……ばれちまったんじゃあ、しょうがないね。あばよ!!」

「！　お婆《ばあ》さ……は、早い!?」

黙って聞いていた老婆が、不意にスカートの裾をたくし上げ、サンダル履きのまま走る。まさに一目散。高齢者らしからぬ健脚で逃げる老婆を、ユーリエルは追いかけようとし。

「逃げました。……捕まえます！」

「放っておけ。どうせ遠くへは逃げられない。こいつが無きゃ、な」

いつのまにか紅蓮《ぐれん》の手に、見慣れぬ端末が握られていた。

老人仕様の簡易品ではない。最新鋭の日本製、高機能端末。

指紋認証や網膜認証を手際よく突破、電子マネーの残高やカード状況を確認すると。

「登録されてるのは支払限度額なしのブラックカード。電子マネーの残高は億単位、か。あのオッサン、ずいぶん金払いがいいらしい。一国のセレブ並みの蓄えだな」

「いつのまに、お婆さんの端末を……。掏《す》り取ったのですか？」

「擦れ違った瞬間にな。逃走用の予備端末くらいあるかもしれんが、あれが逃げたところで大局を動かす力はない。小物にこだわるな、放置しておけ」

冷淡、無関心。立ち去った老婆の端末を放り捨てると、紅蓮は駄菓子屋の奥へ踏み込む。生活の痕が残る座敷。まだ湯気をたてる湯飲みや座布団、佐々木《ささき》が焼いていたもんじゃ焼きの香りがする部屋に土足で踏み込むと、ユーリエルはどこか悲しげに言う。

「……ここは、弟の。ユリウスのお気に入りでした。外出が許されるたび、必ず来て……。お婆さんも可愛《かわい》がってくれて、まるで家族のようだったのに……！」

「腹が立つか。まんまと呪《じゅ》にかけられたな、ユーリ」

唐突に紅蓮が口にした古い言葉に、外国人達は意表を突かれ。

「……シュ？　何だ、それは。どういう意味だ、紅蓮」

「外国人にはわかりにくい概念だったか。常識、先入観、思い込み……そういったものを利用して、人を近づけたくない場所から遠ざける『呪い』、アナログの手法だよ」

獅子王創芽《ししおうはじめ》という人物はデジタルの申し子に見えて、驚くほど古い術にも通じている。日本人なら室内で土足は厳禁。良い思い出のある場所に悪感情は抱きにくく、長い時間をかけて育てた信頼関係は最良の偽装となって、いかなる監視もすり抜けるのだ。

「……お金。お金、お金、お金……！　信じていても。愛していても。親しくとも……。ただ、そんなもので人は、裏切るのですね。優しく、穏やかなお婆さんですら……！」

「人間は金を貰《もら》えば誰でも穏やかに、優しくなる。金を持っているかぎり、どんな悪党も心から客をもてなすものさ。お前がよく知るヤクザの世界と同じだろ？」

「……ええ、わかっています。それでも……それでも、辛《つら》いのは。甘いでしょうか」

座敷を踏み越え、土足のまま板張りの廊下を歩いていく。

しゅんとしながら呟《つぶや》くユーリエルに、紅蓮《ぐれん》は背を向けたまま答えた。

「あの婆《ばあ》さんが遊戯《ゲーム》の結果、敗北してお前のスパイをしていた。日本の家族を人質にされ、嫌々従っていた……そうだとしたら、どう思う。ユーリエル」

「え？　そ、そうなのですか？　なら……」

「許したくなるか。なら、それは甘いんだ」

行動の動機や背景は関係ない、裏切りという結果だけを見ればいい。

万能の救世主でもない限り。あらゆるものを救う力や覚悟がないかぎり。

「救えるものは限られ、伸ばせる手には限界がある。情を移した人間を誰彼構わず救う、なんてのは王様じゃなくてボランティアだろ。そうなりたいのか？」

「……いえ。そうでは、ありません。私が、私が、助けたいのは……！」

弟であり、母であり、家族であり。

「助けたいものは、決まっています。だから……進みましょう、紅蓮。私の悪魔」

「話はまとまったようだな。ところで、ひとつ訊《き》いておきたいのだが」

不意にミラが手を挙げ、先を歩く紅蓮とユーリに質問を投げる。

「獅子王創芽《ししおうはじめ》がアルセフィアに潜入しているという事実は、我々すら掴《つか》んでいなかった。だが、ヤツは味方であるはずのFクラスにまでなぜ秘密にしていた？」

本来なら、Fクラス。獅子王創芽はユーリエルの同盟者であり、運命共同体だ。

裏の世界で勢力を築いた人物とはいえ、表の権力の源泉は獅子王学園、クオリア分校を擁する世界唯一の遊戯者《プレイヤー》養成校を握っていることに由来する。

ユーリエルの敗北でそれが崩れれば。クオリアの管理者としての地位こそ変わらずとも、表舞台に与える影響力は、一気に減ることになるだろう。

（簡単に考えれば、《獣王遊戯祭《ベスティア》》をFクラス優位に運ぶ裏工作のため潜伏していたはず。だが、そんな気配は一切なく、我が連邦の諜報《ちょうほう》力でも暗躍の影すら掴めなかった）

どんな形であれ、動いていれば情報の断片程度は掴めるはずだ。

ミラが知る《連邦》の諜報力を考えれば、情報が掴めなかった以上……。

「獅子王創芽は潜入中、ほぼ完全な『見』。動かず情勢の観察に徹していたことになる。何故《なぜ》だ？　我々の戦いをただ観察して、何をしていた？」

「本人に訊けよ。逃げるヒマは与えてない、すぐそこにいるからな」

駄菓子屋、廊下の突き当り。

何の変哲もない行き止まりを、紅蓮の靴が踏みつけるように蹴り飛ばす。

するとその部分の板が外れ、まるで忍者屋敷のように床が開き、地下への階段が現れた。

「やあ。──見つかってしまったようだネ。隠れんぼは私の負けかな？」

階段を降りてすぐ。6畳間ほどの狭い空間に、ギッシリと詰め込まれた無数の機械。

用途も知れぬモニターや観測機器に埋もれるように、白いスーツと帽子が浮いている。

機械の光に反射してクラゲじみた光を放つ男は、歓迎するように三人を出迎えた。

＊

「ハジメ・シシオー……!!　まさか、本当にいるとはな」

「やあ、ミラ君。それにユーリエル君も一緒かい？　これはこれはお揃《そろ》いで、仲がいいね。いやはや、数時間前まで下着姿でヤケ酒を食らっていたとは思えない姿だヨ」

「……貴様。なぜそれを知っている!?」

「この国で。いや、この社会で。機械の眼《め》がある限り私から逃れる術《すべ》はないサ」

カッと頬を赤らめて威嚇するミラを軽くいなし、獅子王創芽《ししおうはじめ》はシルクハットを傾ける。

眼元《めもと》や表情を隠し、ニヤリと笑む口元だけを影に浮かべながら。

「ま、そういう時に備えてアナログのルートを確保してあるあたり……キミら《連邦》の偏執じみた考えは厄介だネ。特に、紅蓮《ぐれん》クンと組まれては非常に困るワケなんだが」

上手《うま》くいかないものだ、と息を吐き、さも残念そうに男は語る。

「せっかく獅子王レジャーランドの警備を緩め、キミらを引き込みぶつけ合わせて協力の芽を断ったのに、まったく無意味じゃないかネ。これだから、厄介なんだヨ」

「こっちの台詞《せりふ》だ。こそこそ暗躍しやがって、いい加減にしろ。――ペラペン先生？」

ミラとユーリを従え、裏世界最強の男が進み出る。

地下室へ降りる階段半ば。朱に光る眼が、整った顔立ちを禍々《まがまが》しく飾る。その鋭い眼に貫かれながら、獅子王創芽《ししおうはじめ》は「ほう？」とわざとらしげに声をあげた。

「何の話かな？　遊戯《ゲーム》裁定用のＡＩは確かに私がモデルだが、無関係だヨ」

「たまに入れ替わってたんだろ？　クオリアのアバターにＡＩと人間の区別はない。運営側のアンタなら、ペラペン先生としてクオリアに接続するなんて簡単なことだ」

「ふむ。つまり私が、Ｆクラス……つまり君達の側の人間でありながら審判として潜入し、遊戯を不当に裁定していた、と言いたいのかネ。だとしたらそれは誤解で……」

「話を逸《そ》らすなよ。そんなことは言っちゃいない」

ペラペン先生＝獅子王創芽。

この繋《つな》がりにおいて紅蓮《ぐれん》が重要視する要素は、ひとつ。

「問題は遊戯の裁定者、審判役としてアンタ自身が遊戯に関わる権限を持っていることだ。どうせ俺がサボりすぎたり、万一の偶然でＦクラスが敗退しそうな場合に干渉したり」

あるいは《ディベート・ゲーム》のように。

運営預かりのカードを奪いに出向いたカムラン達のような状況が発生した時のために。

「ペラペン先生というアバターがあれば、素性を隠したまま《獣王遊戯祭《ベスティア》》に参戦できる。ＡＩと入れ替わり、自分の都合に合わせて勝敗を誘導することも可能だ」

十中八九、砕城《さいじょう》紅蓮を有するＦクラスの勝利は固いだろう。しかし勝負は時の運、万一敗北の兆しがあるようならば、運営側を装って介入する手段を残していた。

紅蓮引退後、最強と言えるクオリアＡＩにもそんな忖度《そんたく》はできない。露骨な不正、実行しなかったとはいえ可能な状況を作った時点で、運営としては失格と言える。

つまるところ——獅子王創芽の不正滞在、その理由は最終的勝利の保険。

「おやおや、心外だ。私はそんなつもりはないいんだがネ？」

「だとしても、バリバリ利害関係がある当事者の一人が運営側にいる時点で、公正も何も無いだろうが。だからここや、王立学園のアジトに隠れる必要があったんだしな」

姿を隠し、滞在を秘密にするだけではない。

遊戯に参加する資格を持つ以上、逆に他の参加者から遊戯を仕掛けられる可能性がある。並大抵の相手に負けはしない、だが、その予想を遥《はる》かに超える敵が現れたら？

「味方であるはずの俺達にすら、潜伏の事実を明かさなかった理由がそれだ。——正直に言えよインチキ親父《おやじ》。俺に会い、運営の権利を奪われるのを恐れたんだろ」

「……いやいやいやいやいや……流石《さすが》だネ。ブラボー!!」

パチパチパチ、と気のない拍手が地下室に響く。

「その通り。最大の脅威、最高の味方であり最悪の警戒対象が君だヨ。他にも例の連中、遊戯村から透夜《とうや》クンが連れてきた原始人紛《まが》いの蛮族も厄介だがネ。何せ彼らには対応するデータが存在しない。現時点のクオリアAIにとっては天敵だ」

世界の遊戯を監督するクオリアの例外。

近代ネットワーク外の存在である遊戯村の遊戯者《プレイヤー》達は、クオリアAIの学習範囲外だ。直接対決でデータを集めたとしても、一度や二度では完全な理解は難しい。

「故に私が待機する必要があった。エーギル・アルセフィアがクオリアの管理外地域へとスカウトに向かった時点でネ。まさか透夜《とうや》クンまで拾って来るとは予想外だったが」

「……ただの臆病で、王族なのに小市民な姉だと思っていましたが」

「そういう奴《やつ》ほど油断ならないもんだ。なまじ遊戯《ゲーム》をかじったヤツより、遥《はる》かにな」

苦いコーヒーを口にしたような顔の創芽《はじめ》と、腑《ふ》に落ちない様子のユーリエル。

そう、どれほど優れた性能を発揮しようとも、予測可能な存在に恐怖などない。

が、極まった遊戯者《プレイヤー》にとって定石を無視し、場を乱す『素人』ほど面倒なものはない。妙な運や流れを引き寄せるたぐいは——特に。

「アンタや俺みたいな存在にとっては、な。理解できない『普通』は厄介なのさ。そうだろう、機械仕掛けの学園長。その体、どこまで生身が残ってる？」

「ふむ、そこまで理解できているのかネ」

シャキッ……！　と金属音をたてて、手品のごとく刃《やいば》が現れる。

貴族的な装飾が施された飛び出しナイフ。服の袖か襟元か、手品のように隠されていたモノを右手に握り、獅子王《ししおう》創芽はいつも身に着けている手袋、左側を口で外した。

「……ッ!!」

飛び散る血潮が、珠《たま》と散る。

点々とピンク色のものがモニターに残り、熱で固まり乾いていく。飛び出しナイフを手にした創芽が、自らの掌《てのひら》にその刃を突き立て——グルリと真横に一周し、切れ目を入れて。

「人体機械化。三次大戦期に実用化された軍事技術……道理で、若いわけだな」

「そういうことだネ。皮膚組織はすべて人工細胞、血液も自慢の品でネ。薄いピンク色だ。人工ヘモグロビンの色素が白いせいでこういう色になるが、ファンシーだろう?」

自慢のファッションを紹介するように、ベリベリと左手の皮膚を剥《は》いでいく。

現れたのは鋼の骨格。表皮は生身、血管や筋肉を守る真皮は人工。文字通り鋼で織られたような機械の腕をピンクの鮮血で染めながら、鋼の紳士はニコリと笑う。

「私が誕生したのは《黒の採決《ブラックバウト》》導入間もなくだ。そもそも管理者が替われば当然、運営の方針も変わってしまう。遊戯時代を続けるためには、老いぬ存在が必要でネ」

《原初の十三人《オーディナルリスト》》が一人、《創生の樹《き》》と呼ばれた天才技術者——獅子王創芽。

クオリアシステムを構築し、遊戯時代を成立させた名誉なき英雄の一人は、その人格を真っ先に解析し、データ化してクオリアシステム、そのブラックボックスに組み込んだ。

「クオリアがある限り、私は滅びない。現実の肉体はとうに老いさらばえて朽ちたけど、代用品はクローンと工業製品で創れるからネ。永遠に人類を管理し、導けるんだヨ」

あらゆる戦争を排除し。

あらゆる遊戯を支配し。

あらゆる世界を統べる——絶対公正を謳《うた》った究極のシステム。

「それが私《クオリア》だ。機械と言われれば、否定はできないネ」

「似たようなものを脳味噌《のうみそ》で走らせてるのは俺も同じだ。……今更ズルいだの何だのと、子供みたいな文句をつける気はないんだが」

「君の場合はまた違うだろう？　同じマテリアルＡＩでも、砕城《さいじょう》のソレと私のソレでは、基礎となる情報がまったく違う。私はクオリアが集積した近代遊戯《ゲーム》のみだが――」

「俺の頭に走る《二番目》は、砕城が延々と集めてきた怨念じみたデータの塊だ。そこには研究が進み、淘汰《とうた》される以前の古いデータも含まれてる」

奇《く》しくもそれはカムラン・マリクをはじめとする、遊戯村の者達と同じ。

だが、遊戯村を１とするなら砕城は１０００を超える。圧倒的に積み重ねられた歴史、執念によって充実したデータベースの集積量。その差が《五年間の不敗》を支えた。

「それに、《二番目》を走らせていれば勝てるというモノでもないからネ。真のチートは君の頭脳、整理も何もない怨念交じりの混沌《こんとん》……砕城の集積データを一瞬で閲覧参照検討、最適解を導き出す、君という天才の頭脳だヨ。まったく、どうなっているのかネ？」

「さあな、俺も知らない。そういうことは科学者のやることだろ」

だが――公平《フェア》とは、思えない。

「俺自身はどうでもいい。だが、もうひとりの俺が叫ぶんだよ。脳も人格もひとつだけの人間と二つ走らせてる俺じゃ、どちらが有利かは言うまでもない。異能なんて代物があり、認められている以上ルールの枠内ではあるが……俺自身が、気に入らない」

「君が頑《かたく》なに遊戯を止《や》めたがっていたのは、もしやそれが理由かネ？」

「かもな。だとしても、今の俺は……迷わない」

朱《あか》い眼《め》が煌《きら》めく。制服の上着、ポケットに突っ込んでいた手を紅蓮《ぐれん》は抜く。

何も握っていないしなやかな指。交錯したそれが、パチンと音を鳴らす。その瞬間！

「動くな、時代遅れのサイボーグ。どれだけ頑丈な構造でも、この弾丸は防げんぞ」

「……ミラ君。クオリア監視下の状況で武力を行使するのかネ。正気かい？」

紅蓮の合図を受け、ミラが抜き放った拳銃が獅子王創芽《ししおうはじめ》に照準を定めた。

ピタリと動かない銃口は、射撃に対するミラの熟練を表していた。対物にも用いられる大口径は、機械化されていようが人間サイズの物体ならほぼ確実に貫通する。

「その言い訳は通じない。ここはクオリア管理下じゃない——というより非公式に設計し、本来存在しないはずの拠点だろ？　不正にデータを抜いてるのはむしろそっちだ」

「……作った本人が利用しても不正利用と呼ぶのかネ。それは少々疑問なのだが」

「たとえサービスを提供する社内の人間だとしても、想定されていない使い方をした時点で不正と判断していいだろう」

地下室一杯に詰め込まれた謎の機材。

それが何のために稼働しているのか——朱い眼は、すべてを見抜いている。

「ここにあるのはクオリアＡＩの管理サーバ。それも分枝で行われた遊戯の情報を抜き、ＡＩに学習させるラーニングシステムだ。膨大なデータを扱うから高速通信回線が必要で、内容を検討するための超高速演算のため、バカみたいな電気も必要になる」

そして必要な機材は、とても人体に収まるサイズではない。

獅子王創芽《ししおうはじめ》ほどの存在なら、強引に遊戯《ゲーム》を行いながらリアルタイムでラーニングも可能だろう。しかし、膨大なストレスをかけ、機械化されていない生体部品の消耗を招く。

それならば、大人しく外部に専門の施設を設けた方が遥《はる》かに効率がいい。

「解析を終えたデータを自分やメンバーと共有、アップロードすることでクオリアＡＩは究極へ近づいていく。なら……解析の途中でサーバが壊されたら、どうなる？」

「無意味だヨ。大昔のコンピュータとは違う。データは瞬時に世界各地のクラウドへ分散、バックアップされている。物理的にココを破壊したところで無駄さ」

「どうかな？　確かにバックアップやクラウドサーバは存在するだろう。だが、そいつを更新するには一度、全世界で同時稼働してるクオリアＡＩを止めなきゃならない」

それは即《すなわ》ち、世界を調停するシステムの停止と同義。

「それに、安全性のチェックもなしに全バックアップを更新するほど馬鹿じゃないだろう。《獣王遊戯祭《ベスティア》》で集積したデータは一度ここに集められ、十分に検討されてから全世界で同時にメンテナンスを行い、ようやく送信されるはずだ。……つまり」

「ここを破壊してしまえば。《獣王遊戯祭》関連データは消えるというわけだな！」

ミラの指に力がこもる。引き金がカチャリと鳴った刹那、鋼の左手が動いた。

《……〰〰〰〰――――〰〰〰〰〰〰〰〰〰〰〰〰〰……――――ッ!?》

「ぐッ!?」

銃口から火花が爆《は》ぜる。放たれた弾丸は鋼の掌《てのひら》を貫通し、モニターの一つを破壊した。

創芽の眼《め》から人間らしい焦点が失われ、その舌と口と喉が異様な速度で動くと、早送りで垂れ流したような不気味な声が、スピーカーじみた声量で放たれかける！

「強制アップデート、クオリアＡＩの更新命令。……遅すぎる」

「ッ!! がはっ……!?」

金切り声の機械音声が中断される。

ミラの銃口を掴《つか》んで防いだ創芽の横、スルリと影のように滑り込んだ紅蓮《ぐれん》が、横殴りの手刀でその喉仏を叩《たた》き潰《つぶ》し、容赦なく気管を凹《へこ》ませたのだ。

「よ……ヨヨヨヨ……ッ！　シャ。無さスギ、じゃないか、ネ？　……紅蓮、クン!!」

「半機械に手加減の必要があるか？　人権ないだろ、お前」

派手に機材を巻き込むように、細身の紳士が倒れ込む。

触れてみても機械とは思えない、肉の温《ぬく》もりと柔らかさを持つ体。だが人間離れした機械の出力で暴れるそれを、ミラは手慣れた格闘技の技で関節を固め、拘束する。

「ここまでは手順通りだ。やるぞ、ミラ。――いいな？」

「ああ。頼む。待ち侘《わ》びたぞ。……早くしてくれ、紅蓮」

うっとりと蕩《とろ》けるように。初雪のように白い頬をピンクに染めて、ロシア美女がそうねだる。

手を突っ込んでいたポケットの中身。取り出したのは中指一本ほどの大きさの――。

「やくざい……アンプル？　薬かネ。この私には、きかなイ……よ？」

「そりゃそうだ。臓器を機械化した時点で化学薬品が効くとは期待してない。けどな」

薬剤アンプル。ゴムの被膜で覆われた蓋に注射器の先端を入れ、中の薬液を吸い上げる。

数度中身を押し、丁寧に空気を抜いてから――紅蓮《ぐれん》は、それを創芽《はじめ》の首筋に刺した。

「こいつは効くぞ。何せ俺が実証済みだ」

注射器の中身は、薬ではなく。

「《連邦》製、有機連結頭脳体接続用ナノマシンだ。血管を通じて脳に到達し、その構造を作り替える。半分以上機械に変えたお前にも、強制的に接続できるさ」

「……なるほど。キミもまた、そこのミラ嬢との対決のため、ソレを受け入れテいたネ。だが紅蓮クン。キミですら干渉をブロックできたのニ、私にできないとでモ？」

拘束され、怪しげなナノマシンを投与されながら、獅子王《ししおう》創芽の余裕は崩れない。

事実、そのままであれば効果は薄い。紅蓮がかつてミラと同期しながらその記憶を守り、干渉を撥《は》ね除《の》けたように――クオリアＡＩを組み込んだ脳は、外部の干渉を排除する。

「そのままならな。聞こえたか？　ユーリ」

「はい。ええと……～～～～――――～～～～……さわりは、こうでしたか？」

「!!」

可愛《かわい》らしい喉、小鳥のような声から響く異様な金属音。

それは今しがた獅子王創芽が放ったもののほぼ完璧なコピー。

絶対的な音感と記憶力が導く声色、クオリアＡＩの更新命令だった。

「……今口にした、私のコード。それを一瞬聞いただけで記憶したのか……！」

「ええ。これは私の命綱。信じるものの無い世界でただ一つの誇り、ですから」

言語ではない「音」。大昔のプッシュホン、受話器が鳴らしたプッシュ音を機械が認識、数字に変換して番号を読み、電話をかけるように――特定の周波数で叫ぶ声が命令となる。

「当然、お前自身の声でシステムに認識させなければ通らない。だが……今、お前の五感はそこにいるミラと同期している。ミラの耳はお前の耳、お前の耳はミラの耳だ」

ガチガチにプロテクトが施されている本体、獅子王創芽を迂回《うかい》し。

「更新コードを手に入れた時点で十分だ。お前を中継してサーバに直結、ミラへクオリアＡＩの最新版を組み込む。お前と同等の権限を持つコピーが誕生するわけだ」

「……無茶《むちゃ》だヨ。紅蓮クン、キミじゃあるまいシ」

生体脳でＡＩを走らせて平気なのは、超人的な脳神経系を持つ紅蓮だからこそだ。

資質で劣る紫漣《しれん》が同種の処置を受けた結果、記憶を欠落させてさえ寿命を縮めたように。

最適化されたデザイナー・ベビーである未恋《みれん》すらさまざまな不具合を生じたように。

「ただでさえミラ嬢は有機連結頭脳体、脳共鳴によるリアルタイムな人格共有などを行い、脳に多大な負担をかけているんだヨ？　さらにクオリアＡＩを導入などしたら……！」

良くて廃人。悪ければ処置の途中で死亡する。

「──かまわないな？　ミラ」

「当然だ。ハジメ・シシオー……世界を弄ぶ寄生虫めが」


ガッ!!

両手両足に錠をかけ、抵抗できないよう転がした半機械人形。

人工血液で白いスーツを汚した男の尊厳を蹂躙《じゅうりん》するように、シルクハットを蹴り飛ばす。

乱れた髪を踏み、額にピンヒールの先端を喰《く》い込ませながら。

「貴様が握るクオリア独占を崩し、この忌まわしい世界を破壊する。私と紅蓮《ぐれん》が結ばれる障害となる秩序をぶち破り、真の自由と混沌《こんとん》、新たな法則《ルール》で塗り替えるのだ!!」

「し……死ぬんだヨ？　彼に抱かれることもできなくなる。愛されることもなイ。それで、それでもかまわないと言うのかネ。人間として愛されたくはないのかネ!?」

「ははあ。……なあ、半機械人形。貴様、もうずいぶん女を抱いていないのだろう？　人を愛したのは何年前だ？　本気で女に惚《ほ》れられた経験は……あるか？」

短いスカートの奥。美しい太腿《ふともも》のラインを覗《のぞ》かせ、鮮やかなリップの端を舐《な》めるように。

愉悦を含んだ壊れた笑顔で、ミラ・イリイニシュナ・プーシキナは半機械人形に迫る。

「死ぬ？　かまうものか。今朝まで私は、生きながら死んでいた。負け犬として誰の記憶に残るでもなく、腐った党幹部の粛清を待つばかりだったんだぞ」

それに比べれば。愛した人に求められ、使われ、そして。

「——死によって永遠になれる。私は紅蓮の記憶に残り、その死は痛みとなって刺さる。永遠に永遠に、その痛みだけは私のものだ。よそに女を作ろうが、子を成そうが、いい。この瞬間、砕城《さいじょう》紅蓮を私のものにできるのなら。——この命など、安すぎる!!」

「なるほどネ。ああ……そうだった」

壊れたように笑い続けるミラに踏まれながら、獅子王《ししおう》創芽《はじめ》はうっかりと。

忘れていたケアレスミス、不注意に気づいたばかりのように。

「……女性とは。愛を求める心とは。ヒトの愚かさと美しさとは、そういうものだったネ。いやはや、私としたことが。たかが半不死程度で、舐めていたようだヨ」

愛されぬまま死ぬよりは。

死んで愛され棘《とげ》となる。紅蓮の胸に突き刺さり、その血と共に永遠たれ——。

今、ミラの意識は完全に美しい夢の虜《とりこ》となった。どんな説得も通じまい、彼女は自分の意思で破滅を選び、望み、たとえ周囲が止めたとしても自ら実行するだろう。

普通ならば、ありえない。理性が精神を止め、ブレーキをかけるはずだ。

(それをすべて破壊し、暴走させ、望む方向へ操るか。……ハハッ、まったく……!)

ゾクゾクとしたものが背筋を駆け巡る。機械化された皮膚を遡る架空の悪寒。

半機械人形——獅子王創芽が久々に味わう鮮やかな感情。それは……恐怖。

「怖い怖いコワいコワコワコワコワコワ……ッッ!!　ハハハハハハハハハ!!　凄《すご》いな、

紅蓮《ぐれん》クン！　完全復活じゃないか！　機械化された私がエラーを吐く。論理ではなく感情が、脊椎が、神経が、すべてにおいて君の存在に震えているヨ!?」

「そのわりに、嬉《うれ》しそうじゃないか。良かったな、アンタの願いは叶《かな》うだろう」

遊戯《ゲーム》時代を完全に征し、その支配を完全なものとするために——。

白王子透夜《しろおうじとうや》の願いに獅子王創芽《ししおうはじめ》が乗った《獣王遊戯祭《ベスティア》》。

クオリア分枝という餌に釣られて引き寄せられた世界各国の猛者、それも《黒の採決《ブラックバウト》》の審判役、新世界の秩序を担うクオリアAIで対処できない究極のアナログ。

そのラーニング、解析と研究を完了することこそ獅子王創芽の願い。そして生まれた、文字通りの最強AIによって遊戯時代の支配体制を完全なものにするために。

しかし、その願いは今……真逆の形で実現しようとしていた。

「歌え、ユーリ。クオリアAIを更新し、アカウントを奪え」

「本当にいいのですか、紅蓮？」

「怖気《おじけ》づくなよ。お前も裏稼業の人間だろう？　億単位の金を他者から剥《は》ぎ取ったことは？　人生を賭けて集めたカネを巻き上げ、バカを破滅させて養分にしたことが何回ある？」

「…………それは」

躊躇《ためら》いを見せるユーリエル。人として当然のことだ。

だが、悪魔と契約した今、良心という白いハンカチは既に汚れているのだ。

「実の兄、カールスを破滅させた時のお前はどこへ行った？　己のエゴと幸福のために、大多数を犠牲にすると吠《ほ》えた気概はどうした。顔見知りを破滅させるのは心が痛むか？お前にとってただの敵、同じ女だから同情したのか。ならば、筋が違うだろう」

同情の必要はない。悼む必要すら存在しない。

「ミラは、破滅を願っている。望んでいる。その手伝いをするだけだ。――叶えてやれ」

「……はい……！」

ユーリエルは涙をこらえるように、立ち尽くすミラの背中に抱きつく。

彼女の髪に顔を埋《うず》め、耳たぶに触れるほどの距離に唇を寄せて、小鳥の囀《さえず》りめいた音を聞かせる。更新コードが共鳴する脳を通じて、絶対不可侵のクオリアを犯していく！

『更新コードを受信しました。……警告、認証のないユーザーが追加されています』

『申請者、獅子王創芽。更新適用開始……警告。認証のないユーザーの脳容量に不足。不正改造の痕跡あり。負荷甚大、続行の場合健康面に多大な被害が予想されます』

『……続行の意思を確認。アップグレード実行』

クオリアのメッセージを遮るように、

「あはははははははははは!!　紅蓮！　ぐれん！　グレェ……ンッッ!!　愛している！　アイ……シッ……あ……………？」

響くミラの壊れた笑みが、止まる。

泡を吹き、震える体を紅蓮《ぐれん》が背後から抱きしめて、恋人のように手を繋《つな》ぎ。

ユーリエルを挟んで三人。ひとつの塊のようになったまま。


「《獣王遊戯祭《ベスティア》》運営権限へ申請。獅子王創芽《ししおうはじめ》から新アカウントへ委譲しろ」

「……ッ!!」


氷のように冷たい言葉。朱に光る眼《め》に一切の容赦なし。

情のカケラもない支配者の託宣を受け、ミラはビクビクと震えながら脳を振り絞る。

汗が滴り、制服のシャツがはだけ、豊かな胸の谷間を露《あら》わにしながら。脳の負荷による高熱で体温は40度を超え、茹《ゆ》でられたような顔色で。


『《獣王遊戯祭》運営権限移譲申請。……権利者より拒絶。承認が為《な》されません。不正コピーと認識。運営、審判権限を複製AIに移行』

『クラッキングと判断。獅子王創芽、名称未定ユーザーを不正ユーザーと認定。クオリア本体よりシャットアウト。切断します』

「~~~~~~――――ッ!!」

ビクンビクンとミラが跳ねる。歯を食いしばって抱き留めながら、ユーリが叫ぶ。

「大丈夫なのですか、紅蓮！　これは、失敗では……!?」

「いや、成功だ。アップデートが実行され、ミラにはクオリアAIが移植されたからな。審判権限まで奪えれば完璧だが、さすがにそこまでザルなシステムじゃなかったか」

絶対不可侵を謳《うた》うクオリアシステムは、遊戯《ゲーム》中に続行を妨げるエラーを感知すると、問題のある個所《かしょ》を切り離して独自にコピーを生成するよう設定されていたらしい。

「公正な運営はコピーで実行。遊戯を止めることなく切り離したエラーを調査するわけだ。まあ、今回はその調査を行うべき人間が、そこで無様に倒れてるんだがな」

ちらりと視線を送られ、踏みつけられて乱れた前髪の奥、理事長は紅蓮を見上げて。

「……そうだネ。復旧は可能だろうが、すぐには無理だ。私はクオリアから引き離され、ミラ嬢もまた運営に介入はできない。どうするつもりだネ？」

「正直、審判権限まで手に入ればあとは強引にFクラスの勝利、でもアリだったんだが。そうもいかない以上、ルールの枠内で勝ちに行くさ。そっちの介入も封じたからな」

完全に気を失っているミラだが、その能力はクオリアAIの導入により強化された。

寿命、臓器や脳神経への負担など代償は大きいだろうが――。

「上等だ、短期決戦なら問題ない。さて、理事長。あんたもいつまでもそこに転がってるわけにもいかないだろう？　退屈しのぎに、俺達の遊戯に参加させてやろう」

「は？　……待ちたまエ、それハ……勘弁してくれたまエ！　紅蓮《ぐれん》クン!?」

「いいかげんしたり顔でペラペラ説教されるのにも飽きた。俺を操りたいのなら、せめて同じ立場で勝負するんだな。糸を掛けることができたなら、踊ってやるさ」

　パチン、と紅蓮が指を鳴らす。

「さよなら、トリックスター。こんにちは——先生。精々、頑張れ」

「ひ、ッ——〰〰〰……ッ!?」

　声にならない悲鳴が、地下の密室に重く響く。

　それからおよそ一時間後。Ｆクラス、総督府へのメッセージと凍城《とうじょう》紫漣《しれん》との会談を経て。

　新たな動きを見せた第六区画、Ｆクラスの動きに再び世界はひっくり返る。

●革命は成った

翌朝、未明。

アルセフィア王国全国民に対し、アップロードされた動画は。

クオリアによって描画された大王宮。贅《ぜい》を極めた空漠の玉座——侍《はべ》る廷臣は一人もおらず、ただ座る者なき虚《から》の椅子のみがポツンと置かれた仮想空間、現実ならぬ虚構の都。

だが、そのリアリティは知恵なき者を圧倒し、国民の心を打ちのめすには十分。

「革命は、成りました」

罪を表すような煽情《せんじよう》的な意匠の黒いドレス。

コーカソイド特有の白い肌に闇が映え、娼婦《しようふ》のように、王妃のように美しい。

国民の影も存在しない暗闇の広間に、ヒトの形をした闇が次々と現れる。

「にいにに、おとん……。いっしょ。いい。わるく……ない？」

「だな。かるーく、世界でも滅ぼしちゃいますか。なあ、いいだろ？　——お仲間さん」

「クク。ククククク。ケラケラケラケラケラケラ」

フリルをたっぷりつけて飾った黒いドレスの幼女、凍城未恋《みれん》。

彼女を抱きかかえるは、痩せこけた道化師、凍城紫漣。

ただケラケラと、虚《そら》を眺めて笑う壊れた貴婦人。ミラ・イリイニシュナ・プーシキナ。
「やれやれ。これじゃ水族館の飼育係だ。教師の威厳も何もアリはしないヨ」
ジャラリと鎖が音をたてる。
英国紳士の正装を脱ぎ捨て粗末な奴隷衣装をまとう、かつての学園の長《おさ》、獅子王創芽《ししおうはじめ》。
その手に抱えるのは、鎖に繋《つな》がれた皇帝——ならぬ、奴隷ペンギン。
ペラペン先生と呼ばれていたARアバター。
「改めて名乗りましょう。
——私はアルセフィア王国、第四王女。ユーリエル・アルセフィア」
それらを従える姫が歩み出る。ガラスの靴がコツコツと、冷たい床を蹴りつける。
歩く彼女の前に現れる、最後の闇。その手を取り、クルリと踊るようにひと周り。
場違いとも見える制服姿、ただ朱の眼《め》だけをギラリと輝かせた少年、その名は。
「そして——ご存じの方もいるでしょう。
世界の命運を裏で決する遊戯《ゲーム》の場、《黒の採決《ブラックバウト》》における伝説の主。

絶対勝利のチケット、五年間不敗の最強。我が契約の悪魔……砕城紅蓮《さいじょうぐれん》！」

紅蓮は一言も口にしない。

ただ姫をエスコートする王子のように、ひと回りして一礼する。


「現在行われている、我がアルセフィア王国の王位継承戦。

――《獣王遊戯祭《ベスティア》》は新局面を迎えました。私は率いるFクラスを一時解体、所属する遊戯者《プレイヤー》をここにいる五人と入れ替えます。これが意味することが、わかりますか？」


関係者なら理解できる。それだけに衝撃は、あまりにも大きい。

Bクラスの切り札にして主力、凍城兄妹《とうじょうきょうだい》。Dクラスの独裁者、ミラ。それらを抜かれ、完全な骨抜きとなった両クラスは、事実上Fクラスの傀儡《かいらい》となり、その傘下に入るも同然。

更には、クオリアの化身と認識されているペラペン先生を隷属させた姿は、つまり世界を牛耳るシステムへの介入を可能としたことを示し。

そして裏世界最強の存在としての名を隠すことなく衆目の下に晒《さら》したことで、その強さ、最強の証明は、瞬く間に国民の心に納得感を植えつける。

――ギッ!!

奥歯が軋《きし》む音がする。凶暴に、強く、ユーリエルが強い己を露《あら》わにする合図。

「愚かな王族、愚昧な民衆、バラバラの国土。何もかもすべてうんざりだ。私は破壊者達を引き連れ、王国の歪《ゆが》みを解体する。バカげた遊戯《ゲーム》ですべてが決まる国、世界のルール、望みもしないで人権すら売り渡すクズの群れ。何もかも終わりだ!!」

吠《ほ》える。叫ぶ。このままでいいはずがない、と。時代そのものを否定して。

「私は帰る、家族のもとへ。何もかも滅ぼした荒野から、愛するものだけを抱えてな!! あとはお前らの好きにしろ。荒れ果てた世界を立て直すもよし、新たな支配者を目指すもいい、私の知ったことじゃない。嫌なら願え愚民ども。悪を倒せと叫び出せ!! 私はここにいる。紅蓮《ぐれん》はここにいる。破壊を望む者が、世界を統べるシステムの代表が、あらゆる元凶がここに揃《そろ》った。悪はここだ。敵はここだ。——さあ、さあ……!!」

「止めたいと願うなら。間違っていると思うなら、かかってこい。
私を倒し、五人の最強を倒し、破滅の悪魔すら退けて、私を否定してみせろ。
これは全世界、全国民、全陣営に対する宣戦布告だ。さあ、もう一度言うぞ……!」

爆発じみた勢いで闇を吐き、ユーリエル・アルセフィアは、誓うように叫ぶ。

「――かかってこい!!」

闇からの挑戦。あらゆる秩序を、世界を、常識を否定する大演説。

それは全国民の端末に通知され、当然のごとく各陣営のトップ、遊戯者《プレイヤー》達にも伝わり。

＊

「ひっ、ひえええええええええ……！　は、始まった。何か始まってしまいましたぁ!!」

「くはははははははは!!　このようなサプライズ、粋な計らいではないか、砕城《さいじょう》紅蓮!!」

お気に入りのクッションで頭を抱え、へばりつくように伏すエーギル・アルセフィア。

頭隠して尻隠さず、一国の姫とはとても思えない無様な姿を咎《とが》める者は誰もいない。

第五区画、Ｅクラス。そこを統べる姫の性格か、素っ気ない市役所の建物を再利用した総督府。探偵事務所か事務室めいた空間に、正反対の感情が弾《はじ》ける。

「実に実に面白い！　予想以上の仕上がりではないか？　獅子王《ししおう》学園理事長……ヤツまで従えて、ついに己《おの》が最強の軍を完成させたのだ！」

「ハハッ、いや～、来てよかったぜ!!　敵は強いほど楽しいし――悪い奴《やつ》なら、遠慮なくぶちのめせるもんな!!」

ビニール製の安い長椅子に腰かけたカムラン・マリクと、端末を手に君臨する透夜《とうや》。

二人の少年が笑みを交わし、待ちきれぬとばかりに手を叩《たた》く。

「よりによって世界の敵だぜ！　最高だろ、トーヤ！　倒したら俺達ヒーローだな！」

「そんなつまらん代物になりたいのなら好きにしろ。世界秩序の崩壊も楽しい、クオリア掌握による世界遊戯《ゲーム》の支配も笑える。何より紅蓮《ぐれん》との究極の遊戯が待ち遠しい！」

仮の主《あるじ》たるエーギルの悲嘆など意にも介さず。

白王子《しろおうじ》透夜は心底愉《たの》しげに額に手を当て、空に向かって歓喜を叫ぶ。

「愚民どもが叫ぶように、ここで時を止めてセーブできればどれほど楽しいことだろう！一切の後悔なく生きてきたつもりだが、今回だけは別だ。何度も何度もこの時点から、己《おの》が選択をやり直して世界を賭けた遊戯を楽しめるなら、俺は神になるべきだった!!」

上機嫌に叫ぶ透夜に、頭を抱えていたエーギルが突っ込む。

「……ナチュラルに神様になろうとしてるあたり凄《すご》いですよね、ほんと」

「当然だ。貴様のように王家に生まれて愚民に育った凡人とは違う」

「そこは違っていいですから言い返す気はありませんけど……ああ、もう。最悪すぎる。ますます最低最悪ばり邪悪なルートへ突き進んじゃってるじゃないですかー!!」

やだやだ、と言わんばかりにクッションを抱えて悶《もだ》える王女。

威厳のかけらもない仕草に、安物のガラステーブルにカードを並べていた女が言う。

「……未来は、解《わか》らないわね。大勢の星が入り乱れ、その力で未来が変わり続けているわ。どの星が勝ち、どの未来を選ぶのか。……こんなことは、初めてだわ」

「当然だ」

未来を見通す眼《め》を持つとされる託宣の巫女《みこ》、モナ・ラナに、透夜は振り返り。

「ここが今、世界の流れの中心だ。ここから新たな時代が紡がれるのだ。選ぼうではないか。無数の未来の可能性をな。──この時代に生まれたことを、感謝しろ」

「…………！」

最強を阻む可能性。

Ｅクラスは歓喜の叫びと嘆きの悲鳴と共に、動き出し──。

＊

「ナゼ？　ドウシテデスノ？　紅蓮様？」

「ああっ、楓《かえで》さんがゆっくりした読み上げソフトみたいになってます。どうしたら!?」

「そういうモモカの変化のなさが救いデスヨ、今。いやホント、何なんでショーね」

「はあ。成り行きとはいえ、すいません。佐々木《ささき》です……」

混乱と困惑と絶望に彩られた虚無。ＦＸですべてを溶かしたような顔の楠木《くすのき》楓。

その隣、教会特有の固い長椅子にポテンと座りながら困り果てる桃貝桃花《ももがいももか》と、もう何も知らんとばかりに投げやりに座るアビゲイル・ナダール、ポカンとした顔の佐々木咲《さささきさき》。

彼女達が放送を眺めているのは、仮設の避難所と化したとある場所。

豪奢な飾りを一時ブルーシートと段ボールで覆い、戦場じみた雰囲気を醸す……。

「Cクラス、アルセフィア王国大聖堂。まさかスキヤキホテルを追い出されて、家なき子になるとは思いませんでした。すいません、場所お借りして。佐々木です！」

「ま、しゃあないわい。神の慈悲は来るもの拒まず、例外は性病くらいのもんじゃよ」

はー、と深々とため息をつくドレスの少女。

幼女じみた顔立ちで乱暴にポテチの袋に手を突っ込み、指がベタベタになるのも構わず掌《てのひら》いっぱいに掴《つか》みだし、バリバリボリボリ下品に食べる——ヌグネ・アルセフィア。

「……姫殿下、ヌグネ。あの、神の場にお菓子の滓《かす》をこぼすのは、ちょっと……」

「これが喰《く》わずにいられるか、クリステラ。まさか同盟結んで早々、クーデターかまされるとは思わなんだわい。いやまったく……ウチがまだ存在しとるのが奇跡じゃな！」

スパーン！　と威勢よく、スカート越しに腿《もも》を叩《たた》く第三王女にして敬虔《けいけん》なる姫君。

そのはしたない仕草を窘《たしな》めようとする元遊戯者《プレイヤー》、クリステラ・ペトクリファの隣、端末に保存された宣戦布告の映像を眺めて、フラヴィア・デル・テスタが言う。

「現時点の変化をまとめておきましょう。一般生徒以外、遊戯《ゲーム》関係者は全員Fクラス追放。行き場のない私達はCクラスで保護して頂きましたね」

「ま、現時点の正確な把握は必要じゃわな。続けるがよい」

「ええ。国民の支持は大混乱。王権が破壊された後の成り上がりを望む者がFクラスを、そして唯一残った勢力であるEクラス、エーギルさんが……他に誰もいないという点で、第二位の支持を集め、実質この二勢力がトップ争いをしています」

「じゃな。一応わしらCも敗退はしておらんが、空気も空気じゃ。ハメ撮りビデオの女優インタビューより存在感がないわい。早送りされるだけが存在意義じゃな！」

「例え！　例えが最悪すぎます！　……もう……！」

卑猥《ひわい》な例えに頬を赤らめ、小さくなるクリステラ。だがヌグネの口は止まらない。

「さて、そういうわけで集まってくれた負け犬軍団。何か意見や言うことはあるかの？」

「意見と言うほどではないが……質問はさせてもらいたいな」

そう口にしたのは、静かに教会の片隅にいた、御嶽原静火《みたけばらしずか》。

隣に力なく座る『二人』を守るように立ちながら、彼女はヌグネに問う。

「なぜCクラスはFへの降伏を拒んだのだ？　崩壊したBやFに吸収されたDのように、勝ち目なしと考えたのならそうするのが賢い選択だと思うが」

「ま、そーじゃな。口頭とはいえ同盟を結んだ立場、悪いようにはされんじゃろ。何せ、あやつらはクソ強いが、政治のビジョンが一切ないからの」

ユーリエルと砕城紅蓮《さいじょうぐれん》。その遊戯時代における破壊力は核弾頭どころか熱核兵器だ。それこそ大陸の形を変え、気候まで変動させかねない超爆弾。だが、それが炸裂《さくれつ》した後の支配プランや再構築の計画は一切なく、そこに付け入るスキはあるだろう。

「さっさと降伏しておれば、まあうまいこと壊滅した政治のトップに滑り込むくらいは、なんとかできる気もするわい」

「そこまで予想できていながら、なぜ？　……敗残兵を集めた以上、敵対行為とみなされても文句は言えまい。戦後の政治的勝利を狙える立場を捨ててまで、どうしてだ？」

「うまいことホテルに女連れ込んだ童貞か、お主。無理やり突っ込むでないわ」

軽くいなすように手を振り、ヌグネはあっさりと答えた。

「昨日まで、ユーリと組むのが最善じゃった。何度も言うがあやつらに戦後のビジョンは無いからのう。うまいこと面倒ごとを引き受けてやれば入り込む隙はあったんじゃ」

だが、今は違う。状況が、あまりにも変わってしまった。

「今あやつらがやっておることの意味が、わかるか？　クオリアシステムへの挑戦じゃ。第三次大戦以降、世界を支配してきた非暴力、遊戯《ゲーム》時代の破壊に他ならぬ」

不可侵と言われたクオリアの使徒を奴隷とし、それを動画で公表した今。

その事実に気づける者はごく少数、だが知っている人間にはその危険性が解《わか》る。最悪、このまま彼らが勝ち残り、王位を手にした上で投げ出せば、待っているのは——……。

「良くて弱肉強食のカーニバル、無政府状態の大混乱。じゃが最悪に転がれば、クオリアによる調停システム、絶対不可侵かつ公平という建前に疑問が生じる」

そうなれば、曲がりなりにもあらゆる争いを収めてきたシステムが信頼性を失い。

「世界が、ふたたび兵器による戦争の時代に戻りかねんのじゃ。遊戯時代もアホらしいが、それでも直接血を流し、熱核兵器で星を削るよりよっぽどええわい。違うか？」

「……思った以上にまともな答えで、驚いた。やるな、エロ王女」

「お主に言われとうないわ、シスコンドM。ま、ともあれ世界の敵と手を組んだ以上、ユーリと組むわけにもいかん。もはや信用できぬ。止める策を打たねばならん」

相手は絶対無敵、世界最強、砕城紅蓮《さいじょうぐれん》。

率いるは各陣営の最強集団。全員がチートじみた異能を持つ、黒い怪物の群れ。

「対するこっちの戦力は……まあ、びっくりするほど心もとないのう。じゃからできればお主らにも協力を求めたいところなんじゃが、どうじゃ。落ち着いたか？」

「……そんな、簡単に。割り切れると……思いますか⁉」

そう答えたのは、静火《しずか》に守られて座る『二人』のうち、一人。

乱れた制服と髪。ずっと変わり果てた兄の動画を停止させ、その冷たい眼《め》に魅入られて。

砕城可憐《かれん》は胸の想《おも》いを吐き出すように、ヌグネ・アルセフィアへ強く答える。

「お兄様が……私を、捨てた。いえ……私『達』は、もう……いらない……？」

「……し、しずか。わ、わた。わたし。わた。いら。わた、いら……ららら……」

「お姉様……！　しっかり、しっかりしてください。くっ……！」

可憐の絶望、俯《うつむ》き震え、指を噛《か》みながら譫言《うわごと》を吐く御嶽原水葉《みたけばらみずは》。

戦いの後目を覚まし、すぐにあの放送を見て以来。強いショックを受け行動不能になっていた『二人』に対し、ヌグネはドレスの腰に手を当てながら告げる。

「そこじゃ。付き合いこそ短いが、ちとおかしい気がするのじゃよ」

「……どういうことです。気休めなら、いりませんよ？」

「たわけ、この状況でンなこと言うとる場合か。もしわしの考えが正しいようなら……。お主らを切り捨てたこと、それがヤツらの致命的なミスやもしれんのじゃ」

「……!?」

遊戯者《プレイヤー》達が思わぬ言葉に注目した、その時。

「はい。いいですか？　――佐々木《ささき》です！」

「おう、自己主張の激しいモテカワＪＫよ。何かあるのなら言うてみるがよい」

「ええと、紅蓮《ぐれん》さまはマジで可憐《かれん》さまを大事にしてました。水葉《みずは》さんも家族です。で、それに絶対嘘《うそ》はないと思うんですよ。けど、最近様子が違ってまして……」

それはあの時。白王子透夜《しろおうじとうや》の復活と宣戦布告を受けた後。

「昔、レジャーランドで……ミラさんでしたっけ？　なんか壊れてた元軍服の人、あの人と対決した時も、すごく厳しくて……追い詰められた顔を、してたんですよ」

「ほう、興味深い。今もその顔が続いておる、そう言うのかえ？」

「ええ。あくまで佐々木の直観と言いますか、ただ印象でものを言ってるだけなので……特に根拠とかそういうのはないんですけどね。何でしょう、あの表情」

それは、まるで。

「……佐々木、子供の頃、お母さんにイタズラ仕掛けたことがあるんですよね。そしたらうまくいきすぎて、転んでケガまでさせちゃったんです」

大切な家族に、ほんのイタズラ心で仕掛けたくだらない罠《わな》。

だがそれに引っ掛かり、ケガまでさせて。それなのに犯人は判《わか》らずに——。

「ただの偶然、事故。そんな風に決着しかけた時、すっごいいたたまれない気分でした。

結局佐々木はお母さんに謝りましたが、その時……超嫌な気分の時、鏡に映った」

苦しみ、痛み、それを隠して言えずにいた、自分の姿に。

「なんとなくですが、重なるんです。けど、あの朱《あか》い眼《め》を見てると、とてもそんな風には見えないっていうか。迷わず恐れず苦しまず、実行してる感があるので……」

「表情は迷い、眼は畏れぬか。……くく、ははははははははは!!」

突如ヌグネは笑い、佐々木は小動物のようにビクッと震え。

「な、なんですか!? いきなり笑われると怖いですよ、佐々木的に！」

「いや、ええんじゃ。お主なかなかやるのう。遊戯《ゲーム》にはクソほども向いておらんじゃろが、女としては実に強いわい。タイプじゃぞ、わしそっくりのタイプじゃ」

「はあ。……褒められてるんですかね？」

「バリバリじゃな。で、今の状況をヒントに……可憐よ。お主の兄のことを教えてくれい。あれは佐々木の言う通り、お主を愛しておるのか。見捨てるような者ではないのか？」

「……聞き捨てなりません。そんなはずが、ないでしょう!!」

怒気を露《あら》わにし、ヌグネの挑発に可憐は答える。

「お兄様は私のために、遊戯《ゲーム》の世界に飛び込み……地獄のような《黒の採決《ブラックバウト》》を勝ち残り、自由を手にしてくれました。あらゆるお兄様の行動は私のために、私を救い、生かす……そのために計算されたものでした。それだけは、誰にも否定させません!!」

会えるチャンスはごくわずか。《月例会》の折のみであろうと。

可憐《かれん》の記憶の中で兄は優しく、自分を救い、守ろうと傷つく。そんな人で。

「……でも、限界が来たのでしょうね。あまりにも私が弱く、強くなることができなくて。だからお兄様は私を捨てて、もっと強い人達と……!」

兄の優しさに甘え、信じるのではなく。

もっと早く、強くなるべきだった。心を保ったまま強くなる、遊戯者《プレイヤー》ならぬ人として。そんな甘えが許されるような才能は自分にはなかったのに、過信して……!

歯を食いしばったまま涙をこぼす。嗚咽《おえつ》が漏れ、体が反射的に丸まりかける。

だが、そこは最後の矜持《きょうじ》で耐え抜いて……すっくと可憐は立ったまま、悔し涙を流す。

「でも、もう遅い。遅すぎる。見捨てられた今、もうお兄様に。会えない……!」

涙も、血も、流せるものなら流したい。食いしばった歯、生温《なまぬる》い体に鞭《むち》をくれたい。自分を傷つけ痛めつけたい。焦げるような苦しみが、無力感が臓器をギュッと握る。

「にゅふ。……そうかのう。ちいと、それは違うやもしれんぞ?」

そんな苦しみに悶《もだ》える可憐に、ヌグネは不敵な笑みを返した。

「わしは遊戯者ではないが、クソめんどくさい人間関係は得意中の得意じゃ。海外ドラマを五分も観《み》れば、どんなドロドロ三角関係もお見通し。それがわしよ！」

「うちのお母さんみたいですね。イケメンが出るドラマとか大好きな人ですか？」

「似たようなもんじゃ。ダンナの顔色窺《うかが》って浮気の兆候見逃さず。ささいな感情察しつつ、カッチリ〆《しめ》るが女のスキルよ。さて、今の証言を元に、もうちょい情報を集めようぞ」

佐々木《ささき》の合いの手に答えつつ、ヌグネはぽんぽんと手を叩《たた》く。

するとそれを合図とし――。

「相変わらず気に喰《く》わん妹よ、ヌグネ。朕をどれだけ待たす気か、恥を知れ！」

「……お邪魔しますえ。正直、合わせる顔なんぞありまへんけどな？」

「「「はあっ!?」」」

大聖堂の扉を開き、やってきた二人の人物。

一人はいかにもやり手といった感じの黒いスーツを身にまとい、髪も合わせてまとめた大人の女。いかにもエリートビジネスウーマン、そんな空気を纏《まと》う元・自称皇帝――。

「第一王女……リングネス・アルセフィア！　また貴女《あなた》ですの!?」

「そ、それにあの、真っ黒意地悪お婆《ばあ》さんじゃないですかー!!　また可憐さんをいじめに来たのなら、今度こそ桃花《ももか》の必殺木こり爆裂拳が炸裂《さくれつ》しますよ。あちょー!!」

ちょうど扉の近くにいた楓《かえで》と桃花が身構え、警戒する……が。

「争う気はない。今や朕は継承の争いよりこぼれた故な。真に優れたる者のみの強き国が我が理想、我が願い。そのための遺伝子関連事業への投資であったが……」

整った眉をきゅっと寄せ、濃いめの唇に自嘲を刻み。

「その果てが、手に負えぬ怪物を育てるハメになったのではな。《砕城《さいじょう》》も《凍城《とうじょう》》も、聞いてみればなんともえげつない。朕のしたことなど子供だましではないか」

「……一族の歴史が違います。先祖代々続けておれば、それが正義や」

黒婆《ヘイポオ》は苦り切った顔で、さらに深く皺《しわ》を寄せ――顔を覆う布をぱさりと上げる。

現れたのは疲れ果て、汁気を無くして乾き切った、ただの老婆のそれだった。

「今はまだアルセフィア国内の揉《も》め事、でケリがつきます。万が一にも紅蓮《ぐれん》様が勝って、クオリアの信頼が疑われたら……最悪、第四次世界大戦や」

それは、それだけは、戦後を知る老人として。

「許すわけにはいかん。止めなあかん。影だけ残して人がケシ飛ぶような爆弾や、若者が息もできなくなって死ぬ病や、水も飲めずに死ぬ子供が大勢出るような……そんな世の中にはしたらあかん。遊戯《ゲーム》の時代は、絶対止めたらあかんのや……!!」

「突然まともな人間のようなことを口にしおるの。とはいえ好きじゃぞ。そういうの」

白い歯を見せてヌグネは笑み。

「絶対の善人も悪人もそうはおらん。普通に生きておるかぎり、誰でも善と悪、両方の顔を持つもんじゃ。クソ傲慢な優生主義、遺伝子改造バンザイみたいなこじらせ独身女や、人体実験上等の最低モラハラ毒婆が、突然綺麗《きれい》に漂白されることだってあるのじゃよ」

流れるように罵倒し、聞いていた姉がピクリと震えた。

「……引っかかる言い方をしおるな。だから朕は貴様が嫌いじゃ、ヌグネ」

「こっちのセリフじゃ。理想のイケメンを遺伝子操作で創って結婚しようなんぞとクッソ独身こじらせた願望抱いとるヒマがあったら、お主はとっとと婚活せい！」

「ち、朕の秘密をバラしおったな。貴様ぁ!!　処すぞ、この愚妹が!!」

「やれるもんならやってみんかい、このダメ姉!!　受けて立っちゃるわ!!」

中指を立て合う王女の姉妹。

高貴さのカケラもない掴《つか》み合いが始まりかけた、その時！

「……ふざけないでください。そんなヒマはないでしょう！」

ピシャリと言った可憐《かれん》の言葉に、場の注目が集まった。

姉と掴み合いを演じかけたヌグネは、咳《せき》ばらいと共にドレスの襟を正しながら、

「コホン。ま、ともあれ人間のクズが入っておるとはいえ、こやつらも協力するそうじゃ。砕城紅蓮を止めるため、そのカギをお主に託したい。——砕城可憐よ」

「……できると、思いますか？　分家にすら敵《かな》わない私達が、お兄様に対抗など……！」

できるはずがない。戦力の差は、チリと宇宙にも等しく感じられる。

「それじゃよ。お主の『お兄様』は、本当に世界をブッ壊そうなどとするかのう？」

「……え？」

「考えてみい。付き合いは短いが、周りの連中に話は聞いたわ。日常を愛し、ささやかな幸せを楽しんで、普通の生活に飢えておった。そんな人間じゃったんじゃろ？」

「で、でも、それは……」

本当の『お兄様』ではない、そう言いかけた、その時だった。

「ヒトはひとつの面から見た時だけがすべてではないんじゃよ、可憐《かれん》。そこのクソババアが戦争を避けるためお主に協力するように。違う面から見ればまた、人は違う顔を見せてくれる。視点を変えよ。お主の兄は、特にめんどくさい男じゃぞ？」

のんびりとした幸せを望み、日常を楽しむ——『砕城紅蓮《さいじようぐれん》』。

絶対的な遊戯者《プレイヤー》。冷酷冷徹、機械のごとく盤面を支配する——それも、『砕城紅蓮』。

「それとも何か。お兄様とやらは、脳味噌《のうみそ》に組み込まれたＡＩに支配され、家族も仲間も関係なく、みんなまとめて切り捨てて、世界を破滅させるようなクズなんじゃな？」

「——違います!!」

切り捨てるような、断定。

それだけは違う。心から可憐は自信を持って断言できる。

兄は優しかった。強く厳しく、《伊邪那美《いざなみ》機関》の処置を受ける前も、その後も。

自分を守り、助けようとしてくれていた。それだけは……！

「お兄様は、優しい人です。可憐を助け、家族を守ろうとしてくれた人です!!　それだけは……その行いだけは、ＡＩだろうが何だろうが。変わりません!!」

「そうじゃろ。二つの顔に二つの目的。表裏一体、鏡合わせじゃ」

確かにＡＩの力、チートめいた異能を使っての勝利かもしれない。

だがその基礎となるのは生身の人間、遺伝子操作により与えられた超性能の生体脳。

そしてその行動を決め、家族を守り、可憐と共に自由を求め。水葉《みずは》を助けたのは――。

「お兄様の……意思……」

「ぐれん、さまの……？」

可憐が、水葉が、力なくそう口にする。

神の名を呼び、初めてそれに守られていることに気づいた使徒のごとく。

この荒れ果てた大聖堂。避難所めいたブルーシートまみれの場所で。

「さよう。それじゃよ。今表に出ておるのが怨念の集合体だとしても……恐らくその裏で『意思』が。平和を求め、お主らを助けようと願う心が、生きて動いておるはずじゃ」

可憐を優しい、ただの人のままでいてほしいと願った紅蓮。

それは兄としての優しさでありながら、同時に――。


「もうひとりの自分自身を欺き、出し抜くための罠《わな》だったのではないか？」

「お主らの敗北すら約束され、計算され尽くした結果だとしたら？　凍城兄妹《とうじょうきょうだい》ではなく、お主らを自由なまま盤面に残し、それを生かす場面がこれからあるのだしたら？」

「他ならぬ、お主らの敗北こそが。

「――絶望こそが、兄の望み。唯一の希望となるのじゃ!!」

「「!!」」


マシンガンのように畳みかけた、三つの言葉。

遊戯者《プレイヤー》ではない。だが故に人の強さと弱さを知る王女、ヌグネのそれが心を打ち抜く。

可憐《かれん》が、水葉《みずは》が立ち上がる。その眼《め》に力を宿し、今灯《とも》された反撃の炎に向けて。

「……確かに、紅蓮《ぐれん》様ならやりそうなことですわね。可憐さんなら必ず立ち上がれる、と。もうひとりのご自身を、世界最強のAIすら出し抜くために……」

「信じてた、ってことですよね？　あると思います。だって、だって、だって！」

「紅蓮はすべてを見通し、勝利を掴《つか》む。――そういう人だからね？」

楓《かえで》が、桃花《ももか》が口にした言葉を、聞き慣れぬ方から繋《つな》ぐ者。

それは制服姿の白王子《しろおうじ》朝人《あさと》。隣に姫狐《ひめこ》を連れてもう一度……立ち上がる。

「1%……いや、それ以下でも。……賭けてみる価値はあるんじゃないかな？」

「――……私達も、信じる。貴女《あなた》の、お兄さんを。私達の……『友達』を……――！」

「はい。……ええ。そうです。その通り、です！」

何故《なぜ》怯《おび》えていたのだろう。震えて固まっていたのだろう。

可憐は立ち上がり、胸を焦がす熱い想《おも》い、蘇《よみがえ》った情熱のままに声を上げる。

それは、ただひたすらに。あの雪の日、兄に救われた雪うさぎの日から続く――……。

「お兄様を、助けましょう。いいですね、水葉さん！」

「……うん。もちろん。まだ、やれるのなら。やって、いいのなら。……何度、でも!!」


強く強く、二人は手を握り合う。

どちらも兄を求め、紅蓮を信じ、追う二人。絆《きずな》で結ばれた唯一の同志として。

覇気を取り戻し、手を繋いで見つめ合うその姿は――あたかも姉妹のようだった。


「……デタラメですね？　今の言葉。何の根拠もないのではありませんか？」

「嘘《うそ》は、罪。それでも、必要なこともあると……思います」

「そういうことじゃ、黙っとれ香川県民とその彼女。バレたら面倒なんじゃからな！」

少し離れた位置で、そっとフラヴィアとクリステラがヌグネに囁《ささや》く。

その通り、ヌグネの言葉に裏付けはない。勢い任せの激励、ただがむしゃらに火をつけ、戦う意欲を与えるだけの無責任な焚《た》き付《つ》けだ。だが、今はそれが必要だったから。

「使って使われてこそ、人は社会を作り営む価値がある。最強？　ジャングルにでも行け。人は弱いサルであるが故に群れ、道具を使い、策を巡らして戦うんじゃい!!」

たくましくしぶとく生き汚い。

遊戯者《プレイヤー》ではなく、ただひとりのヒトとして――最後まで、足掻《あが》く。

「お主らはこれから、新生Cクラス代表じゃ!! よいな。今よりメンバーを発表する！」

緊張が張りつめる中、ヌグネはゴクリと唾を飲み、宣言する！

「砕城可憐《さいじょうかれん》。そして御嶽原水葉《みたけばらみずは》。お主らが主力じゃ、心せいよ！」

「当然でしょう。お兄様をお救いするために、その願いを叶《かな》えるために……！」

「もう……諦めない。負けても、負けても。くらいつく。かぶりついて、みせる……！」

「頑張ってください、お姉様……!! この静火《しずか》、命を燃やして応援いたします!!」

手を繋《つな》いだまま頷《うなず》く二人、そして次に明かす名は。

「白王子朝人《しろおうじあさと》！ そこのイケメン、お主じゃ。遊撃として働くがよい！」

「了解。適材適所……かな？」

「――……応援、する……――」

当然と言えば当然。

実力を考えれば、今ここにいる遊戯者の中では上位に位置する。

異能を失ったフラヴィアやクリステラが戦えない以上、次に選ばれるのは。

「わ、わたくし!? わたくしと姫狐《ひめこ》さんですわよね、当然! 他はおバカしか残ってませんし！」

「ひどいです！ けど否定もしにくいですね。……あっでもアビーさんは強いんじゃ？」

「ですよねー。佐々木《ささき》は隅っこでおとなしく待ってるので、頑張ってください傭兵《ようへい》さん」

「んや。確かにアタシャ強いデスガ、この局面に半端な強者はいらねーデスヨ。むしろ、必要なのは――」

意気込む楓《かえで》、ボケた言葉を返す桃花《ももか》と佐々木。しかし強者たるアビゲイルだけは、逆にこの先の展開を読めていて。

「桃貝《ももがい》桃花。そして……佐々木咲《さき》！」

「はああああああああああああああああああああああっ!?」

わけのわからぬ謎采配に、大聖堂が揺れるほど突っ込んだ。

「い、いくら何でもムチャですわよ!! どう考えてもマトモな判断ではありませんわ！　桃花《ももか》さんでもアレですのに、佐々木《ささき》さんに至っては小学生に負けますわよ!?」

大混乱の中、辛《かろ》うじてそう指摘した楓《かえで》に、ふむんとヌグネは胸を張る。

「ならばお主。砕城紅蓮《さいじょうぐれん》に勝てるか？」

「は？　……無茶《むちゃ》を言わないでくださいまし。不可能に決まって……あっ!?」

反射的に出た答えに、楓は自らの唇を押さえ、青ざめる。

「そうじゃろ、そうじゃろ。正直ここまで実力差があると、100の駒も0の駒も大して変わらん。相手の力は億か、ヤバけりゃ兆じゃぞ。誤差にもならんわ」

楓も桃花も佐々木も姫狐《ひめこ》も。《黒の採決《ブラックバウト》》の強者であるアビゲイルですら。

相手にならないという点で一致する。

ならば、まともな戦力など。計算など、するだけ無駄であるが故。

「必要なのは、どれだけ相手の狙いを外せるかじゃ。勝てんのは仕方がないが、思いきりバカやって相手のペースを狂わせる。そのための撹乱《かくらん》の一手、というわけじゃな」

「ハイハイハイ！　バカですか？　任せてください、得意中の得意です！」

「秒でやられる気しかしませんけど……。それでいいなら、人数合わせに付き合いますよ。紅蓮さまの、あんな顔。ちょっと見てられないですし、おすし」

やたら元気に手を挙げる桃花、そして苦笑する佐々木。

「意外デスね。モモカのことですから、もっと悲鳴を上げるかと思ってましタ。佐々木も。つきあい短いデスけど……身の程を知ってるタイプですよネ、アナタ？」

「そうですけど、友達のことですから。たとえ人数合わせの賑《にぎ》やかし、ダメもと担当でも。役に立てることがあるのなら、やってみたいじゃないですか」

「そーですよ！　頑張って頑張って頑張れば、突然相手がコケて勝つかもしれません！　頑張る方法はよくわかりませんので、誰か考えてくれると助かりますけど！」

「……ダメじゃねーデスか!!」

わちゃわちゃわちゃわいわい、ぐだぐだと。

あまりにもいつも通り。地獄の瀬戸際でも変わらない――。

「……変わらない、を通り越して。変わらなすぎてほっとしてしまいますね」

「だね。うん。紅蓮さまの、きもち。……わかったかも」

楓が、水葉《みずは》が語り合う。敗北を経て追い詰められた今こそ、心底理解できた。

変わらないものの尊さ、癒《いや》されることの喜び――優しさの価値を。

「『日常』に癒される。これが、今の私達には欠けた、最後のものかもしれませんね」

「うん。……届けよう、可憐《かれん》ちゃん。あのひとが、本当に欲しかったものを……！」

かくて『日常』を背負い、遊戯者《プレイヤー》達は戦いに赴く。
E、F、C。入れ替わり、混ざり合い、混沌《こんとん》を極めた彼らに告知が届き――。
『最終段階――【鬼ごっこ】。
全クラス、全総督、全遊戯者が参加する集団戦にて、《獣王遊戯祭《ベスティア》》を決着す』
シンプルな告知に王国は揺れ、かくして。
絡まり合った運命の糸は、最後の収斂《しゅうれん》を迎える。

《つづく》

「この世界最後の遊戯を始めようか」

MF文庫J

自称Fランクのお兄さまがゲームで評価される学園の頂点に君臨するそうですよ？10

2020年10月25日　初版発行

著者　三河ごーすと

発行者　青柳昌行

発行　株式会社KADOKAWA
〒102-8177 東京都千代田区富士見2-13-3
0570-002-301（ナビダイヤル）

印刷　株式会社廣済堂

製本　株式会社廣済堂

Printed in Japan　ISBN 978-4-04-065937-4 C0193

●お問い合わせ（メディアファクトリー ブランド）
https://www.kadokawa.co.jp/（「お問い合わせ」へお進みください）
※内容によっては、お答えできない場合があります。
※サポートは日本国内のみとさせていただきます。
※Japanese text only

【 ファンレター、作品のご感想をお待ちしています 】
〒102-0071 東京都千代田区富士見2-13-12
株式会社KADOKAWA　MF文庫J編集部気付「三河ごーすと先生」係「ねこめたる先生」係

白銀のオオカミと運命のツガイ
Hikaru MaSaki presents
Hakugin no ookami to Unmei no Tsugai
角川ルビー文庫

真崎《まさき》ひかる

●著者略歴＝11月15日生まれ。蠍座、O型。『絶滅したはずの××を○年ぶりに確認！』というニュースに触れるたびに、もしかしてニホンオオカミも、どこか山奥で生き延びているのでは……と夢見てしまいます。

カバーイラスト/金ひかる
デザイン/齊藤陽子(CoCo.Design)

角川ルビー文庫

白銀のオオカミと運命のツガイ

真崎ひかる

22810